時間砲計画【完全版】

contents

時間砲計画

豊田有恒

「じゃあ、その研究所へ行ってみたら?」

「でも、父は研究所へ行ったりしたら、すごく怒ると思うの」

「かまうもんか、娘が父親に会いに行くのがなぜ悪いんだ。なんなら、ぼくも一緒に行こう」

「まあ、映二くんも一緒に行ってくれるの」

亜由子の顔が急に明るく輝いた。

映二は、亜由子がきのどくになった。亜由子の父親は、きっと電子工学《エレクトロニクス》の研究で忙しくて、一緒にいてやることもできないのだろう。

西条堅太郎博士といえば、日本が生んだ世界的な科学者である。アメリカの宇宙ロケットにも、西条博士の発明したエレクトロニクス装置が使われている。コンピューターやエレクトロニクス装置など、西条博士は、何百という特許を持っているのである。

映二と亜由子は、校門を出て歩きはじめた。

映二は、クラス委員をしている。柔道部のキャプテンもしている学校じゅうの人気者だった。とても人のめんどうを見るのが好きで、明るい性格の中学生だ。

亜由子は、成績のいい少女だが、日本へ来たばかりだから、いつもひとりぼっちで寂しそうにしていた。三つの時からずっとアメリカで育ってきたから、日本語より英語のほうが得意なくらいだった。成績がよすぎるので、ほかの女生徒にねたまれて、いつもいじわるをされているが、亜由子は、ほんとうはとてもすなおな女学生なのである。

1　オメガ粒子発見！

「やあ、亜由子《あゆこ》さん」

和久井映二《わくいえいじ》は、校庭のすみで西条《さいじょう》亜由子を見つけて声をかけた。亜由子は、とても寂しそうな表情をしていた。

「どうしたの、心配そうじゃないか？」

「あたし、一週間も父に会ってないのよ」

亜由子は、悲しそうに答えた。

彼女の父西条堅太郎《けんたろう》博士は、有名な電子工学者だ。彼女は、この父親と一緒に長い間アメリカで暮らして、日本へ帰ってきてからまだ半年しかたっていない。だから亜由子には、あまり友だちもいない。

「きみのお父さんは、どこかへ行っちゃったのかい？」

「違うわ。ずっと研究所に泊まりっきりでうちへも帰ってこない。きっと、あたしのことなんか……」

亜由子は、ちょっと涙ぐんでことばを詰まらせた。お手伝いさんとふたりだけで暮らしているので、きっと寂しくてしかたがないのだろう。

郊外の林の中に立っている電子工学研究所は、まるで城のように大きな建物だった。所長として西条博士をアメリカから呼びもどすため、最近作られたばかりの最新式の設備を持つ研究所なのだ。

守衛のいる正門をはいると、茶色いつむじ風のように、ものすごく大きな犬が飛び出してきた。映二は、はっとして身がまえたが、フサフサした毛なみのいいコリー種の犬は、亜由子の前にうずくまって、その手をペロペロなめはじめた。

「だいじょうぶよ。父の愛犬で、ビルケっていうの。ちょっと見ると、大きくて恐ろしいようだけど、とても頭がよくて、一度会った人は絶対に忘れないのよ」

亜由子は、ビルケの頭をなでながら説明した。

「ビルケなんて、変な名前だなあ」

「ドイツ語で、ケシの花って意味なの。ビルケが生まれたとき、ヒナゲシの花が咲いていたので、父がこんな名前をつけたの。さ、ビルケ、映二くんよ、覚えておいてね」

ふたりは、広い敷地の中を通り抜けて、実験所の建物にはいった。長い廊下の突き当たりが所長室だった。

亜由子は、ちょっとためらってから、ドアをノックした。

「はいれ！」

中から重苦しい声が聞こえてきた。映二は、亜由子の前に出て、ドアをあけてやった。アメリカ式のエチケットだ。亜由子は、あたりまえのことのように、さっさと中へはいった。

「お父さま!」

「亜由子か、ここへ来てはいけないと言ってあったはずだ。何か急用か?」

西条博士は、いかめしい顔つきで、ぞっとするような冷たい声で言った。父と子のたったふたりだけの家族だというのに、ちっともうれしそうではなかった。

映二は、亜由子と博士を見ているうちに、むらむらと怒りがこみあげてきた。……亜由子さんは、あんなに寂しがっていた。だから、こうやってわざわざ研究所までやってきたのに、まるで迷惑だといわんばかりだ。こんな父親があるだろうか!

「西条博士、あなたは亜由子さんに会って、うれしくないんですか? 亜由子さんは、あなたのことを心配し、泣いていたんですよ。それなのに、あなたは、まるで迷惑みたいに……」

ついに、映二は大声をあげた。

「やめて、映二くん!」

「いいんだ、言わせてくれよ。ぼくは、世界的に有名な科学者だというんで、あなたを尊敬していました。でも、たったひとりのお嬢さんに、そんな冷たいことを言える人なんか、尊敬する気になれません」

映二は、止めようとする亜由子を振り切って、ますます大声を出した。

「元気のいい少年だな。だれかね、きみは?」

西条博士は、じろっと映二を見つめた。

「ぼくは、和久井映二、亜由子さんのクラスメートです」

「映二くん、わしに向かって、そんな口をきいたのは、きみがはじめてだよ。ああ、わしにも、きみのように、わかわかしい情熱を持っていた時代があった……」

西条博士は、急によわよわしい声になった。まるで、何かを思い出しているようだった。

「お父さま、どうかなさったの？　お顔の色が……」

「亜由子、わしは、すばらしい発見をした。いや、恐ろしい発見といったほうがいいかもしれない。わしは、それを発表していいものかどうか、迷っているのだ。もし、わしが、もっと若かったら、今の映二くんのように、よく事情を考えずに、得意になって発表したろう」

映二は、ちょっと恥ずかしい気持ちになった。きっと西条博士は、ここしばらく睡眠不足を続けて、疲れていたのだろう。だから、亜由子に向かって、つい不機嫌なことばを吐いたのだ。

西条博士は、さっきとはガラリと変わって、愛情に満ちた目で亜由子を見つめていた。

「わしの発見は、使いかたによっては、恐ろしい武器になるのだ。科学には、善も悪もない。使いかたしだいで、科学は、人類の味方にも敵にもなるのだ。さて、ふたりとも、わしと一緒に来たまえ」

西条博士は、そう言って立ち上がった。

研究所の地下へ向かって、三人は、階段をおりた。回りじゅうを複雑な電子装置に囲まれた実験室には、白衣の研究員たちが忙しく働いていた。

「武部《たけべ》くん、どうだね、実験の準備は？」

「はい、所長、完了しました。いつでも実験できます！」

若い研究員の武部技師は、元気よく答えた。

「よし、実験を始めよう。武部くん、娘の亜由子と友人の映二くんだ。見学させるよ」

「はい、所長。お嬢さん、はじめまして、武部です」

武部技師は、早口であいさつをすませて、元気よく壁の電子計器の方へ走っていった。

「見てごらん、あれを！」

西条博士は、実験室の中央を指さした。そこには、丸いプラスチックのおわんのようなものがあった。直径は三メートルくらい。その透明なおわんの中で、小さなかごに入れられたハツカネズミが、チョロチョロと走りまわっていた。そして、そのかごをねらうように機関銃みたいなかっこうをした、変てこな機械が置いてある。機械の先には、ピストルの消音器《サイレンサー》のような小さなつつがかぶせてあった。

「いったい、何が始まるのかしら？」

「ハツカネズミがいる。何の実験だろう」

映二と亜由子は首をかしげた。

「よし、実験を始めよう」

西条博士は、手をあげて、壁の計器やスイッチに向かっている武部技師に合図をした。

「磁気圧――五百万ガウス！　異常ありません」

武部技師の答えが、元気よくもどってきた。

「うむ、オメガ粒子、発射！」

博士が叫んだ。武部技師の手がスイッチにかかった。

ものすごい光線が、機関銃みたいな機械の先から噴き出して、ハツカネズミのかごを押し包んだ。ピンクの光に包まれて、ハツカネズミの動きが、とつぜん停止した。

その刹那、ハツカネズミは、かごもろとも、しだいに二重うつし写真のように薄れ、やがてフッと消えてしまった。それと同時に、機械の先についていたサイレンサーみたいなつつも消えてなくなった。

「すごいや！　殺人光線だ」

映二は、叫び声をあげた。亜由子は、凍りついたように、声もたてずに立ちすくんでいた。

「びっくりしたかい。今の光線は、わしの発見したオメガ粒子という素粒子なのだ。オメガ粒子をぶつけられた物体は、あっというまに消えてなくなってしまうのだ」

西条博士は、そこまで説明すると、深いため息をついた。オメガ粒子の恐ろしい威力に、発見した博士自身も、ほんとうにびっくりしてしまったのだ。

「ところが、ふしぎなことに、オメガ粒子を作り出すための発生機のほうも、それと同時に消えてしまう」

映二は、説明を聞きながら、さっきの実験を思い返した。機関銃みたいな機械の先にピストルのサイレンサーみたいなものが取り付けてあった。そういえば、そのサイレンサーのようなつつも、実験を始めると同時に消えてしまった。

「ふしぎなのは、それだけじゃない。ハツカネズミのかごは、蒸発したわけではなく、完全に消えてしまったのだ。ふたりとも、理科で習って知っているだろうが、炭が燃えても、それは消えてなくなったわけではない。空気中の酸素と炭とが化合して、炭酸ガスに変わっただけなのだ。ところが、オメガ粒子を浴びせられると、どんなものでも、ほんとうに消えてなくなるのだ。蒸発してガスになってしまうわけではない。そっくりどこかへ消えてしまうのだ」

西条博士は、なおも説明を続けた。やさしく説明してくれたから、映二や亜由子にもよくわかった。

紙や木に火をつけて燃せば、たしかに、見かけは、何もなくなったように見える。しかし、紙や木を作っていた元素がなくなってしまうわけではない。目に見えないだけで、炭酸ガスのかたちで、空気中にちゃんと残っている。

しかし、オメガ粒子を浴びせられると、どんなものでも、ほんとうになくなってしまうというのである。

「いったい、どうして、そんなことになるのですか?」

映二は、思いきってきいた。

「はっきりとはわからんが、写真の電送のようなものらしい。オメガ粒子を浴びて、ハツカネズミのかごは、このへやからなくなってしまった。テレポート（瞬間移動）ということばがある。オメガ粒子は、写真を電送するように、それに当たった物体を、どこかへテレポートさせてしまうのだ」

「すると、ハツカネズミのかごは、ヒマラヤかどこかへ飛んで行ってしまったんですか?」

「いや、テレポートされた物体が、どこへ飛んで行くかは、まだわからんのだ」

西条博士は、アメリカ的なゼスチュアで、両手を広げて肩をすくめた。長い間アメリカで過ごしてきたので、べつにキザっぽくしているつもりではなく、自然にそんなゼスチュアが身についてしまったのだろう。だが、そばで見ていた武部技師は、ちょっとふしぎそうな顔をした。

2　研究所がない！

映二は、たったひとりで家へ帰った。映二の家は、電車で行くと研究所から二、三十分もかかるが、距離はそんなに離れていない。車で行けば、たぶん十分もかからないだろう。

西条博士は、研究所に泊まっていくように亜由子を引き留めた。オメガ粒子の研究のため、忙しくて家へ帰ることができないので、せめて一晩くらい親子一緒に過ごしたかったのだろう。研究の鬼のように見えた西条博士も、ほんとうは心から亜由子を愛していたのだ。

映二は、そんな西条博士の気持ちをくんで、ひとり帰ってきたのだった。

映二は、勉強べやにはいると、きょうの実験のことをあれこれと考えていた。オメガ粒子！その恐るべき威力が、頭にこびりついて、勉強も手につかないほどだった。

オメガ粒子を照射されると、どんなものでも、あっというまに、どこかへ飛ばされてしまう。もし、オメガ粒子が戦争に使われたりしたら、とんでもないことになる。戦車もジェット機も兵隊も、魔法のように消えてなくなるだろう。

そのかわり、オメガ粒子のテレポートの力を平和的に利用することもできるかもしれない。オメガ粒子を当てられた物体が、どこへ飛ばされるか、はっきりわかるようになれば、すばらしい使い道ができるだろう。アメリカへ行きたいと思ったら、オメガ粒子の発生器を調節して、閃光《せんこう》を浴びればいい。ちょっと目をつぶっているあいだに、いつのまにかアメリカへ着いている、ということも夢ではなくなる。そうなれば、ジェット旅客機なんか、いらなくなるだろう。

……科学には、善も悪もない。使いかたしだいで、科学は人類の敵にも味方にもなる……。映二は、西条博士のことばを思い出した。

博士は、オメガ粒子の発見を発表すべきかどうか、迷っているのだ。もしかしたら、オメガ粒子は、人類を滅ぼす恐ろしい兵器として悪用されるかもしれない。だから、うかつに発表することはできないのだ。

「もし、ぼくだったら、おっちょこちょいだから、得意になって発表してるだろう」

映二は、ちょっと恥ずかしくなった。よく確かめもしないで、亜由子のことで博士に抗議したりした自分が、あわて者のように思えてきた。

オメガ粒子……、恐ろしい発見……、水爆以上の恐怖の新兵器……。あれこれと考えてばかりいるので、ちっとも勉強は進まなかった。

よし、こうなったら、しかたがない。英語の宿題、亜由子さんに教えてもらおう。映二は、教えてもらった研究所の番号へ、電話をかけることにした。

だが、いくら待っても、ルルーッという発信音が聞こえるだけで、電話にはだれも出ない。番号を確かめて、かけなおしてみても同じだった。

まだ、八時だというのに、研究所の人がみんな寝てしまうはずがない。あまり研究に熱中して、電話のベルに気がつかないのだろうか？　それも変だ。ベルが鳴りつづけていたら、うるさくて研究どころではないはずだ。

映二は、なぜか、ふしぎな胸騒ぎを感じた。おかしい、何かあったのだ。研究所で何か起こったのかもしれない。

そんなふうに考えると、映二は、急に不安になってきた。そうだ、研究所へ行ってみよう。電話で聞くよりも、直接会って教えてもらったほうが、宿題もうまくいくだろう。

映二は、自転車を持ち出した。電車で行くと、二回乗り替えてすごく遠回りになるのだが、距離からすれば、映二の家から研究所まで自転車でも十五分くらいだ。裏道で自動車もあまり通らないし、映二の内装五段変速の愛車なら、たいしてくたびれることもないだろう。

映二は、自転車に乗って家を出た。郊外の住宅地は、もう人通りが絶えているから、三十キロくらいのスピードで走っても、あぶないということはなかった。

見覚えのあるガスタンクのところで、広い道を横切って曲がると、研究所はすぐ目の前に立っているはずだった。

月の光に照らされて雑木林が、薄気味悪く見える。映二は、自転車を止めて、研究所の方を見た。いや、研究所を見ようとしたといったほうがいい。

「あっ!」

映二は、声をあげて、そこに棒立ちになった。あの城のように巨大な研究所が見えないのだ。

映二は、キョロキョロとあたりを見まわした。道をまちがえたのではないかとも思った。だが、まちがいない。研究所の正門と守衛室は、ちゃんとある。その向こうに立っているはずの建物が見あたらないのだ。

映二は、固く閉ざされた正門のわきのくぐり戸を押した。くぐり戸はギーッという不気味な音をたてて開いた。

暗い敷地の中を歩いていくのは、とてもこわかった。自分の足音だけが、とても大きく響くので、まるでだれかに、あとをつけられているようだ。映二は、ときどき、こわごわと後ろを振り向いた。

その時、暗やみの中から、黒いものがマリのように飛び出してきて、映二に躍りかかった。映二は、わっと言ってしりもちをついた。映二の鼻先に、黒いものが、ヌッと首を出した。生暖かい息が映二のほおに吹きつけた。

「キューン、キューン!」

黒い影が、悲しそうな声をあげた。映二は、やっとその正体に気づいた。

「なんだ、ビルケか。びっくりしたなあ、もう」

映二は立ち上がって、ビルケの頭をなでた。亜由子の言ったとおり、ビルケは、ちゃんと映二を覚えていた。りこうなコリー犬は、お嬢さんの友だちにかみついたりはしない。

ビルケは、悲しそうに鼻を鳴らして、何度もほえながら、映二に向かって体をすり寄せてきた。

「ビルケ、いったい、何が起こったんだ」

映二は、ビルケに話しかけた。ひとりぼっちなので、ビルケがいるだけで、とても心強かった。

研究所の建物のあったあたりまで来て、映二は立ち止まった。月の光で照らし出された地面が、ふかくえぐられていた。映二の立っている所から二メートルほど先は、すりばちのように深くえぐりとられ、直径五十メートルもある巨大な穴になっていた。

まるで、どこからともなくやってきた巨大な魔物が、ザクッと研究所ごと地面を掘り取っていってしまったかのように見える。すりばちのような穴は、黒々とした土の色をしていた。研究所は、影も形もない。ただ、この穴だけが残されていた。

「亜由子さーん！　西条博士ーっ！」

映二は、大声でふたりの名を呼んだ。ビルケも、映二の声に合わせて遠ぼえした。

だが、どこからも答えはなかった。あたりは、深い海の底のように静まりかえっていた。雑木林が月光に照らされて黒々としたシルエットだけを見せていた。

3　ライアン教授

電子工学研究所　消失！

——原因不明の怪事件——

研究所がなくなった！
——西条博士もゆくえ不明——

翌日の朝刊は、電子工学研究所の怪事件を大々的に報道した。昨夜、映二は、とうとう思いあまって一一〇番に電話した。さっそくパトカーが駆けつけたが、どうすることもできなかった。いくら騒ぎたてても、なくなった研究所が元どおりになるわけではなかった。

西条博士といえば、だれでも知っているほどの有名な科学者だから、テレビも新聞も、このふしぎな事件のことを、できるだけ詳しく報道しようとした。

研究所のあった場所は、巨大なアリ地獄のような穴になっていた。だから、研究所の地下室も、そっくりなくなっていた。

警察では、なんとかしてこの事件のなぞを突き止めようとした。科学者やSF作家が呼び出されて意見を求められた。

ある科学者は、研究所の地下室に時限爆弾でもしかけてあったのではないかと想像した。だが、大きなコンクリート製三階建ての研究所をこなごなにするためには、十トンものTNT火薬が必要だとわかった。そのうえ、研究所からいちばん近い家の人は、なんの物音も聞かなかったと証言した。もし爆発が起こったのなら、物音どころか、近所の家のガラスはメチャメチャに割れていたはずだ。

また、ある科学者は、地震のせいで地すべりでも起こったのではないかと主張した。だが、このあたりの地盤はとても堅く、研究所をのみこむほどの地すべりなど、起こるはずがなかった。

有名なＳＦ作家は、レーザー光線のような新式の兵器で攻撃されたため、研究所は、あっというまに蒸発してしまったのだろう、という談話を発表した。

この記事を読んだ時、和久井映二は、オメガ粒子のことを思い出した。もしかしたら、研究所は、レーザー光線ではなく、オメガ粒子を浴びせられたのではないだろうか？　映二は、そのことを新聞記者に話そうと思った。

オメガ粒子が、悪いことに使われたら……。映二は、西条博士のことを思い出して、だれにも言うまいと心に誓った。

映二がなによりも心配したのは、たまたま研究所に泊まっていくことにした、亜由子のゆくえだった。研究所へ一緒に行ってやるなどと言い出したのは、映二だった。……亜由子さんがいなくなったのは、ぼくのせいなんだ！　映二は、亜由子にたいしてすまなく思うと同時に、とても寂しかった。

あんなにハキハキとして、頭のよかった亜由子。教室では、だれよりもいちばん、映二を頼りにしていた亜由子。そんな亜由子の面影が、映二の心いっぱいに広がっていった。もしかしたら、もう亜由子さんに会うことができない、そう思うと、とても勉強をする気にはなれなかった。

映二の気持ちにかかわりなく、あの事件から一週間たった。同級生たちも、もう亜由子の不幸な運命について、話さなくなった。日本の科学界の重大な損失だといって、西条博士の失踪を惜しんでいた新聞やテレビも、いつのまにかあの事件のことを報道しなくなった。

映二は、どうしてもあの事件のことを忘れることができなかった。オメガ粒子が原因になっているとしたら、あの研究所は、テレポートによって、どこかへ飛ばされているはずだ。もしかしたら、ヒマラヤやサハラ砂漠のような所へ飛ばされたのかもしれない！　映二は、そう考えて毎日の新聞に注意していた。だが、地球上のどこからも、そんな研究所が出現したというニュースはなかった。

「亜由子さん、いったい、きみは、どこにいるんだ。ぼくは、きっと生きてるって信じてるよ」

映二は、机に向かったまま、いつもよわよわしくつぶやくのだった。

亜由子を探すことは、もはや不可能としか思えなくなったが、それでも映二は、あきらめなかった。

映二の心が天に通じたのだろうか、ある日、映二は、西条博士の助手だった武部技師から電話を受け取った。武部技師は、病気のお母さんを見舞いに行って、あの晩は研究所にいなかったのである。

映二は、さっそく武部技師のアパートへ飛んでいった。あの事件に関係があるらしいオメガ粒子のことを、武部技師ならよく知っている。もしかしたら、何か手がかりになるヒントを知っているのではないだろうか。

映二は、団地の三階に住んでいる武部技師のところへ着くまでは、とても不安だった。今の映二の頼みは、武部技師だけだったからだ。

武部技師は、病気のよくなったお母さんと一緒に暮らしている。あの事件が起こってから、ずっと看病をしながら、アパートにいたのである。

「待っていたよ、映二くん」

技師は、まるで弟が来たように、映二を温かく迎えてくれた。映二がソファに座って、気持ちをおちつけるのを待って、武部技師は話しはじめた。

「映二くん、亜由子さんがいなくなって、さぞ寂しいだろうね。ぼくも、西条先生がいなくなって、目の前がまっ暗になったような気がした」

「武部さん、あの事件には、きっとオメガ粒子が関係しているんです。きっとそうです」

映二は、今までだれにも言えなかったオメガ粒子のことを、はじめて口に出した。武部技師なら、オメガ粒子のことをきいても、驚くこともない。映二は、肩の重荷がおりたように感じた。

「わかっている。わたしも、そう思っていた。オメガ粒子を浴びたため、研究所はどこかへ飛ばされてしまったんだ。だが、このことを発表することはできない。なにしろ、水爆より恐ろしい発見なのだからね」

「でも、武部さん。ぼくは、もうがまんできません。オメガ粒子のことを発表してください。お願いします。日本じゅうの科学者が集まって研究すれば、きっと研究所のゆくえがわかるはずです」

夢中で意見を述べる映二に向かって、武部技師は、きびしい表情で首を振った。

「だめだ。もし、わたしがオメガ粒子のことを発表したら、戦争にもなりかねない」

「でも、このままでは、西条博士や亜由子さんのゆくえはわかりません。どうか、お願いです」

「おちつくんだ、映二くん。わたしだって、たいせつな西条先生がいなくなって、このまま、何もしないでいるつもりではない。ひとつの方法を思いついた」

「えっ、方法ですって！」

「そう。オメガ粒子を発見したのは、西条博士だけではない。アメリカにも、ぜんぜん別の方法でオメガ粒子を発見した人がいる。マサチューセッツ工科大学のライアン教授という人だ。わたしは、ライアン教授を日本へ呼んだ。ライアン教授に手伝ってもらえば、オメガ粒子のテレポートの力が、どんな方向へ向くか、どれくらいの威力があるかが、はっきりとわかるだろう」

「それじゃ、西条博士や亜由子さんのいる所がわかるんですね」

映二の顔が、ぱっと明るくなった。武部技師は、映二のうれしそうな表情をにこやかに見つめていた。

そこへ、技師のお母さんが、バナナを持ってきてくれた。

「さあさあ、おあがんなさい。あなたくらいの年ごろは、食べざかりなんですから、遠慮はいりませんよ」

「はい、いただきます。さっきは、何も食べたくなかったんですけど、安心したら、急におなかがすいてきました」

「あははは、映二くんは、正直だな。安心したまえ、西条先生は、きっと見つけだしてみせるから」

うまそうにバナナをぱくついている映二を見つめて、武部技師は、きっぱりと言った。

4　ここはどこだ？

次の日曜日は、とても寒い日だった。映二は、父親の車で送ってもらって、埼玉県狭山《さやま》市の入《いる》間《ま》基地へ行った。アメリカからやってくるライアン教授を迎えるためだ。

羽田空港は、狭いうえに、いつもひどく込み合っている。成田空港は、事故のため閉鎖になってしまった。だから、ライアン教授の乗ったＤＣ－８ジェット旅客機は、この滑走路に降りることになったのだ。

あいにく武部技師は、学会に出席するため来られなくなった。それで、映二が代わりに来たのだった。

この入間基地は、臨時の空港だから、ちゃんとした待合室や送迎デッキがあるわけではない。映二はビルケをつれて、滑走路のすみの方で、ジェット旅客機の到着を待ちかまえていた。西条博士がいなくなってから、ビルケの世話をしてきたのは、映二だった。ビルケは、とても映二によくなついた。映二のほうも、寂しい心をまぎらわすため、いつもビルケと遊んでいたのだった。

映二は、管制塔の方を見つめた。塔の下には、ヘリコプターや大型給油車が置いてあった。牽《けん》引車《いんしゃ》が、車体の何倍もあるタラップを引いて、旅客機の降りるのを待っていた。

このとき、映二が管制塔の上に目を向けていたら、そこにひとりの人影が立っているのを見つけただろう。両手で重そうな機関銃のような機械をかかえて……！

だが、映二は空の方に目を向けた。

まもなく、キーンという鋭い音とともに、大空のかなたから小さな点が近づいてきた。それは、しだいにはっきりと見えるようになった。キラキラと胴体を光らせ、四つのジェット・エンジンをふかし、フラップを下げて降りてくるのは、ＤＣ－８ジェットだ。

滑走路の端に降りた旅客機は、なおもすさまじいスピードで、タイヤをきしませながら走ってくる。やがて、そのスピードがしだいに落ち、銀色の機体は、映二から二百メートルほど向こうで、ピタリと停止した。

ちょうど、その時だ。今まで映二のそばにおとなしくしていたビルケが、はじかれたように飛び上がって走りだした。

「あっ、待てーっ！　ビルケーッ、もどっておいでーっ」

映二は、旅客機の方に向かって行くビルケを追った。

とつぜん！　映二は、激しいショックを受けた。目の前が、一面にバラ色に変わっていく。頭のシンが、キリで突き刺されたようにひどく痛い。映二はそのまま、フラッと倒れてしまった。

そのころ、管制塔にいた人たちの目の前では、信じられないようなできごとが、起こりつつあった。

管制塔の向こう側の滑走路が、とつぜんパッとバラ色に輝いた。たったいま着いたばかりのDC－8ジェット。給油車。ヘリコプターなどを乗せたまま、半径五百メートルの大きな円形の所だけが、バラ色のモヤにとざされたように見えた。

だが、次の瞬間、管制塔の人々は、恐ろしい悲鳴をあげた。バラ色のモヤが消えたあとには、なにひとつ残っていなかった。滑走路のうちの半径五百メートルの円形の部分がすっかりなくなり、大きなくぼみになって、黒々とした土の色を見せていた。そして、そこにあった旅客機やヘリコプターは、魔法のように消えうせていた。


気絶してしまってから、どのくらいたったろう。映二は、ビルケの悲しそうな鳴き声で、正気をとりもどした。

「いったい、ぼくは、どうしたんだろう？」

映二は、立ち上がった。

着陸したばかりのDC－8ジェットにタラップが取り付けられたところまでは、はっきりと覚えていた。ビルケが飛び出したので、映二もそれを追って、旅客機の方へ走りだした。そのとき、映二は、目の前がバラ色にかすみ、気絶してしまったのだ。

「ともかく、タラップをのぼってみよう」

映二は、急いでタラップをのぼり、客席に飛び込んだ。まだ座席に座ったままの人もいる。通路に倒れている人もいる。ともかく、みんな気絶している様子だった。

「あっ、この人だ。ライアン教授だ」

映二は、後ろの座席で気を失っている外国人を発見した。ビルケが、低くほえた。映二は、教授を抱き起こした。教授は、気がつくと、キョロキョロとあたりを見まわした。

「教授、だいじょうぶですか？」

「ああ、だいじょうぶだ。きみは、だれかね？」

「ぼくは、和久井映二。武部さんに頼まれてお迎えに来ました」

おぼつかない英語でやっと答える映二に向かって、教授は、軽くうなずいてから立ち上がった。教授と映二が通路を通り抜けるそばで、気絶していた人々がやっと気づいて、キョロキョロとあたりを見まわした。

映二とライアン教授は、タラップの上に立って目をあげた。そのとたんに、映二は、はっと息をのんだ。

正面には、管制塔があるはずだった。だがそこには、見たこともないほど高い森林が茂っていた。滑走路のコンクリートは、ずっと向こうのヘリコプターと給油車の所でなくなっていた。見わたすかぎり、コンクリート舗装のとぎれた先は、森林だった。

映二は、狂ったようにタラップを駆け降りた。十一月だというのに、とても暑く、息苦しかった。オーバーと学生服を脱ぎ捨て、ワイシャツ一枚になると、ちょうどいい気温だった。

映二は、旅客機の向こう側を見つめた。やはり、目にはいるものといえば、生い茂った大森林ばかりだった。

まるで、滑走路の一部が、円形に切り取られ、大森林の中に置かれたようだった。回りじゅう、どちらを見ても、コンクリートの舗装の向こうは、ぎっしりと立ち並んだ大木の壁だった。円形に切り取られた滑走路は、大森林に取り巻かれているのだった。

南の方に向かって続いているはずの滑走路は、そこでプッツリととぎれ、大森林に突き当たってしまう。西の方にあるはずの管制塔は消えうせ、そこも大森林になっている。

「ここは、どこなのだ?」

映二のそばに近寄ってきたライアン教授がつぶやいた。映二は、何と答えていいかわからなかった。

5　やみに光る目

DC－8ジェットに乗ってきた人々は、全部で七十二人だった。それに映二とビルケ。これだけの大群集が、円形に切り取られたような飛行場の一部分に取り残されたのである。人々は、口々に叫びながら、気違いのように騒ぎたてた。映二も、できることならここから逃げだしたかった。だが、回りじゅうを大森林に囲まれて、いったい、どこへ逃げればいいのだろう?

いきりたつ人々を静めたのは、旅客機のハワード機長だった。機長は、乗客たちをタラップの回りに集め、説明を始めた。

「皆さん、静かにしてください。船が難破したときは、船客は、船長の命令に従うのが規則です。この場合には、機長であるわたしの命令に従ってもらわなければなりません」

「いったい、ここはどこだ！」

「何が起こったのだ？　おれには、アメリカに女房と子どもがいるんだ。頼む、なんとかしてくれ」

「お願いよ、助けてちょうだい。お金なら、いくらでも出すわ」

機長の前にいた人々は、口々にわめきたてた。タラップの上に立った機長は、両手を上げて人々を押さえて、ことばを続けた。

「ＳＯＳを発しましたが、どこからも応答はありません。それどころか、通信器には、まったく電波がはいってこないのです。ラジオ放送でも受信できれば、電波の方向がわかるのですが、ラジオも航空局のビーコンも、まったく感じないのです」

「通信器の機械が壊れているんじゃないのか？」

質問したのは、アメリカの狩猟家リーガン氏だった。映二も、その名前を新聞などで見たことがあった。アフリカやインドで、人食いトラやライオンなどを射ち倒した銃の名手なのである。

「しかし、無線機やラジオは、全部で五台もあるのです。それが、みんな壊れてしまうとは考えられません。しかも、管制塔から着陸の指示を受けるまでは、ちゃんと役目を果たしていたのですから……」

機長は、首を振った。なるほど、このDC－8ジェット旅客機は、たしかに着陸に成功したのだった。とんでもない事件は、そのあとで起こったのだから、無線機は、それまではちゃんと働いていたはずなのだ。

「機長、いったい、どうしてくれるんだ？　わしには重大な仕事があるんだ。高い金をはらって、わざわざ日本などへ来るんではなかった。あんたの責任だぞ」

ふいに機長の前に飛び出したのは、ふとった中年のアメリカ人だった。ニューヨークの大富豪ロックチャイルド四世という男だ。彼は、傲慢な目つきで機長をにらみつけた。

「しかし、このDC－8ジェットは、無事に着陸しました。そのあとで、何かとんでもない力が作用して、われわれ全員が、こんな所にほうり出されてしまったのです。わたしとしても、できるだけのことはするつもりです」

「できるだけだと？　そんな気休めのことばなど聞きたくない。さあ、はやく、わしを元の所へ帰してくれ！」

ロックチャイルド四世は、ついに機長の胸に手をかけて、絞めあげようとした。この男は、財閥の家に育ったため、きっと、なんでも自分の思いどおりになると思い込んでいるのだろう。

「機長をせめるのは、やめんか！」

乱暴しようとするロックチャイルドをとめたのは、ひとりの老人だった。髪の毛はまっ白く、ヤギのようなヒゲがはえている。いくらわがままなロックチャイルドでも、こんな老人に乱暴することはできない。彼は、しぶしぶ機長の胸から手を放して、老人を見つめた。

「わしは、シカゴ博物館のエッケルト博士じゃ。ハワード機長をせめたてれば、元の所へ帰れるというのなら、わしも、喜んで君のお手伝いをしよう。しかし、いま機長をせめても、なんにもならん。それより、まず、ここがどこかを突き止めることが先決じゃ」

「ふん、あんたに、それがわかるとでもいうのかね？」

「まだ、よくわからん。しかし、少なくとも、ここが日本でないことは、確かじゃよ」

「えっ、日本じゃないって？」

ロックチャイルドは、大声できさかえした。映二も、ほんとうにびっくりした。ほかの人たちも、ガヤガヤと話し合っていた。

「この回りの森林を見たまえ！　ほとんどは、ブナの木ばかりじゃ。しかし、その下には、ツル草やシダなど、亜熱帯地方にしかない植物がはえておる。こんなジャングルは、日本にはあるまい。それに、この気温――日本の十一月といえば、もっともっと寒いはずだが、シャツ一枚でいられるのは、おかしいと思わんか？」

そう言われてみると、映二にも、思い当たることがあった。ライアン教授を出迎えるため、父親の車で送ってもらったのだが、その朝は、ひどく冷えこんでエンジンがうまくかからないほどだった。気絶してしまってから、気がついてみると、回りじゅうが夏のように暑く、映二はオーバーを脱ぎ捨ててしまったのだった。

……日本でないとすれば、ここは、いったいどこなのだろう？　あの目の前がバラ色になるようなショックは、いったいどうしたことなのだろう？　映二の心には、つぎつぎに疑問がわいてきた。

「日本じゃなくて、亜熱帯地方だとすると、アフリカかもしれん。もしかしたら、あのジャングルから、ターザンが飛び出してくるかもしれないぞ」

猛獣狩りの名人リーガン氏は、ジャングルを指さして、おどけたゼスチュアで、じょうだんを言った。だが、だれも笑わなかった。みんな、ひどくがっかりして、笑う元気もないのだろう。

「皆さん、元気を出してください。今夜は、この客室の中で泊まることになりますが、あすは、きっとここがどこか突き止めてみせます」

ハワード機長は、タラップの上に立って、力づよく叫んだ。

「ここがどこか、確かめる？　いったい、どうやって、確かめるつもりなんだ！」

ロックチャイルド四世が、元気のない声できいた。

「あれです。ヘリコプターを使って調べてみます。上空から探せば、ここがどこかきっとわかるはずです。人家が見つかれば、救援を頼むこともできるでしょう」

機長は、ジャングルの少し手前の所に止まっているヘリコプターを指さした。

「そうだ、ヘリコプターがあることを忘れていた」

みんな大声をあげて喜びあった。アメリカ人の中には、オーバーなゼスチュアで抱き合っている人々もいた。

「あっ、あれは！」

映二は、ヘリコプターの方を指さした。

ヘリコプターのドアをあけて、ひとりの男が降りてくるところだった。よろよろとふらつきながら、頭をガンガンたたいて、こちらへ歩いてくる。

「うわーん！」

ビルケが、一声ほえると、だしぬけに走りだした。

「あっ、待て、ビルケ！」

映二も、夢中でビルケのあとを追った。ビルケは、ヘリコプターから出てきた男のそばに近づくと、はげしくほえたてた。

「いいんだ、ビルケやめろ！　ほえるんじゃない」

映二は、走りよってビルケを押さえつけた。ヘリコプターから出てきた男は、自衛隊の制服を着た青年だった。

「あっ、きみは？」

「ぼくは、和久井映二。あなたは？」

「わたしは、航空自衛隊の中尾二尉。いったい、ここはどこなんだ。回りじゅうが、急にジャングルに変わってしまった。信じられないことだ」

中尾二尉は、頭をガンとたたいた。きっと、自分の頭がどうかしてしまったのだと、思ったのだろう。

「向こうに、DC－8の乗客の人たちがいます。さあ、行ってみましょう」

映二は、みんなの方へ歩きだした。

その夜、新しく見つかった中尾二尉を加えた七十四人の人たちは、ＤＣ－８ジェットの客席で寝ることになった。

みんな疲れきっているのに、不安と恐怖のため、なかなか寝つかれなかった。三人の客室乗務員たちは、全員に機上食を配って歩いた。彼女たちは、おびえきった人々を慰め、陽気な話しかたで力づけていた。

機長、副操縦士、そして事務長の三人は、万一の場合に備えて、全員の持っている武器を調べていた。リーガン氏の猟銃が四丁、ロックチャイルド氏とほかのひとりの乗客が持っていた護身用ピストルが二丁、ヘリコプターの中にあった自衛隊の国産六四式ライフルが五丁、そして、遭難の時のために機内に備えつけてあった信号銃が二丁。

ハワード機長は、これらの武器を集めて厳重に管理することにした。

いつしか、疲れきった人たちは、眠ってしまった。昼間は、あんなに暑かったのに、夜になると急に冷えこんできた。みんな、客室乗務員から渡された毛布をかぶって、眠っていた。

だが、映二は、なかなか眠れなかった。座席のわきの通路にながながと寝そべっているビルケは、ときどき映二の手に顔をこすりつける。ビルケも、なかなか寝つかれないのだろう。

……バラ色に輝く光線……もしかしたら、ぼくたちも、オメガ粒子を浴びて、どこともわからない場所へ飛ばされてしまったのかもしれない。せっかくライアン教授を迎えに来たのに……。

そうだ、武部技師は心配しているだろうな。残念だ、武部技師に連絡をとることができればいいのに……。亜由子さん、きみはいったい、どこにいるんだ。

映二の心は、不安でいっぱいになった。あれこれと考えこんでいるので、いつまでたっても眠れなかった。

「うううう――！」

とつぜん、ビルケが、低い声でうなった。耳をヒクヒクさせて、不安そうに首を伸ばした。

「しっ、静かにしろよ。みんな、眠ってるんだぞ！」

いくら命令しても、ビルケは、うなるのをやめない。映二は、しかたなくビルケの首輪を引いて、出口の方へ連れ出そうとした。

通路を通り抜けて、出口の所まで来ると、映二は、ほかの人たちが目を覚まさないように、そっとドアをあけた。

「さ、ビルケ、お前だけ外で寝るんだぞ。うるさくしたばつだ、悪く思うなよ」

映二は、ビルケを外へ押し出そうとした。だが、ビルケは、まるでいやいやをするように、前足をつっぱって外へ出まいとした。亜由子がいなくなってから、すっかり映二と仲良しになったビルケは、一度だって命令をきかなかったことなんかない。それなのに、今夜はいったいどうしたわけなのだろう。

映二は、ビルケの首輪を力いっぱい引っぱって、自分もドアの外へ出た。

その時だ。

「うわわーん、うあん、うわん！」

ビルケが狂ったように、ほえはじめた。

映二は、はっとして前を見た。やみの中にタラップが浮き上がって見える。そして、そのタラップのいちばん下の段の所に、二つの黒い影が、体をのせかけるようにしていた。やみの中で、四つの目がギラギラと輝いていた。

「う、うわーっ！」

映二は、悲鳴をあげた。そのとたんに、ものすごいほえ声が、暗やみを裂いて響きわたった。

「うがーっ！」

黒い影は、一声ほえると、牛ほどもある巨大な体をかるがるとジャンプさせて、映二めがけて躍りかかった。

狭いタラップの上だ。避けるひまはなかった。映二は、ものすごい勢いで飛び込んでくる怪物の体当たりで、ドアのところへはねとばされた。倒れた映二の胸に、グイと重いものがのせられた。毛むくじゃらで、鋭いツメがはえている。怪物の足だ。

「あーっ、もうダメだ」

映二は、目をつぶった。炎のように熱い怪物の息が、映二のほおに吹きつけてくる。恐ろしいキバから、生臭いにおいが漂ってくる。

その時、怪物の背中めがけて、ビルケが躍りかかった。怪物は、狂ったように飛び上がると、ビルケを振り落とそうと、タラップの手すりに体あたりした。

バリバリ！　タラップの手すりをぶち破って、黒い怪物とビルケは、滑走路の上に転落した。

「ビルケーッ！」

映二は、夢中でタラップを駆けおりた。前後を二頭の怪物にはさまって、ビルケは大きく息をはきながら、うなりつづけている。巨大な怪物と比べれば、ビルケは、ネコに追いつめられたネズミと同じだ。

あっビルケがやられる！ 映二は、おもわず目をつぶった。その時だ。

ガガガーン！ 暗やみの中に銃声がとどろき、怪物がマリのようにはねあがった。リーガン氏が、タラップの上に立って、ライフル銃を撃ちまくっている。ビシビシッと、怪物の体に、命中弾が食い込んだ。さしもの怪物も、ドタッと横倒しにたおれた。残る一頭は、いちもくさんに駆けぬけて、ジャングルへ逃げ込んでしまった。

6　火を吐く山

ジャングルに囲まれた滑走路の上に、朝がやってきた。映二が目を覚ました時、ほかの人々は、機内にはいなかった。

タラップに出てみると、みんなは、滑走路の上で、忙しく働いていた。大きなバナナのふさを、土人みたいに頭の上にかついでいる人もいる。両手にパイナップルをぶらさげている人もいる。きっと、ジャングルの中でとってきたのだろう。

三人の客室乗務員は、滑走路の上にたきぎを集めて火をおこしている。朝食のため、お湯をわかしているのだ。

映二は、ふと十人ばかりの人が集まっているのに気がついた。きのうリーガン氏がライフル銃でしとめた、あの怪物の死体の回りに集まっているのだ。

「行ってみよう、ビルケ！」

映二は、勢いよくタラップを駆け降りた。そのあとに続くビルケは、ちょっとビッコをひいている。きのう怪物と一緒にタラップから落ちて、けがをしてしまったのだ。

怪物の正体は、トラともライオンともつかない、ものすごい猛獣だった。口からは、とがったキバがはえ、ライオンより一回り大きい体は、ふさふさした長い毛で覆われていた。

「いったい、この怪物は？」

映二は、びっくりして叫んだ。ゆうべは、暗かったので、はっきりと見ることができなかった。だが、明るい朝の日ざしで見ると、怪物はいっそう恐ろしいものに思えた。きのう、ひどい目にあっているので、ビルケは、しりごみをして怪物の死体へ近づくまいとしている。

「ははは、ビルケ、だいじょうぶだよ。もう死んでるんだから、かみつきゃしないよ」

映二は、ビルケの頭に手を置いた。

その時、取り巻いている人々を押しのけるようにして、ひとりの老人が飛び出した。シカゴ博物館から来たというエッケルト博士だ。……少なくとも、ここは日本ではない！……この老人の言ったことばが、映二の心に浮かんだ。

「うーむ、むむむ……」

エッケルト博士は、怪物の死体を見つめながらうなりはじめた。しばらくつっ立っていた博士は、すぐ死体のそばにかがみこんで、キバやツメを調べはじめた。

「し、信じられん。こ、この怪物は、まちがいなく楊獅子《ヤンじし》じゃ。中国や日本に棲息していた、氷河時代にいた猛獣なのだ。それが、生き残っておるとは！　うーむ、まさに大発見。すばらしい発見じゃ」

エッケルト博士は、しきりに感心している。映二とリーガン氏は、きのうの夜起こったことを、かわるがわる説明した。

「うーむ、では、一頭はジャングルの中へ逃げ込んだわけだな。おそらく、あのジャングルの中には、こいつの仲間が、もっとたくさんすんでいるのじゃろう」

「すると、博士。夜は警戒しなければなりませんな。旅客機の中に、全員寝泊まりをすることにして、タラップをはずしておかなければ危険です。もし、いよいよという場合には、このライフル銃を使うこともできますが、できるだけ弾丸を節約しなければなりませんからな」

リーガン氏は、猛獣狩り用ライフルをたたいて、頼もしげに答えた。アメリカ人らしく冗談ばかり言って、いつもおどけているように見えるが、リーガン氏は、このジャングルに囲まれた場所で、いつまでいなければならないか、ちゃんと計算して弾丸を節約するのだという。思ったより、ずっと慎重な性格の人なのだ。映二は、リーガン氏がいることをとても頼もしく感じた。

「おーい、ヘリコプターで出発するぞ！」

遠くから、ハワード機長の声が聞こえた。

みんな、ヘリコプターのそばへ走りよった。機長は、みんなを見まわして、きびしい表情で命令した。

「ヘリコプターで調査する目的は、二つ。一つは、ここがどこの国か調べること。もう一つは、人のいる場所を探して、救助を頼むこと。この二つだ。同行する人たちは、リーガン氏、和久井映二くん、エッケルト博士、コリー犬のビルケ、それにわたし。この四人と一頭だ」

機長が言いおわるのを待ちかねたように、とつぜんロックチャイルド四世が、ぐいと進み出て叫んだ。

「機長、わたしを連れていってくれ。金ならいくらでもはらう。だから、わたしを連れていってくれ」

「ミスター・ロックチャイルド。勝手な言いぶんを認めるわけにはいきませんな。この人たちは、調査にいちばん役にたつ人たちです。だから、わたしは、選びました」

機長は、わめきたてるロックチャイルドに向かって、諭すように穏やかに説明した。

「なに、調査に役にたつだと！　それではそのジャップの小僧は、何の役にたつんだ。そんな子どもを連れていったって、足手まといになるだけだぞ！」

「映二くんの愛犬ビルケは、きっと調査に役だつでしょう」

ハワード機長の説明で、やっと映二にも、自分が選ばれた理由がわかった。ビルケはとても頭がいいし、とても勘が鋭い。だから調査に連れていけば、きっと役にたつだろう。ビルケは、映二の言うことしかきかないから、どうしても映二も行かなければならないのだ。

エッケルト博士は、生物学者だから、植物や動物などの様子から、ここがどこなのか決定してくれるだろう。楊獅子のようなおそろしい猛獣が現れたときには、リーガン氏が守ってくれるだろう。

機長が選んだ人たちは、当然、期待にこたえてくれるような人ばかりだった。しかし、ロックチャイルドは、わがままそうな表情で、いつまでもいまいましげにブツブツ言っていた。

調査隊の一行四人とビルケは、残った人たちに見送られて、ヘリコプターに乗り込んだ。

ブロローン！　エンジンの音とともに、ローターが勢いよく回りはじめ、シコルスキーS61ヘリコプターは、空に舞い上がった。DC－8ジェットやそのそばに立って手を振る人たちがしだいに小さくなり、見わたすかぎりの大森林の中に、あの円形に切り取られた滑走路の一部だけが、ポツッとまるく取り残された。

ヘリコプターの窓の下に広がる世界は、まるで緑色の海のように見えた。

「エッケルト博士、見わたすかぎり大森林ですな。わたしも、何度か日本へ来ているが、どう考えても、日本には、こんな原始林はない！」

機長がつぶやいた。

「でも、飛驒《ひだ》山脈や木曽の山奥には、人がはいったことのない原始林もあります。まだはっきり日本じゃないって、決められないと思いますけど……」

映二は、横から口を出した。まだ、ここがどこかわかっていない。だから、よけいに、ここが日本のどこかであってほしいと思うのだ。どこともわからない場所だと決まってしまうのが、とても恐ろしく感じられた。

「映二くん、日本であってほしいという気持ちは、よくわかる」

エッケルト博士は、映二の不安を見すかして言った。

「だが、ここは、日本ではない。どこの国にも、その特色となる植物相《フローラ》というものがある。たとえば、アメリカなら、大平原の小灌木《しょうかんぼく》やロッキー山脈の高山植物のような植物相《フローラ》。もし、ここが、木曽山脈だとすれば、松やスギのような温帯性針葉樹の植物相でなければならん。だが、この緑の海に生えているのは、亜熱帯性植物ばかりだ。しかも、こんなに広い亜熱帯性の樹林は、日本にはない」

エッケルト博士は、望遠鏡で窓をながめながら説明した。

映二は、がっかりした。やはり、ここは日本ではなかったのだ。日本でないとすれば、いったい、どこなのだ？　アフリカなのだろうか。それとも、どこか南洋の無人島なのだろうか？

映二の心は、不安でいっぱいになった。もし、ここが日本でないとすると、もう西条博士や亜由子にめぐりあうこともできないかもしれない。あの時、ゆくえ不明になったままの亜由子のことを思い出すと、映二の胸はしめつけられるようだった。

「おお、ジャングルの向こうに平原が見えるぞ、機長、ちょっと降りてみてくださらんか？」

とつぜん、エッケルト博士が叫んだ。ヘリコプターは、しだいに高度を落とした。ジャングルの向こうに、ひろびろとした大平原があった。あまり広いので、その果ては、地平線のかなたまで続いているように見えた。映二の最後の希望は、消えてしまった。もしかしたら……、エッケルト博士の説明を聞いてからも、映二は、まだここが日本だったらと考えていた。だが、今は、はっきり日本ではないと決まってしまった。あんなに広い大平原に、家一つ見あたらない場所は、日本には、とてもありそうもないからだ。

ヘリコプターは、ジャングルを飛び越え、平原の上を低空飛行した。はるか向こうで、動物の群れが爆音に驚いてぱっと走りだした。シカのような動物の群れだ。映二は、ずっと前に見たアフリカを舞台にした映画の中に、そんな場面があったような気がした。

ヘリコプターは、動物の群れを追った。ヘリコプターのローターの回転するものすごい音を、動物たちは大空から巨大な怪物がやってきたのだとでも思ったのだろう、必死になって逃げていく。だが、ヘリコプターのほうが、ずっと早い。たちまち、追いついてしまった。

「エッケルト博士、どうやらシカのようですな。いや、カモシカかもしれん」

機長が話しかけた。

「うーむ、むむむ……」

だが、エッケルト博士は、楊獅子を見つけた時のように、ただうなりつづけるばかりだった。

「博士、あの動物は？　シカですか、それとも、カモシカですか？」

今度は、じれったくなって、映二がきいた。

「うーむ、中国の文献にあったとおり、角はシカに似て、シカにあらず。顔はウマに似て、ウマにあらず。ひづめは、ウシに似て、ウシにあらず。身は、ロバに似て、ロバにあらず。まさに、そのとおりじゃ」

　博士は、自分勝手にやたらと感心しながら、わけのわからないことをつぶやいている。何が、まさにそのとおりなのか、聞いている映二たちには、さっぱりわからない。

「先生、そんななぞなぞみたいなことを言ってないで、教えてくださいよ。あの動物は、いったい、何ですか?」

　リーガン氏が、あきれたというゼスチュアで、両手を広げてきいた。どうやらリーガン氏にも、わからないらしい。猛獣狩りに行った時、オカピ、ハートビースト、ウシカモシカ、レイヨウなどの類を見なれているはずのリーガン氏にも、さっぱり見当がつかないらしいのだ。

「うーむ、信じられん」

　エッケルト博士は、首をかしげてから、説明を始めた。

「あれは、シフゾウ――四不像という動物じゃ。シカでも、ウマでも、ウシでも、ロバでもない。つまり、この四つの動物のどれでもない、という意味で四不像という名がついたのだ。だが、野性のシフゾウは、百年以上も前に滅んでしまった。今は、中国の動物園に飼われているだけだという話だが、わしも、まだ見たことがない」

「すると、ここは、中国の奥地ということになりますが……」

　機長は、さっと顔色を変えた。もし中国だとすれば、たいへんなことになる。中国は、日本とは体制の違う国だ。うっかり上空をフラフラ飛んでいたら、スパイとまちがわれて、ミサイルで撃墜されかねない。

機長は、ぐいと操縦桿《そうじゅうかん》を引いた。ヘリコプターは、ぐーんと上昇して、平原のかなたへ向かってスピードをあげた。

行けども行けども、大平原は続いていた。

「あっ、あれは！」

ふいに、リーガン氏が指さした。はるか下の方に、銀の糸のように川が流れている。その岸べに、豆粒のようなものが動いているのを見つけたのだ。

ヘリコプターは、また高度を落とした。川の流れが、しだいに大きく見えはじめた。かなり大きい川だ。岸べに木が茂り、そのそばで、巨大な動物たちが水をかけあったりして、遊びたわむれていた。

「ゾウだ！」

映二は叫んだ。大きな鼻を巻き上げて、ホースのように水を噴き出しているのもいる。母ゾウのおなかにくっついて、乳を飲んでいる子ゾウもいる。

「変だな。中国には、ゾウなんかいないはずなのにな。すると、ここは、インドかアフリカということになるが……」

リーガン氏が言った。

「違う。よく見たまえ、あれは、インド象でもアフリカ象でもない。うーむ、むむむ」

エッケルト博士は、またうなりはじめた。

「なるほど、そういえば、インド象でもアフリカ象でもない。体じゅうに毛がはえているぞ」

リーガン氏がうなずいた。映二にも、よくわかった。マンモスのように長い毛ではないが、短いゴワゴワした毛が、体じゅうにはえている。映二の知っているゾウとは、どことなく違うように思えた。

「ヨーロッパのアンクチウス化石ゾウ……、いや、そうではない、キバが長すぎる。インドのナルバダ化石ゾウかもしれないが……うーむ、どうも違うようだ。わかった。わかったぞ。あいつは！……」

　エッケルト博士は、ゾウの群れを観察しながら、ついに大声を出した。興奮のあまり、声がうわずっていた。

「博士、いったい、何がわかったのですか？」

「機長、あれは、ナウマン象だ。リス・ビュルム間氷期――つまり、今から二十万年前の氷河時代のあいだの比較的暖かい時代に、日本列島にすんでいたゾウの一種だ。まちがいない、あれは、ナウマン象じゃ」

　エッケルト博士は、大発見に大喜びだった。

　ナウマン象――二十万年前の日本にすんでいたゾウ。それが、なぜ、こんな所に現れたのだ。一頭や二頭だけ生き残っていたのなら、まだ説明することもできるかもしれない。だがこの群れだけでも、ざっと五十頭ちかくのナウマン象がいる。どうして、今まで発見されなかったのだろう。映二は、スコットランドのネス湖に生き残っているといわれる、恐竜らしい怪物の話を思い出した。

機長もリーガン氏も、首をかしげていた。

「なるほど、ナウマン象か?」

リーガン氏がつぶやいた。インドやアフリカへ、何度も行ったことがあるリーガン氏には、エッケルト博士の言うことがわかったのだ。

機長は、ヘリコプターを飛ばした。今度は思いきって、高度を上げてみた。地平線のかなたに、くっきりと浮きたつように、コニーデ型の火山が、火と煙を噴き上げていた。すばらしくきれいな山だった。

「きれいだな。まるで富士山みたいだ」

映二はつぶやいた。亜由子と一緒に、西条博士の研究所へ行った時のことを思い出したのだ。あの時も富士山がきれいだった。郊外の林の上に、富士山がくっきりと立っているのが見えた。亜由子も、しきりに富士山の美しさに感心していたものだった。

……亜由子さん、きみは、いったいどこへ行ってしまったのだ。ぼくはきみを探し出そうとして、武部技師のところへ行った。そして、ライアン教授を連れてきて、せっかく手がかりをつかめそうになったのに、こんなことになってしまった。ぼくは、いったい、どうしたらいいのだ……!

映二の心に、富士山の美しい姿と重なりあって、あの時の亜由子の姿が浮き上がってきた。まるでヒナギクみたいに優しかった亜由子。それでいて、とても賢く、クラスではいつもリーダーだった亜由子。もう、そんな亜由子に会うことができないのだ。そう思うと、映二は、とても悲しかった。

「機長、ちょっと着陸するわけにはいきませんかな？」

とつぜん、エッケルト博士が言った。

「えっ、着陸ですか？　危険がなければいいのですが……。しかし、いったい、何の目的で、着陸するのですか？」

「地質を調べてみたいのです。もし、地質学的な調査ができれば、はっきりした結論を出せるのじゃが……」

エッケルト博士は、機長に向かって熱心に頼みこんだ。機長は、黙ってうなずいて、操縦桿をぐいと倒した。ヘリコプターは、広い草原の一角をめざして、降りていった。

7　人かサルか？

見わたすかぎりの大草原のまん中で、ヘリコプターを降りた四人は、澄みきった空気を胸いっぱい吸い込んだ。スモッグによごされた都会の空気と違って、ここでは、空気までが、すがすがしく快かった。機長も映二も、べつにすることがないので、深呼吸しながら、ブラブラと歩きまわっていた。リーガン氏は、ライフル銃をかまえて、油断なく警戒している。エッケルト博士は、草をかきわけ土をほじくりかえして、何やら調べていた。

「おーい、みんな来てくれんか！」

とつぜん、エッケルト博士がどなった。映二も機長もリーガン氏も、ただちに博士の所へ飛んでいった。

「うーむ、むむむ……」

何か大発見でもしたのかと思って、急いで駆けつけてきた映二は、ちょっとがっかりした。エッケルト博士は、両手に灰色の土を握りしめて、目を白黒させているだけだ。なにかというと、博士は、すぐうなりだす癖があるらしい。

「いったい、どうしたのですか、博士？」

とうとう、たまりかねた機長がきいた。

「機長、これは、火山灰ですぞ。あの火山の爆発で飛んできたのじゃ」

博士は、興奮した声で、はるかかなたのコニーデ型の火山を指さして、叫んだ。映二には、わけがわからなかった。博士は、火山灰を握りしめて、自分だけひとりで感心している。

「そんな灰が、それほどたいせつなんですかねえ。灰なんか、ストーブの中をかきまわせば、いくらでも出てくるのに……」

リーガン氏が、あきれかえったように言った。

「ばかもん！　ストーブの灰なんぞとは、わけが違うんじゃ」

博士は、ちょっと機嫌を悪くして、どなりつけた。

「この灰こそ、この場所がどこかを知る、重要な手がかりじゃ。今から二十万年くらい前、つまり新生代の第四紀中期更新世という時代に、日本の火山が大噴火を起こしたことがある。関東地方では、火山灰が何メートルも積もったほどじゃった。その火山灰の積もった地層を、関東ローム層という。この火山灰は、二、三年前に降ったもののようじゃ」

映二は、博士の説明を熱心に聞いていたが、さっぱり理解できなかった。関東ローム層ができたわけは、よくわかった。この火山灰が、二、三年前に降ったものだということもわかる。しかし、それがなぜ手がかりになるのだろう？

「しかし、今の場合、そんなことが重要なのですか？　わたしには、よくわかりませんが……」

機長も、映二と同じように思ったのだろう。代わりに質問してくれた。

「わかるように説明しましょう。いいですかな、まず、シフゾウという動物は、ごく最近までは中国にもいたらしいが、とにかく、二十万年前には、日本にもすんでおった。さっき見たナウマン象は、二十万年前の日本にすんでいた象の一種じゃ。そして、あの火を噴く山は、コニーデ型――つまり、富士山によく似ている。二十万年前には、富士山も活火山として、いつも噴火をくり返していた。そしてこのあたり一帯に積もっている火山灰は、二十万年前、関東ローム層を造りあげたものだ。とすれば……」

映二は、はっとして顔をあげた。それでは、この場所は……！

その時、映二の目の前を、ビュッと石ころのようなものがかすめた。

「うわーっ！」

映二は、びっくりしてしりもちをついた。その時、ビルケが大きくジャンプした。

「ウウウ、ウワワーン！」

ビルケは、一声ほえると、丈の高い草むらめがけてパッと飛び込んだ。それと同時に、草むらの中から、人間くらいの大きさの黒いものが、パッと飛び上がった。

「あっ、あれはなんだ！」

映二は、草むらを指さした。ビルケともみあっている黒い毛むくじゃらの怪物は、人間ともゴリラともわからない、きみの悪い姿をしていた。

リーガン氏が、ライフル銃をかまえて近づいたが、ビルケに当たるおそれがあるので、うつわけにはいかない。

「ビルケ、下がるんだ！」

映二は、草むらに走り寄って叫んだ。ビルケがパッと飛び下がる。怪物は、毛むくじゃらの両腕を振り上げて、ぱっと立ち上がって、今度は映二のほうにつかみかかってきた。

「うわーっ！」

映二は、逃げようとして足をとられて、あおむけにひっくりかえった。怪物は、落ちこんだ目をギラギラと光らせて、ガーッと口をあけた。

あぶないところで、走り寄ってきたリーガン氏が、怪物の肩のあたりをライフルの銃床でガンとなぐりつけた。怪物はよろめいて、映二の上に倒れかかってきた。

映二は、やっとのことで、息をはずませて怪物の下から抜け出すと、エッケルト博士をつかまえてきいた。

「博士、つまり、あなたは、ここが二十万年前の日本だとおっしゃるんですね？」

「そうじゃよ、映二くん。わしにも信じられないことじゃが、どうも、そうとしか考えられない。ところで、あんた、命の恩人に礼を言わなくていいのかね？」

博士は、映二の質問に答えてから、皮肉めいた口調で付け加えた。

「あっ、そうだ。リーガンさん、どうもありがとう。おかげで助かりました」

映二は、てれくさそうに頭をかきながら、リーガン氏の大きな手を握りしめた。

「エイジ。礼なんていいってことよ。ところで、博士、この化け物は、いったい、何ですかね。わたしゃ、ターザン映画でも見てるような気分なんですがねえ」

リーガン氏は、倒れている怪物を、指さした。人間のようにも見えるが、ゴリラのようにも見える。映二の頭は、すっかり混乱してきた。エッケルト博士の説明を聞いていると、どうしても、この場所が二十万年前の日本としか思えなくなる。そういえば、あのコニーデ型の火山は、どう見ても富士山としか思えない。それに、シフゾウ、ナウマン象、関東ローム層を造りあげた火山灰など、たくさんの証拠がある。二十万年前の日本？　いったい、なぜ、そんな時代に、急に飛び込んでしまったのだろう？　考えれば考えるほど、映二の頭は、混乱するばかりだった。

エッケルト博士のほうは、気絶したままの怪物をすっかり調べあげていた。巻き尺を取り出して頭の大きさをはかったり、まぶたをあけてみたり、キバのような歯を数えたりしている。

「エッケルト博士。人間のようにも、類人猿のようにも見えますな。こいつは、もしかするとネアンデルタール人ではないのですか？」

ハワード機長が、わきからのぞきこんで意見を述べた。だが、博士は、しずかに首を振った。

「違いますな。わしにもよくわからんのだが、ひょっとすると、ニッポナントロプス・アカシエンシスかもしれん！」

「そのニッポンナントカってのは、ゴリラの名前ですかね？」

リーガン氏が口をはさんだ。だが、エッケルト博士は、とんでもないという顔をして、説明した。

「ゴリラやチンパンジーにしては、頭が大きすぎる。かといって、人間にしては、あごが突き出して犬歯が鋭すぎる。これは、よく調べてみないとわからんが、一九三一年に日本の古生物学者直良信夫《なおらのぶお》博士が、化石を発見した明石原人《あかし》ではないかと思うのじゃ」

「すると、やはり、ここは二十万年前の日本というわけなのですな」

「さよう。二十世紀の地球上のどこを探しても、ナウマン象や明石原人はおらんでしょう。だが、わしは、満足じゃ。このように、貴重な標本に囲まれておられるとは、古生物学者にとっては、天国におるのと同じことじゃ」

エッケルト博士は、機長の質問に胸をそらせて答えた。

「じょ、じょうだんじゃないですぜ！　けっ、天国だと！　わたしゃあ、まだ死にたくない。こんな化け物ばかりすんでる所にゃ、はやいとこおさらばしたいもんだ」

リーガン氏が大あわてで抗議した。そのあわてかたが、あまりおかしかったので、機長も映二も、腹をかかえて笑いだした。

8　西条博士を探せ

　ヘリコプターで、飛行場へもどった四人は、待っていた人たちを集めて報告した。機長は、何も知らない人たちの期待を裏切らないように、できるだけ穏やかに話しはじめた。証拠としてロープで縛りあげて連れてきた明石原人を見ると、女の人のなかには気絶する者すら出るほどだった。

　この場所が、二十万年前の日本だと聞いたとたんに、みんな、ひどくがっかりした。

「いったい、どうしてこんなことになっちまったんだろう。わたしゃあ、肝っ玉が、でんぐり返りそうだぜ」

　リーガン氏が、みんなを元気づけようと、わざとおどけてみせた。だが、ほかの人たちが、非難するような目つきでにらみつけたので、かえってリーガン氏のほうが、しょげかえってしまった。

「おい、いったい、どうしてくれるつもりなんだ。わしは、高い金をはらって、飛行機に乗ったのだぞ。それなのに、こんな所へ連れてきおって！　帰ったら、必ずお前たちを訴えてやるからな」

　ロックチャイルドが、わめきたてた。

その時、これまで黙っていたライアン教授が立ち上がった。

「諸君、聞いてくれ。わしは、マサチューセッツ工科大学で素粒子論を研究している、ライアン教授じゃ。わしは、オメガ粒子というふしぎな力をもった素粒子を発見した。オメガ粒子を浴びせられた物体は、どんなものでもたちまち消えうせてしまう。つまり、オメガ粒子は、物体をどこかへテレポートさせる力を持っておるのだ。わしだけでなく、日本の西条博士も、別な方法でオメガ粒子を発見した。ところが、知っている人もいると思うが、西条博士は、それからまもなく、研究所もろとも、とつぜん消えてしまったのだ」

映二は、夢中で聞いていた。映二の考えていたことを、代わりにライアン教授が説明しているからだ。

「わしの考えを言おう。西条博士の研究所が消えたのも、われわれがこんな所へ来たのも、オメガ粒子を浴びせられたためではないかと思う。わしは、はじめオメガ粒子が、物体をどこかほかの場所にテレポートさせる力を持っておると考えた。だが、今やっとわかった。オメガ粒子が、物体をテレポートさせるのは、ほかの場所へではなく、ほかの時代へ向かってなのである。何者かが、オメガ粒子の発生装置をわれわれに向けて発射した。そのため、われわれは、この二十万年前の日本へ飛ばされてしまったのだ」

ライアン教授の説明が終わると、みんな、いっせいにざわめいた。なかには、絶望のため泣きだす人もいた。二十万年前、まだ人類が明石原人のような原始人であった中期更新世リス・ビュルム間氷期の時代に、この七十四人の人たちが、まるで島流しのように置き去りにされたのであった。

　映二も、目の前がまっ暗になったような気持ちだった。これが地球上での空間の移動の話で、アフリカの奥地にでも置き去りにされたのなら、歩いて歩きぬけば、きっとどこか、人間の住んでいる所へたどり着くことができるはずである。もし、サハラ砂漠のまん中に置き去りにされたとしても、まだ隊商に救われる希望が、まったくないわけではない。だが、今、映二がほうり出された世界は、二十世紀より二十万年も昔の世界なのである。地球の上なら、どんなに遠く離れていても、行って行けないことはない。海があれば船に乗り、山があればよじ登って行けばいい。だが、時間だけは、どうすることもできない。二十万年の時間の流れを、一飛びに飛び越えることは、魔法でも使わないかぎり、ぜったいにできないのである。

「ところで、ライアン教授、質問があるのですが……」

　とつぜん、ハワード機長がきいた。

「なんでしょう、機長？」

「そのオメガ粒子を浴びると二十万年前に飛ばされることは、よくわかりました。その場合、場所はどういうふうに変わるのでしょうか？」

「いや、場所は、まったく変わらん。今、われわれがいる所は、二十万年前の人間基地だということになる。それについて、わたしに考えがある。西条博士も、われわれにオメガ粒子を浴びせた憎むべき犯人に襲われたとする。そうすると、当然、西条博士も研究所もろとも、この二十万年前の世界のどこかに現れているはずだ。われわれのすべきことは、まず西条博士を探すことだ」

「なるほど。それでは、さっそくあすまた、ヘリコプターで探しに出かけましょう」

機長はうなずいた。

映二は、やっと元気をとりもどした。もし西条博士を襲った犯人と、映二たちを襲った犯人が、同じ人間で同じオメガ粒子の発生装置を使ったとしたら、必ず西条博士も、この時代のどこかにいるはずである。研究所さえ見つければ、亜由子さんに会えるのだ。映二の心は、希望で明るく輝いた。

機長は、映二を呼んで、西条博士の研究所の場所をきいた。西条博士の研究所は、多摩川のほとりにある。もっとも、二十万年前に多摩川はなかったかもしれないから、川は目印にはならないが、とにかく、機長は、旅客機の中にあった観光用の東京近郊地図を取り出した。オメガ粒子で二十万年前に飛ばされても、場所は変わるわけではないから、入間基地から見て、研究所が、どの方向の、どのくらいの距離にあるかがわかれば、きっと行けるはずである。

映二と機長は、地図の上に線を引いて、あすの飛行の打ち合わせをしていた。あすになれば亜由子に会えると思うと映二の心は、うれしさにはずんだ。

ガガガーン！

ふたりがむちゅうで地図を見つめていたとき、とつぜん、一発の銃声が鳴り響いた。

機長は、はっとして、地図をほうり出して立ち上がった。映二も走りだした。

給油車のすぐ近くで、銃を持ったロックチャイルドと中尾二尉が、激しくもみあっていた。ふたりのすぐ前に、ヘリコプターから下ろして、そのままにしてあった明石原人が、ロープで縛られたまま血まみれになっていた。

「放せ、黄色いジャップめ！」

「何をするんだ！」

中尾二尉は、ロックチャイルドの手をねじあげて、銃を奪い取った。ロックチャイルドは、なおも二尉めがけて、つかみかかった。二尉は、滑走路に銃を置くと、なぐりかかる大男の手をつかんで、きれいな一本背負いを決め、コンクリートの上にたたきつけた。

「ううーん、覚えていろ！」

ロックチャイルドは、大声でわめきたてるが、腰を打ったらしく起き上がれない。

「中尾二尉、いったい、どうしたのだ？」

走り寄って機長がきいた。

「ロックチャイルドさんが、いきなり銃をつかんで、明石原人を射殺してしまったのです。わたしはそれを止めようとしましたが、抵抗するのでやむをえず、投げとばしてしまいました」

中尾二尉は、息をはずませて答えた。

映二は、くやしそうな顔のロックチャイルドを見つめた。彼の使った銃は、さっきヘリコプターから降りた時、リーガン氏が置き忘れたものである。

「ロックチャイルドさん、なぜ、こんなことをしたのです。わたしの許可なしに、銃を使用することは禁止しておいたはずですぞ！」

「あんなサルの一匹や二匹、ぶち殺したからって、なんだというんだ！」

ロックチャイルドは、ふてぶてしく答えた。きっと、二十万年前の日本にほうり出されたと聞いて、ひどいショックをうけ、そのはらいせに、明石原人を撃ったのだろう。まったく、自分勝手なことしかしない、わがままな男なのだ。

「サルの一匹や二匹とはなんじゃ！　これでも、われわれの先祖なのだぞ。なにも、殺さなくてもいいのに……」

エッケルト博士が、ヨボヨボした姿で、明石原人の死体に近寄った。たいせつな標本を殺されたのが、よほど悲しかったのだろう。博士は、涙さえ浮かべていた。

「おい、この成金野郎！　ふざけたまねをするとただじゃおかないぞ。ここじゃ、金持ちも貧乏人もない。みんなが力を合わせなけりゃ、やっていけないんだ」

リーガン氏は、乱暴にロックチャイルドをこづいた。いつもふざけたことばかり言って、ひどく乱暴な人間のように見えるが、リーガン氏は、なかなか考えぶかい。明石原人を殺さずにライフル銃でなぐり倒したのも、相手が人間かもしれないと思ったためと、弾丸を倹約するためだったのである。リーガン氏は、そんな細かいところにも気がつく人なのだ。

「いいですか、こんど自分勝手なことをしたら、あなたを追放しますぞ！」

きっぱりと機長に言われて、ロックチャイルドは、やっとのことで、ばつが悪そうに立ち上がり、取り巻いている人たちをかきわけて、旅客機の中へもどっていった。それから、しばらく彼は、ブローカーのルイス、ボクサーくずれのリックというふたりの男たちと、何やら話し合っていた。

映二は、機長と一緒に、また地図の所へもどった。

客室乗務員たちは、夕食のしたくを始めた。旅客機の中のヒーターを使えば、簡単だが、電池をむだにしないため、たきぎを拾い集めて、火をおこしていた。

夕食は、ヘリコプターのいないあいだに、中尾二尉が射とめたシフゾウの肉と、ジャングルの中でいくらでもとれるバナナだった。

また、一日が暮れかかっていた。ジャングルのかなたに夕日が沈むと、あたりは、急に暗くなり、ひえびえとした夜が襲ってくる。

シフゾウのバーベキューとふつうの果物屋で売っているのより小型の野生バナナの夕食に、みんな、舌つづみをうった。

火を囲んで、コンクリートの上に腰をかけて食べているうち、映二は、キャンプに行ったような楽しい気持ちになった。

夜空には、星が光っていた。これほど澄みわたった美しい空は、二十世紀の東京にはない。一つの星が、まるでダイヤモンドのようにまたたいている。

映二は、ふと亜由子のつぶらなひとみを思い出した。あすになれば、きっと亜由子に会えるのだ。そう思うと、体じゅうに力がみなぎってくるように感じた。

9　研究所があった！

朝が来た。ジャングルにたちこめていた朝モヤが、ぬぐったように消えうせると、明るい太陽の光が、滑走路をいろどった。

ブルルルル。エンジンの音も高らかに、ヘリコプターは、ローターをはばたかせて、かるがると空に浮かび上がった。

乗り込んだのは、きのうの四人とライアン教授、それにビルケだ。いくらりこうなビルケでも、まさか人間のことばがわかるわけではないから、ヘリコプターが西条博士を探しに行くということまでは知らない。

映二は、しきりにビルケの頭をなでながら、言いきかせていた。

「いいかい、ビルケ。これから、お前のご主人を探しに行くんだ。西条博士や亜由子さんに会えるんだぞ。どうだい、うれしいだろ」

ビルケは、まるで映二のことばがわかるのだというように、ワンとほえた。

ヘリコプターは、南の方へ向かって飛んでいった。映二は、この二十万年前の富士山の姿に、すっかり見とれていた。

薄紫色の煙を吐き出しながら、そびえ立っている富士山は、二十世紀で見るより、ずっと活動的で男性的だ。

「エッケルト博士。二十世紀の富士山より、ずっときれいですね」

「うむ、この時代には、いつも噴火ばかりしていたんじゃ。関東ローム層といっても、だいたい、富士山の活動した時代によって、四つに分けることができる。いちばん古いのが、多摩ローム層といって百万年から六十万年くらい前。二番目が、下末吉《しもすえよし》ローム層で六十万年から十五万年くらい前。つまり、この平原に積もっている灰は、二十万年たって二十世紀のころになると、地下十メートルくらいの所に、うずもれてしまうのじゃ。三番目に、武蔵野《むさしの》ローム層、これが十五万年前。最後に、立川ローム層、これが六万年前から一万年くらい前。それよりあとは、富士山の噴火は、ずっと少なくなって、最近では、十八世紀の初めに一度あったきりじゃ」

「ふーん、すると、山も人間みたいに、年をとるわけだ。今の富士山なんてもんは、二十万年もたって、あんたみたいにヨボヨボのじいさまになったってわけだね」

「あんたみたいにとは、なんじゃ！　わしゃ、まだ、若いつもりじゃ」

エッケルト博士は、リーガン氏に悪口を言われて、ふくれ顔をした。どうやら、ほんとうに腹を立てたらしい。

「見たまえ、海だ！」

とつぜん機長が窓の左側を指さした。

はるかジャングルの向こうは、キラキラと輝く青い海になっていた。

「おかしいな。東京湾は、もっと離れているはずなんだけど、どうして、こんなに近くに見えるんだろう」

映二は、つぶやいた。

「おかしくもなんともない。二十万年前には、東京湾の形が違っていたんじゃ。三浦半島は、今よりずっと大きかった。そのかわり、房総半島は海の中だったし、東京の中心部もほとんど海の底だった。つまり、東京湾は、南の方に口をあけていたのではなく、東の方、九十九里浜の方に向いていたのじゃ」

エッケルト博士が説明した。

「なるほど。すると、われわれは、羽田に着陸しなくて良かったわけだ。もし羽田に着陸していたら、今ごろは海の中だったろう」

ライアン教授が言った。映二も、黙ってうなずいた。なるほど、教授の言うとおりだ。もし、羽田に着陸していたとしたら、二十万年前の羽田は、海になっていたのだから、たいへんなことになっていたはずである。映二は、考えただけで、ぞっとした。

あいかわらず窓の下に見えるけしきは、緑色の草原と森林ばかりだった。森林のあいだを縫うようにして、一本の銀の糸のようなものが見えた。川だ。かなり幅の広い流れである。

「映二くん、あの川は、二十世紀の多摩川とだいたい同じ所を流れているぞ」

機長が、二十世紀の東京の地図と見比べながら言った。もちろん、観光用の地図と比べてみても、べつに目印になる建物や道路があるわけではないから、よくわからないが、長年の経験のおかげで、機長には、飛んだ方角と距離からだいたいの見当はつくらしい。

「すると、研究所があるとすれば、もうそろそろ見えてくるはずなのですね？」

映二は、景色に注意しながら、きいた。ライアン教授もリーガン氏も、じっと窓の外を見つめている。

ヘリコプターは、高度を下げて、スピードを落とした。まもなく、下に見える川は、河口に出てしまう。その回りを取り巻く森林にも何も見あたらない。

映二は、不安を感じはじめた。もしかしたら、西条博士たちは、この時代にいないのではないだろうか？　亜由子にも二度と会えないのではないだろうか？

映二の不安は、しだいにふくれあがった。もし、見つからなければ、いったい、どうすればいいのだ。この原始時代で、あの人たちと一緒に、島流しになったような一生を送らなければならないのだろうか？

「あったぞ、あれは研究所だ！」

とつぜん、リーガン氏が川のまん中を指さした。そこで、川の流れは二つに分かれ、まん中の所が砂州になっている。研究所の白い建物は、その砂州の上に建っていたのである。映二たちは、川の両岸ばかり注意していたから、見つからなかったのだ。

映二は、ほっと一安心したかと思うと、また次の不安を感じはじめた。たしかに、研究所はあった。だが、ほんとうに西条博士や亜由子が生きているのだろうか？　そんなことを考えると、ますます不安になった。ここは、楊獅子や明石原人などがすんでいる、恐ろしい時代だ。もしかしたら、亜由子さんは……？　違う、亜由子さんが死んだりするもんか！　きっと生きてるにきまってる。映二は、けんめいになって不安を打ち消そうとした。

ヘリコプターは、しだいに砂州めがけて、降下していく。

とつぜん、青ざめていた映二のほおに、ぽっと明るい表情がひらめいた。窓ガラスに鼻をこすりつけそうになって、じっと見つめている映二の目に、研究所の前に出て、強く手を振っている人の姿がうつったからだ。

西条博士もいる。白衣の研究員たちも、数人いる。もちろん、グリーンのスカートをはいた亜由子もいる。

映二は、うれしさで胸がいっぱいになった。ついに会えたのだ。夢にも忘れられないたいせつな亜由子が、ぶじで生きていたのだ。あんまり感激したためだろうか、映二には、ヘリコプターが砂州に着陸するまでの時間が無限に続くように感じられた。

「映二さん!」

「亜由子さん!」

映二は、ヘリコプターが着陸するのと同時に、ぱっと飛び出した。ずっと向こうから、亜由子も砂に足をとられながら、走り寄ってくる。ヘリコプターと研究所とのちょうど間の所で、ふたりはついに手を取り合った。つづいて飛び出したビルケが、亜由子の手をなめはじめた。

映二は、何から話していいかわからなかった。亜由子のほうも、同じだった。亜由子は、もうあきらめていた。まさか、映二までが、この二十万年前の世界にやってくるとは、想像もしていなかったからだ。

「亜由子さん、よかった。きみが生きていて、ぼくはなんて言ったらいいか……」

言いたいことは山ほどあるのに、映二は、うまくしゃべれなかった。亜由子は、そんな映二の態度をうっとり見つめていたが、とつぜん、不安そうな表情できいた。

「映二さん、なぜ、あなたが、こんな所へ来たの？　ここが、どこなのか知っているの？」

「うん、やられたんだ。やっぱり、きみのお父さんの言ったとおりだ。オメガ粒子を悪用するやつが現れたんだ。だれかわからないけど、そいつは、ぼくたちに向けて、オメガ粒子を発射した。だから、ぼくたちは、この二十万年前の日本に送りこまれてしまったわけだよ」

映二は、怒りをこめて説明した。

「まあ、そうなの。ここは、二十万年前の日本なのね。お父さまも、ここが、先史時代かもしれないって言ってたの。でも、二十万年も前の世界だなんて！」

亜由子はびっくりした。映二にも、亜由子が驚いたわけはよくわかっていた。映二たちには、エッケルト博士という古生物学者がついていたから、だいたい、この時代がいつごろなのか、見当をつけることができた。しかし、西条博士は、いくら有名な人でも、電子工学者だから、地質年代については、詳しくは知らない。だから、いろいろな珍しい動物や植物を見て、原始時代だということには気づいていたのだろうが、はっきり学問的には決めることができなかったのだろう。

西条博士や研究所員たちも、ライアン教授やエッケルト博士と話し合っていた。

「西条博士、あなたがたは、ひと月も前から、この二十万年前の世界に来ておられる。わしは、もしかしたら、だめかと思っておった。ほんとうに、ご無事でなによりです」

「さいわい、わしの研究所は、この砂州の上に現れたので、猛獣も近寄れなかった。おかげで、魚をつったり、バナナをとってきたりして、かろうじて生きてきました」

西条博士とライアン教授は、かたく手を握り合った。ふたりは、アメリカにいた時からの親しい友人なのである。だが、この時、ライアン教授の顔に、不気味な表情が浮かんだのに、西条博士は気がつかなかった。

ともかく、西条博士は、ライアン教授や映二たちを研究所の中へと、連れていった。さいわい、研究所には自家発電の機械がついていたので、この二十万年前の世界にやってきても、動力には不自由しなかったのである。所員の人たちも、西条博士の命令をよく守って、なんとかして力を合わせて生きのびようと努力してきたのだろう。研究所の廊下や壁などは、二十世紀にいた時と同じように、きれいになっていた。

「亜由子さん、ほんとうによかった。ぼくは、もう、きみや西条博士に会えないかと思っていたんだ」

「あたしだって、びっくりしたわ。まさか、映二くんまで、こんな所へやってくるとは、想像もしていなかったんですもの」

「それにしても、ぼくたちに、オメガ粒子を発射したやつは、いったいだれなんだろう。もしかしたら、西条博士やライアン教授のほかにも、オメガ粒子を発見した人がいるのかもしれない」

映二と亜由子は、廊下を歩きながら話し合った。亜由子は、映二の意見にも、べつに驚かなかった。あたしには、犯人がわかっているんだ、とでも言いたそうな自信ありげな顔をしていた。

やがて、みんなは、あの地下の実験室にはいった。何もかも、もとのとおりだった。西条博士たちは、この世界へやってきてからも、ずっと研究を続けてきたのだろう。

映二は、ふと、へやのすみに、変な機械を見つけた。円い金属の胴体から、ジェットエンジンみたいなものが、二つ突き出している。たしか、前に来た時には、見かけなかったはずだ。

「西条博士、あの機械は？」

映二が質問した。西条博士は、ライアン教授となにやら英語でしゃべっていたが、振り向いて説明を始めた。

「映二くん、これは、タイムマシンだ」

「えっ、タイムマシンですって！」

「そう、時間を飛ぶ機械なのだよ。このタイムマシンさえあれば、二十世紀にもどることができる。わしは、なんとかして、『現在』へもどろうと考えて、研究してきた。もう、ほとんど完成しているのだ」

映二は、ポカンとして、博士の説明を聞いていた。タイムマシン――時間を飛ぶ機械などというものが、ほんとうに作れるのだろうか？　博士は、映二の疑問に答えて、説明を続けた。

「いいかね、映二くん。まえに、オメガ粒子の実験を見た時のことを、よく思い出すんだ。オメガ粒子に当たった物体が消えるのと同時に、オメガ粒子の発生機のほうも消えてしまう。物体のほうは、二十万年前の過去へ飛ばされる。だが、その時、一緒に消えてしまった機械のほうは、どうなるのだろう？」

博士に言われて、映二は、オメガ粒子の実験を思い出した。たしかに、ハツカネズミのかごは消えてしまった。しかし、それと一緒に、機関銃みたいなかっこうの機械の先についていた、ピストルのサイレンサーのような部分も消えてしまった。いったい、あの機械は、どこへ行ってしまったのだろうか？

「映二くん、運動の第三法則というのを知っているだろうね？」

「ええ、ニュートンの作用反作用の法則というやつですね？」

「うむ。つまり、ボールを投げようとするとき、投げた手のほうにも、ボールと同じだけの力が加わるということだ。オメガ粒子にも、この作用反作用の法則が当てはまるのだよ。つまり、オメガ粒子に当たった物体は過去へ飛ばされる。そのとき、オメガ粒子の発生器のほうは……」

「あっ、わかりました、博士。発生器は、未来へ飛んでいくんですね？」

「そう、そのとおりなのだ。ハツカネズミのかごが二十万年前の過去に飛んでいくのと一緒に、発生器のほうは、二十万年あとの未来へ飛んでいく。だから、このタイムマシンは、オメガ粒子を噴射しながら、二十万年後――つまり『現在』へもどれるのだ」

「そうですか。じゃあ、ぼくたちは、あの二十世紀にもどれるんですね」

映二はうれしさで飛び上がりたくなった。西条博士の作りあげたタイムマシンで、二十世紀にもどって、お父さんやお母さんに会うことができるのだ。楊獅子やナウマン象や明石原人がいる原始の世界から、逃げ出すことができるのだ。

映二の心は、うれしさにはずんだ。もう心配はいらない。この恐ろしい世界に、別れを告げ、二十世紀に帰る日が来た！

その時、映二は、とつぜん、恐ろしいことに気づいた。実験室の中にあるタイムマシンは、直径三メートルくらいの大きさである。その中に乗れる人間は、せいぜい十人くらいである。ここにいる人たちだけで、十分いっぱいになってしまうのだ。

空港には、七十人ちかい人たちがいる。その人たち全部を乗せることは、とても不可能なのである。

映二は、目の前がまっ暗になったように感じた。

ライアン教授は、まるで思いつめたような表情で、じっとタイムマシンを見つめたまま、立ちすくんでいた。

10　血染めの滑走路

西条博士は、あの滑走路に残された人たちのことを知らなかったので、さっそくタイムマシンを使うことを考えていた。だが、機長から、ほかにも七十人ちかい人たちがいることを聞かされて、西条博士は考え込んでしまった。

意外にも、ライアン教授は、この研究所にいる人たちだけで、タイムマシンを使うことを主張した。もちろん、西条博士も、ほかの人たちも、自分たちだけ二十世紀へもどろうというような考えには賛成しなかった。

しばらく激しい議論が続いたのち、機長の提案で、ひとまず滑走路で待っている人たちに、研究所が見つかったことを報告することになった。

ライアン教授を研究所に残し、代わりに西条博士と亜由子を乗せて、ヘリコプターは空に舞い上がった。

果てしなく続いている緑の草原を見つめながら、映二は、ぼんやりと考えていた。せっかく研究所を発見し、亜由子と会うことができたというのに、西条博士の作りあげたタイムマシンには、十人しか乗れない！　もしかしたら、くじびきで当たった人たちだけが、二十世紀に帰ることになるかもしれない。もし、亜由子さんだけがくじに当たって、ぼくがはずれてしまったら、いったいどうすればいいんだ。ぼくは、こんな原始時代に置き去りにされたくない！　二十世紀に帰りたいのだ！

映二の心は、暗かった。いくら考えてもどうにもならないのに、あれこれと考えこんでしまうのだった。

「着陸するぞ」

とつぜん、機長が叫んだ。いつのまにかヘリコプターは、滑走路の上空に来ていた。映二は、はっとわれにかえって、窓の外を見つめた。おかしい！　だれもいない！　映二は、激しいショックを受けた。

ヘリコプターが帰ってくれば、みんな、手を振って迎えてくれるはずなのに、旅客機のそばには、人の姿が見あたらない。

「おかしいぞ。だれもおらんではないか?」

エッケルト博士がつぶやいた。

「あっ、あれはなんだ?」

リーガン氏が、窓の外を指さして叫んだ。滑走路のあちこちに、黒いものが倒れている。

ブルルルル。ローターのスピードが、しだいに遅くなり、S61型ヘリコプターは、滑走路の上に降りた。

「おーい、だれかいないかーっ!」

ドアをおしあけて、滑走路に飛び降りたリーガン氏が、大声でどなった。だが、滑走路は、しーんと静まりかえって、なんの物音も聞こえない。

映二と亜由子は、ビルケをひきつれて、DC－8ジェット旅客機のタラップを、駆け上がった。

だが、機内にもだれもいない。

「ビルケ、せっかくお前と会えたのに、今度は、みんながいなくなってしまったのね」

亜由子は、ビルケの頭をなでながら、つぶやいた。

「おーい、みんな来てくれーっ」

とつぜん、外からエッケルト博士の声が聞こえたので映二はタラップを駆け降りた。亜由子とビルケも、すぐあとを追いかけた。

エッケルト博士は、給油車の所に立っていた。博士の回りに倒れている黒いものは、まぎれもなく明石原人の死体だった。

ほかの人たちも、ドヤドヤと駆けつけてきた。みんな顔色を変えている。

「エッケルト博士、ほかの人たちは、明石原人に襲われたのではないのですかな?」

ハワード機長がきいた。

「うむ、不意をつかれたものなのじゃろう。あまり抵抗したあとがない。たぶん、みんなは、明石原人につかまってしまったのだろう」

エッケルト博士は、あたりを見まわしながら答えた。なるほど、滑走路の上には、いくつかの明石原人の死体が転がっていたが、二十世紀からやってきた仲間の死体は見あたらない。たぶん、不意を襲われて、たまたま武器を持ち出せただれかが、数人の明石原人をやっつけたが、多数の原人に飛びつかれて、つかまってしまったのだろう。その証拠に、滑走路の上には、ピストルが一丁落ちていただけだった。残りの武器は、旅客機の中に、そのましまってあった。

「ううう、わん、わん!」

とつぜん、ビルケが、映二と亜由子を見上げてほえたてた。ビルケは、亜由子のスカートをくわえて、給油車の方へ引っぱって行こうとしている。

「あら、だめよ、ビルケ。そんなに引っぱったら、スカートが切れちゃうわ」

ビルケに引きずられて、亜由子は、給油車の方へ歩きだした。そのとき、給油車の下から、血だらけの姿が、ぬっと立ちあがった。たぶん、襲撃してきた明石原人にやられたのだろう。ひたいから血を出している。だが、その姿は自衛隊の中尾二尉だとわかった。

亜由子は、きゃっと言って、映二の後ろに隠れた。中尾二尉に会うのは、はじめてのことである。しかも、血だらけになって、給油車の下からはい出してきたのだから、びっくりするのがあたりまえだ。

「だいじょうぶですか、中尾二尉！　この人は、西条博士のお嬢さん、亜由子さんです。研究所が見つかったんですよ」

「そうか、映二くん。きみたちは、研究所を発見したが、そのあいだに、ここは、明石原人に襲われたんだ。武器を持っていたのは、わたしだけだった。ピストルで何人かやっつけたが、後ろからなぐられて、気絶しているあいだに、みんな連れて行かれたらしい」

中尾二尉は、頭の傷を手で押さえながら、申しわけなさそうに説明した。やっぱり、ここにあった原人の死体は、中尾二尉がやっつけたものだった。

亜由子は、ハンカチを取り出して、中尾二尉の頭からひたいにかけて、三角布のように縛った。

機長やエッケルト博士やリーガン氏も、急いで駆けつけてきた。

「機長。明石原人たちは、どうやら、この近くにすんでいるらしい。きっと、ロックチャイルド氏が、仲間をうち殺すのを、ジャングルの中から見ていたので、しかえしにやってきたのじゃ」

エッケルト博士が説明すると、機長はうなずいた。映二も、なるほどと思った。きのう、ロックチャイルド四世が殺した仲間のしかえしにちがいない。早く助け出さないと、つかまった人たちが、怒り狂った原人に殺されてしまう。

「うわーん、わーん、わーん！」

滑走路のすみのジャングルに向かって、ビルケがほえつづけている。

「機長あっちです。ビルケは、明石原人のにおいを覚えています。だから、あんなにほえているんです。みんなをつかまえた原人たちは、きっと、向こうの方へ行ったんです」

映二が説明すると、機長は、ただちに旅客機の中にもどって、みんなから預かっていた武器をかかえだした。

「皆さん、つかまった人たちを、取り返しに出発します。さ、早く、ヘリコプターに乗ってください」

ただちに、全員がヘリコプターに乗り込んだ。銃の名手のリーガン氏、機長、中尾二尉の三人は、銃を持った経験もあるし、頼もしい戦力になる。だが、エッケルト博士と西条博士は老人である。映二と亜由子は、まだ中学生だ。中尾二尉の話によると、明石原人は何百人という大群だったらしい。いくら近代兵器を持っていても、何百人の敵に対して、老人や子どもを含めて、七人、プラス、イヌ一匹で、勝つことができるのだろうか？　映二は、とても不安だった。

だが、今は、そんなことを心配している場合ではない。急がないと、つかまった人たちの命があぶないのだ。

機長は、ヘリコプターをぐんぐん上昇させた。映二と亜由子は、ヘリコプターの中で、中尾二尉から銃の扱いかたを教えてもらった。一分間に三百五十発の弾丸をうてる最新式の国産六四式自動小銃は、映二には、ちょっと重すぎたが、振りまわすことはできなくても、どうにか撃つことはできそうだった。亜由子には、とても無理だったので、ピストルが渡された。リーガン氏は、愛用のライフル銃の銃身を、しきりになでていた。ふたりの博士にも、六四式自動小銃が渡された。

とつぜん、ジャングルの中に、小高い丘が見えはじめた。丘の一方は、切り立ったがけになっていて、その前にあき地が広がっている。がけのあちこちに、いくつもの穴があいているのを見つけて、エッケルト博士が叫んだ。

「見たまえ、あそこが、明石原人の部落じゃ。やつらは、横穴式の洞窟にすんでいたのじゃろう」

「よし、降下しますぞ！　戦闘準備！」

機長は、大声で命令すると、グーンとヘリコプターの高度を落とした。あき地の所で、イナゴのように走りまわっている原人の姿が見える。きっと、彼らは、大空からやってきたヘリコプターを見て、魔物でも襲ってきたのかと思ったのだろう。あき地の端に、大きな柱が立てられ、そのそばに、つかまった人たちが縛りつけられている。

ヘリコプターは、あき地の端に着陸を強行した。明石原人の大部分は、恐れおののいて、一目散に逃げていくが、なかには、向かってくるやつがいる。ヘリコプターめがけてヤリを投げつけようとしたやつが、ローターにはね飛ばされて、悲鳴をあげてふっ飛んだ。

「うて！」

機長の命令で、ヘリコプターの窓から、一斉射撃が行われた。

ガガガガガーン。たちまち、襲ってきた原人たちは、はじき飛ばされ、浮き足だって、崩れはじめた。

「よし、全員、外へ！」

機長が命令した。明石原人たちは、柱の近くに、たくさん残っている。だが、つかまっている人たちに当たるおそれがあるので、これ以上撃ちつづけることはできない。

まっ先に飛び出したのは、ビルケとリーガン氏だった。リーガン氏は、石の棒を振りかぶって襲いかかってくる原人を、ライフルでたたきふせて、走りぬけた。

「あの柱の台を占領しろ！」

機長が、自動小銃を振りまわしながら、大声で叫んだ。柱の台の上には、たくさんのたきぎが積んである。きっと原人たちは、つかまえた人たちを、火あぶりにするつもりだったのだろう。

映二は、亜由子を後ろにかばいながら、自動小銃を撃ちまくり、少しずつ前進した。そのあとから、西条博士とエッケルト博士が、背中合わせになって、撃ちまくって続いた。

リーガン氏と機長は、先頭に立って原人たちを殴り倒しながら、ついに火あぶりの台の上に飛び上がった。

バリバリバリ！　機長が自動小銃を振りまわして連続掃射すると、台の近くに迫った原人たちは、つぎつぎにひっくりかえった。

そのあいだに、台の下にたどりついた映二と亜由子は、つる草で縛られていた人たちを助け出した。かたいつる草をブツブツとナイフで切って、ひとりひとりを助け起こすのは、意外にめんどうな仕事だった。ふたりの博士も、走り寄って、手伝いはじめた。

その時、映二の後ろに、ひとりの原人が忍び寄った。映二は、ナイフを握って、つる草を切り放すのに夢中で、気がつかない。

「あぶない、映二くん！」

亜由子が叫んだ。はっとした映二が、横に置いてあった自動小銃をひっつかむのと、原人が石のおのを振り下ろすのと、ほとんど同時だった。ガキッと音をたてて、石おのをたたきつけられ、映二の手から自動小銃がふっ飛んだ。

「うがーっ！」

原人は、ものすごい声でほえると、映二につかみかかった。あわや、映二の頭が石おのでまっ二つになるかという瞬間、映二の体がサッとしずんだ。

「エイッ！」

気合いもろとも、ゴリラのような原人の体が、宙に飛ばされた。映二は、躍り込んできた相手の勢いを利用して、石おのを持った手をつかみ、毛むくじゃらな腹をけりあげて、柔道のともえ投げを決めたのである。原人は、台の角に頭を打ちつけて、目を回していた。

映二は、落ちていた自動小銃を拾って、すっくと立ち上がった。そのそばへ、心配そうな顔で亜由子が走り寄ってきた。ビルケも、心配でたまらないというように、クンクン鼻を鳴らしながら、すり寄ってきた。

「だいじょうぶ、映二くん？」

「うん。さあ、みんなを連れて逃げだそう」

映二は、がけの洞窟の所に集まってすきをうかがっている原人めがけて、バリバリと威嚇《いかく》射撃を加えた。つる草を切って助け出された人たちは、いっせいにヘリコプターの方へ走りだした。

台の上の機長とリーガン氏が洞窟の方へ向かって、撃ちまくっているすきに、映二と亜由子は、中尾二尉の待っているヘリコプターの所へ走り寄った。つづいて、西条博士とエッケルト博士も、広場から離れた。

「待ってください。年とった人や女の人が先です。あなたは、あとから乗ってください」

「わしをだれだと思っているのだ！　わしは、世界じゅうに何百という会社を持っているロックチャイルド財閥の会長なのだぞ。さ、わしを先に乗せろ」

ヘリコプターの前で、中尾二尉とロックチャイルド四世が、言い争っていた。ヘリコプターには、十二人しか乗れないから、あのDC－8ジェットのある滑走路まで、何往復もしなければならない。ロックチャイルドは、自分を先に乗せるべきだとがんばっているのである。

「どけ、ジャップめ！」

とうとう、ロックチャイルドは、中尾二尉を押しのけて、ヘリコプターに乗り込もうとした。中尾二尉がよろめいた。さっき原人にやられた傷の上を、激しく押されたので、とても苦しそうだった。

映二は、ついに黙っていられなくなって、ヘリコプターの所へ飛び出した。

「おやめなさい！　二十世紀にいた時、あなたが、どんなに偉い人だったとしても、ここでは、みんなと同じです。お年寄りや女の人を先に乗せるべきです」

「なにっ、子どものくせに、なにを言うか。ひっこんでいろ！」

ロックチャイルドは、いきなり映二に殴りかかってきた。映二は、さっと身をかわして、空を切った太い腕をひっつかんで、力いっぱい前に引いた。みごとな一本背負いが決まってロックチャイルドは、大地にたたきつけられた。

「さあ、みなさん、乗ってください！」

映二は待っていた人たちをせきたてて、ヘリコプターに乗り込ませた。

11　タイムマシンがない！

ヘリコプターは、五往復して、やっと全部の人を滑走路に送り届けた。さいわい、滑走路に残されていた給油車はジェット燃料ではなく、プロペラ機に使うハイオクタン・ガソリンを積んでいたので、ヘリコプターの燃料には不自由しなかった。

滑走路に連れもどされた人たちは、原人につかまった時のショックから、まだ立ち直っていないようだった。

エッケルト博士は、明石原人の部落から拾ってきた石のおのや棍棒《こんぼう》を、しきりに観察していた。

「どうじゃ、映二くん。この石器を見たまえ。磨製石器――つまり、石をみがいて作ったものだはなくて、ただたたきあわせて作った打製石器じゃ。日本にも、こういう打製石器を使っていた旧石器時代人が住んでいたことが、りっぱに証明されたわけじゃ」

「しかし、直良博士が明石原人の化石を発見したのは、兵庫県明石市でしょう。関東地方にも、明石原人が住んでいたんですか?」

「うむ。いい質問じゃな。もちろん、わしらが見たとおり、関東地方にも原人が住んでおった。だがこのあたりの土は、酸性が強く、骨を腐らせやすい性質を持っていたので、原人の骨は、化石として残らなかったのじゃろう。だが、群馬県の岩宿《いわじゅく》という所では、明らかに旧石器時代のものと考えられる遺跡がみつかっておる。たぶん、その遺跡も明石原人と同じような原始人のものなのじゃろうが、もっとよく研究してみないと、はっきりしたことは言えん」

エッケルト博士の説明に、映二はうなずいた。この二十万年前の世界へやってきてから、いろいろなことを勉強した。もちろん、映二の英語の力は、中学生としては良いほうだったが、エッケルト博士や機長とペラペラしゃべれるほどのものではない。だから、映二の英会話は、ここに書いてあるほど、スラスラうまくいったわけではなく、難しいところは、亜由子や客室乗務員に通訳してもらったのである。

だが、とにかく、映二は、この世界で、英会話や理科などの知識を、二十世紀ではとても手にはいらない、明石原人、ナウマン象などの生きた教材を使って、身につけることができた。

「おーい、みんな出発するぞ!」

とつぜん、ハワード機長が、鋭い声で命令した。

「えっ出発！」

映二は、ききかえした。せっかく全員が、滑走路にもどってきたばかりなのに、いったいどこへ出発するつもりなのだろう。

「皆さん海岸の河口に発見された西条博士の研究所の近くには、明石原人は住んでいないようです。ここにいては、危険です。研究所へ移ることにしましょう」

機長が命令すると、みんな、いっせいにヘリコプターのそばへ集まった。原人の部落から逃げ出した時と同じように、老人や女の人から先に乗せることになった。ロックチャイルド四世は、いまいましそうな目つきで、映二の方をにらみつけていたが、今度は何も言わなかった。

「よし、あとふたりだ、映二くん、亜由子さん。きみたちは、中学生だから、先に乗せることにしよう」

ヘリコプターのドアの所で、人員整理をしていた中尾二尉が、映二と亜由子を押し出した。ロックチャイルド四世がにらみつけているのでちょっと気になったが、映二は、亜由子の手を取ってヘリコプターに乗り込んだ。

第一便が向こうに着いて、乗っていた人たちを降ろして帰ってくるまで、ほかの人たちは、滑走路で待っていなければならない。もし、そのあいだに襲われたらたいへんだ。リーガン氏を隊長に、武装した人たちが、滑走路の回りをにらんで、警戒していた。

映二と亜由子たちを乗せたヘリコプターは機長の操縦で、フワリと飛び上がった。できるだけ早く往復しなければならないから、ヘリコプターはスピードを増して、まっしぐらに研究所の方へ向かっていった。

窓の下に広がる緑の海。それは、この二十万年前の世界の、いちばん代表的な景色だ。映二は、何度も見たのに、美しい緑の世界に、ちっとも退屈したりしなかった。ここには、ビルも、ネオンも、道路もない。二十世紀の文明は、ひとかけらもない。あらゆる物体を過去の世界へ送り込んでしまう、あのオメガ粒子のため、とつぜん出現した滑走路と研究所を除いて、ここにあるのは、人間の手を加えられていない大自然のたくましい姿だけだ。

やがて、はるか下方に、川の流れが見えはじめ、砂州の上に建つ研究所の白い建物がはっきりと見えるようになった。

ローターの動きが止まり、映二と亜由子がドアをあけたとき、とつぜん、研究所から白衣を着た人が躍り出した。

「たいへんだ、だれか来てくれーっ！」

「えっ、何か起こったんですか？」

「あっ、お嬢さん、所長は？」

亜由子の姿を見つけて、所員は、息せききってたずねた。

「父は、まだ向こうなんです。次の便でないと……」

亜由子が答えた。ヘリコプターから、ハワード機長も降りてきた。

「いったいどうしたのですか？」

「たいへんです。ライアン教授が、実験室の内がわから、カギをかけて閉じこもってしまったのです」

「なに、それはたいへんだ、行ってみよう」

機長は、さっと走りだした。映二と亜由子も続いて研究所の中へ飛び込んだ。

「いったいライアン教授は、実験室の中で何をしているのですか？」

「さあ、よくわかりませんが、所長の作ったタイムマシンをいじっています」

実験室の隣の制御室に着くと、所員は、壁に取り付けられたモニター・テレビを指さした。ブラウン管には、実験室の中の様子がはっきりと、映し出されている。ライアン教授は、しきりにタイムマシンを調べていた。

「たいへんだわ。ライアン教授は、タイムマシンの動かしかたを調べている。きっと、自分だけ二十世紀へ帰るつもりなんだわ」

「ま、まさか、そんなこと……」

映二は、亜由子の思いきった意見に、ちょっとびっくりしてきいた。

「ありえないことじゃないわ。タイムマシンには、十人しか乗れないのに、研究所と滑走路の人を合わせれば、八十人もの人がいるのよ。もし、二十世紀へ帰る人をくじびきで決めたら、八対一の確率よ。それより、自分だけでタイムマシンをひとり占めして……、と考えるかもしれないわ」

亜由子は自信ありげに説明した。そう言われてみると、映二だって、だれよりも二十世紀へ帰りたい。もしかしたら、ライアン教授は、タイムマシンをひとり占めして……、そんなふうにも思えてくる。

「亜由子さんの言うとおりだ。もし、教授がタイムマシンを調べているだけなら、なにもカギをかける必要はあるまい。とにかく、実験室へはいりこむんだ。もし、誤解なら、あとで謝ればすむことだ」

機長は、つかつかとドアの所に進んだ。ガスンと機長の体が、ドアにぶつかった。だが、防音装置つきの厚いドアは、びくともしない。

「機長、このへやにトーチランプがあります!」

映二は、へやのすみに置いてあったトーチランプをかかえてきた。きっと、何かを溶接するときに使って、そのままになっていたのだろう。トーチランプには、まだアセチレンガスがいっぱい詰まっていた。

ボワーッ! 青白い炎が噴き出し、ドアを焼きつくす。がんじょうなドアは、それでも、もちこたえている。

ガチャンとドアの金具が、焼けこげてふっ飛んだ。そのとたんに、ハワード機長は、トーチランプの炎を止め、ドアめがけて体当たりを加えた。バスッと、ドアがひらいて機長と映二は、実験室の中に転げこんだ。

タイムマシンのそばに立っていたライアン教授は、はっとして振り向いた。機長と映二は、すぐ立ち上がって教授に詰め寄った。

「教授、何をしておられるのですか?」

「なんだね、血相を変えて！　わしは、ただタイムマシンの構造を調べていただけだ」

「それなら、なぜ、中からカギをかけたのですか?」

亜由子がきいたとたんに、ライアン教授の顔に、ちらっとろうばいの色が浮かんだ。

「それは、つまり……」

「教授、わたしと一緒に外へ出てもらいましょう」

機長が、ぐいと進み出て、教授の手を取ろうとした。その時、ライアン教授は、ぱっと機長の手を振りはらって、走りだした。映二も夢中で教授の足に飛びついたが、かわされてしまった。

「あっ、タイムマシンに！」

教授を追った映二と機長の目の前で、ピシャッとタイムマシンのドアが閉じた。そして、そのとたんに、タイムマシン全体が、ウィーンという妙な音をたてはじめた。

「あぶない、機長、逃げるんです！」

映二は、タイムマシンのドアを破ろうとしている機長の手を止めた。ライアン教授はタイムマシンを動かそうとしている。このままマシンのそばにいたら、オメガ粒子の噴射に巻き込まれて、さらに二十万年前——つまり、もとの二十世紀から見たら四十万年前——の世界へはねとばされてしまう。

機長と映二は、亜由子の手を取ってすばやく、実験室を飛び出した。三人が、実験室のドアの所へたどり着くのとほとんど同時に、すさまじい光がタイムマシンから発射された。

「しまった、タイムマシンが動きだした！」

映二は、ドアの所で、体を伏せながら叫んだ。タイムマシン全体が、二つのオメガ粒子発生器からバラ色の光を噴きだしながら、ユラユラと揺れていた。やがて、タイムマシンは、水に映った影のようにゆがみながら、バラ色のもやの中に、消えていった。

三人は、ぼうぜんとして立ち上がった。二つの発生器から噴き出したオメガ粒子に当たったため、さらに二十万年前の世界へ飛ばされてしまったのだろう。タイムマシンの後ろの壁には、巨大な二つの穴が、ポッカリとひらいていた。そして、そこにあったタイムマシンは、どこにも見あたらなかった。

「機長、残念です。もう少し早く、ぼくたちが来ていれば、ライアン教授を止めることができたのに……」

「うむ、われわれが二十世紀へ帰る方法は、もはやなくなったわけだ」

機長は、力なくつぶやいた。映二も亜由子もうなだれていた。ライアン教授の裏切り行為のため、ついに希望は消えてしまったのである。

映二は、悲しかった。大声を出して、気のすむまで泣きたかった。もう二十世紀には帰れない。お父さんやお母さんの顔も、もう見ることができない。そう思うと、なつかしい学校の校庭や、友だちの顔や、先生の顔が、次から次へと思い出されてきた。

だが、映二はけなげにも、涙をこらえて立っていた。

……ぼくは、男なんだ。亜由子さんだって泣かないのに、ぼくが涙なんか出してはいけないんだ。

映二は、じっと歯をくいしばってがまんした。だが、映二の心は、絶望でいっぱいだった。

12　巨大爬虫類の襲撃

夕焼けの空に向かって火と煙を吐きつづけている、二十万年前の富士山を見つめながら、七十数人の人たちは、声もなく立ちつくしていた。砂州の上から見わたすと、夕やみせまる川の流れが、キラキラと光っていた。

みんな、ひどく疲れている。狂暴な明石原人の部落から、助け出された人たちは、いくつかのグループに分けられ、ヘリコプターに乗せられ、この研究所のある砂州へ運ばれてきたのだった。

映二と亜由子も、口をきく元気もないほど、疲れはてていた。どんなに疲れていたって、二十世紀へ帰る望みが残っていれば、もっとしっかりしていられたのに……。だが、たった一つの希望――西条博士が作りあげたタイムマシン――は、ひきょうなライアン教授のため、ひとり占めされ、消えうせてしまったのである。

もう、二十世紀へ帰ることはできないのだ。そう思うと、映二のひとみは、いつのまにか、涙でいっぱいになった。亜由子もシクシクと泣いていた。

「亜由子さん、元気を出すんだ。ぼくたち……、ぼくたち、このまま、この時代で、ロビンソン・クルーソーみたいに、生きつづけていくんだ」

「…………」

映二は、亜由子を勇気づけようと思って、涙をこらえて、話しかけた。しかし、亜由子は、ただ黙って泣きつづけていた。

映二には、それ以上、何も言えなかった。どんなに慰めても、気やすめにしかならないのだ。……もし、南洋の無人島にでも置き去りにされたのなら、だれかに助けてもらえる希望がないわけじゃない。しかしぼくたちがいるのは、二十万年前の東京なのだ。いくら待っていても、だれも助けに来てくれないんだ。

二十万年前、つまりリス・ビュルム間氷期の世界には、ニューヨークもパリも、モスクワも、まだなかった。世界じゅうが、まだ原始時代の状態にあった。ヨーロッパには、ネアンデルタール人が、シベリアには、マンモスの大群が、マダガスカル島には、ロックという巨大な鳥が、そして、この日本には、ナウマン象や明石原人が、すんでいた時代なのである。

さすがの機長や西条博士も、ほかの人たちを、勇気づけることはできなかった。機長も西条博士も暗い川の流れに目を落としたまま、化石のようにじっと立ちつくしていた。

絶望しきった人たちのうえに、朝がやってきた。研究所のあちこちにごろ寝をして、旅客機のカーテンやシーツや毛布などをかぶっていた人たちが起きだしてきた。

映二は、目を覚ますと、砂州のはずれの所で顔を洗った。川の流れは、顔にしみこむように、冷たかった。

「おーい、みんな、集まってくれ！」

研究所の方から、リーガン氏の大声が聞こえた。映二が駆けつけてみると、眠そうな顔をした人たちが、集まっている。

ハワード機長は、人々を見まわして、これからの方針を説明した。タイムマシンを奪われてしまったため、二十世紀にもどる方法はなくなった。これからは、みんなで力を合わせて生きていかなければならない。そのためには、ひとりひとりの役割を決めて、必要な仕事をしなければならない。機長は、きびしい表情で、言いわたした。

みんなで話し合ったすえに、仕事の分担が決まった。銃を撃ったことのある人たちは、リーガン氏を隊長として、シフゾウやナウマン象などを撃って、食糧にする。女の人や子どもたちは、バナナやパイナップルなどをとってきたり、川で魚をとったりする。そして、残りの男の人たちは、木を切って小屋を造ったり、たきぎをとったりする。全員が機長の命令に従わなければならない、などのことが、決定された。

亜由子と映二は、ビルケを連れてさっそくつりに出かけた。砂州から、向こう岸に向かって、研究所の人たちがかけたつり橋がかかっている。映二たちは、おっかなびっくりつり橋を渡って、向こう岸に渡り、上流に向かって歩きだした。

川の水は、エメラルドのように、きれいに澄みわたっている。岸べには、色とりどりの花が咲きそろい、まるで花園のようだった。

「まあ、きれい。まるで天国のようだわ」

「うん、二十世紀の東京には、とてもこんなきれいな所はないもんね」

ふたりとも、これまでの恐ろしかったことを、すっかり忘れはてたように、うっとりして、美しい自然の中に、座りこんだ。

えものは、いくらでもあった。この川の魚は、人間を見たことがないせいか、ちっとも警戒しない。ヘアピンを折り曲げて作ったツリバリに、三十センチもあるマスのような魚が、あとからあとからくいついてくる。ビルケも、草の上につりあげられた、マスのような魚とたわむれて、はしゃぎまわっていた。

あまりよくつれるので、ふたりとも、かえってたいくつしてきた。亜由子は、つりざおを持ったまま、回りの美しい草花に気をとられていた。

その時だ、ビルケが激しくほえたてた。亜由子のつりざおが、ググーンとものすごい力で引かれた。

「あーっ！」

亜由子は、だしぬけに引きずられて、けたたましい悲鳴をあげ、手を離してしまった。つりざおは、川の中に落ちてしまった。映二は、はっとして川の中を見つめた。ぽっかり浮きあがったつりざおが、激しい流れに押し流されていく。映二は、水中へ飛び込んで、つりざおを拾おうとした。この原始の世界では、二十世紀のものは、なんでも貴重品なのだ。そのとき、ビルケが、ご主人の一大事とばかり映二のズボンをくわえて止めた。

「亜由子さーん！」

映二は、大声で亜由子を呼びよせ、川岸を走って、流されていくつりざおを追った。亜由子が、川面《かわも》を覗《のぞ》きこむようにした。そのとき！

ふたりの目の前に、ザザーッと波音をたてて、まっ黒い巨大なものが浮き上がった。亜由子は、驚きのあまり、あおむけに尻もちをついてしまった。現れた怪物の黒光りするイボイボのついた皮膚は、いかにも不気味で、恐ろしい形をしていた。

「うわーっ！」

映二は亜由子の手を取って、夢中で逃げだした。バシャバシャと水をけたてて、まっ黒い巨大な怪物は、水中からイボイボだらけの頭を突きだし、大きな口を開いた。口には、不揃《ふぞろ》いの巨大な、らんぐい歯がたくさん生えている。その口からは、つり糸とつりざおが、突きだしている。亜由子は、この怪物をつってしまったのだ。

疲れきった映二と亜由子は、やっとのことで砂州にたどりついた。中尾二尉がふたりの腕を取って、かかえおこしてくれた。

ザザーッ！

恐竜みたいな巨大な頭が、水中から浮き上がり、みるみるうちに近づいてくる。左右にがにまたのように張りだした四本の足は、幅二メートルもの大きさで、見るもすさまじい怪物である。怪物は、砂州の上にはいあがろうとした。頭は、平べったくなっているが、体つきは、恐竜に似ている。しかも頭の先から尻尾の終わりまで、十メートルもある巨大さなのだ。

「だれか来てくれーっ！」

中尾二尉は、映二と亜由子を引きずって、じりじりとさがりながら、大声をあげた。研究所の中から、銃を持ったリーガン氏が走りだしてきた。

怪物は、ついに砂州に乗りあげてきた。前足が左右に開いた形なので、陸上では、あまりうまく動けないのだろう。だが、だぶだぶした巨大な体は、ものすごい重量にちがいない。その巨体は、砂の上にめりこむようにしながら、のそのそとはいあがってくる。

ウガーッ！　ウガーッ！

ガガガーン！

怪物がほえるのとリーガン氏の銃が火を噴くのと、ほとんど同時だった。恐竜のできそこないみたいな化け物は、ダムダム弾を受けて、激しく動きまわった。くねくねと動く、平たい頭めがけて、リーガン氏が、とどめの一発をたたきこんだ。

さしもの怪物も、急所のいたでに、がくりとうつぶせに倒れてしまった。やがて、ひくひくとけいれんをしていた足も、動かなくなった。

銃声を聞いて、大ぜいの人たちが、駆けだしてきた。そのなかに、エッケルト博士の姿もある。

「うーむ、む、む、む！」

エッケルト博士は、しきりにうなりつづけている。なにか、珍しいものが見つかると、必ずうなりだすのが、博士の癖なのである。

「博士、なんですかねぇ、この恐竜のようなやつぁ?」

「マチカネワニじゃよ。ああ、わしは、なんという幸福な男じゃろう。ほんもののマチカネワニを見ることができるとは。ああ、しあわせじゃ。ほんとうにしあわせじゃ。」

「すると、なんですかね。この怪物を見ると、しあわせになるってわけかな？」

「ばかもん！　あんたには、このマチカネワニの価値はわからん。だが、古生物学者のわしには、ダイヤモンドにもまさる、すばらしい宝物なんじゃ。」

「へえ、わからないもんだ。こんな化け物が、ダイヤモンドとは、な！」

博士があまり感激しているので、リーガン氏が、ひやかすように、大げさに肩をすくめてみせた。

エッケルト博士は、感激のあまり、涙を流しながら説明した。

マチカネワニは、大阪で化石が発見されている古代ワニの一種だ。

「へぇ、日本にも、ワニがいたんですか？」

映二は、きいた。

「ばかもん、いたどころでない。日本の神話にも、八尋《やひろ》の大鰐《おおわに》が出てくる。たぶん、マチカネワニの子孫じゃろう。」

エッケルト博士は、説明を続けた。

ふつう、一般には、地球上で最大の爬虫類は、大蛇だと思われている。南米のアナコンダや、東南アジアのニシキヘビが、最大だと考えられているが、実際に捕獲されたものを測ってみると、十メートルを超えるものは確認されていない。大蛇と比べると、あまり知られていないことなのだが、ワニでは、十メートルを超える捕獲例が、たくさん記録されている。

イリエワニといって、オーストラリアの沿岸部などにいる海洋性のワニで、インドや東南アジアでもよく知られている。日本でも、最近は知られていないものの、江戸時代くらいまでは、イリエワニの漂着例と思われる記録が、たくさんある。マチカネワニの子孫だと考えられるのだ。だから、マチカネワニが、ダイヤモンドにもまさる貴重な標本だといっても、けっしてオーバーではないのである。

「現存する爬虫類のうち、恐竜ともっともちかいのは、ワニの仲間なのだ。」

エッケルト博士は、さらに続けた。一般には、コモドオオトカゲなどは、コモドドラゴンなどと呼ばれて、あたかも恐竜の生き残りのように扱われることが多いが、たんなるトカゲの大型なものでしかなく、恐竜とはなんの関係もない。その点、ワニ類は、もっとも恐竜にちかい爬虫類なのだという。

映二は、おびえきっている亜由子をかかえながら、ふと西条博士が来ていることに気づいた。西条博士は、マチカネワニの死体を見つめながら、しきりに何かうなずいていた。

13　改造計画

亜由子がまちがってマチカネワニをつってしまってから、一週間ほどたった。絶望していた人たちも、しだいに勇気を取りもどし、仕事に精を出すようになった。映二も亜由子も、すっかりここが気にいっていた。この楽園のような場所にいると、二十世紀に帰らなくてもいいと、思うことがあるほどだった。

ある日西条博士は、全員を集めて、重大な発表を行った。

「諸君、われわれは、二十世紀にもどることができるかもしれん。いや、全員が力を合わせて努力すれば、きっと帰ることができるのだ」

西条博士は、力づよく言いきった。映二は、自分の耳がどうかしてしまったのかと、おもわず疑ったほどだった。二十世紀へ帰れるなんて、夢ではないだろうか？　亜由子ですら、とても信じられないような気持ちだった。

「わしは、ライアン教授に奪われたタイムマシンを作ったとき、オメガ粒子の発生器を、ほかにも四台ほど試作しておいた。それを使えば、タイムマシンを作ることができる。だが、わしがいちばん考えたのは、ここにいる八十人もの人間を乗せる場所のことだ。そんな大きな機体を作ることは、とても不可能だ。ところが、わしは、きのうマチカネワニの死体を見ていて思いついた。あの巨大な体が、横に張り出した四本の足で動かされる——それを見ていて、ふと気づいたのは、あのジェット旅客機のことだった。旅客機から、翼を切り取り、四つのオメガ粒子発生器を取り付ければ……」

西条博士の説明が終わらないうちに、集まった人たちのあいだに、ワッという歓声がわきおこった。みんな、まるで気違いのように、躍り上がって、喜び合っていた。

「タイムマシンを作れ！」

「二十世紀へ帰るんだ！」

人々は、いっせいに叫びたてた。ジェット旅客機を改造して、タイムマシンを作る。このすばらしい計画を聞いて、みんな、夢中になっていた。この河べりが、いくら天国のようにすばらしい場所でも、みんな、二十世紀へ帰りたい気持ちを捨てることはできなかったのである。

ハワード機長はさっそく西条博士と相談して、タイムマシン改造計画を実行に移すことにした。研究所員や、乗客の中で機械工学などの経験のある人たちは、すぐさまヘリコプターに乗って滑走路に向かった。ジェット機の巨大な翼を切り取り、配線などをうまく利用して、オメガ粒子発生器を取り付ける仕事は、なかなか困難なものだった。西条博士の計算では、約一か月はかかるということだった。

まずＤＣ－８ジェットを改造する仕事のため、人選が行われた。七十人の乗客の中には、いろいろな仕事をしている人がいる。アメリカ本国にいた時、電気関係の技師をしていたサイモン氏。四十年も、溶接工として働いた退職金で、奥さんを連れて日本へ観光旅行に来たウィルバー老人。それらの人が、作業の中心になって、ほかの人たちにいろいろ教えながら、仕事を進めていくことになった。

もちろん、あの滑走路の近くに、明石原人が住んでいる部落があるから、安心して作業できるようにするため、護衛も必要だった。リーガン氏を隊長として、ボクサーあがりのリック氏などが、滑走路を警戒することになった。

一方、西条博士と研究所員は、ＤＣ－８ジェットに取り付けるオメガ粒子発生器を、調整したり、点検したりする仕事のため、この砂州の研究所に残らなければならない。

そうなると、食料をとってきたりする仕事は、すべて女の人や、子どもたちに任されることになった。

「エイジ！」

ハワード機長は、作業に行く人たちを連れて出発する時、映二を呼んで言った。

「きみに、これを渡しておこう」

映二は、機長からズシリと重い六四式自動小銃を渡されてちょっとびっくりした。

「ええっ、これをぼくに……」

「そうだ。きみは、たしかジュニア・ハイスクールの学生だな。できることなら、わたしも手伝ってあげたい。だが、おとなたちは、タイムマシンの改造にとりかからねばならん。といって、女の人に、恐ろしい猛獣のいるジャングルへはいって行け、と命令することもできん」

「じゃあ、機長、ぼくに狩猟をしろというんですか？」

「うむ。きみのような少年に、動物を殺せと命令するのは、わたしとしても、つらいことだ。だが、八十人の人間が生きていかねばならん。この銃を使って、動物をとってきてくれ」

ハワード機長は、自分の子どもに言うように、優しく言った。

「はい、わかりました、機長」

「頼んだぞ、映二くん！」

機長は、映二の手を固く握りしめて、ヘリコプターに乗り込んだ。

ヘリコプターが行ってしまうと、映二は、急に心細くなった。たしかに、自動小銃を持って、狩猟に行ったら、どんなに楽しいだろうか、などと想像したこともあった。明石原人につかまった人たちを助けに行った時は、映二も、夢中で自動小銃を撃ちまくった。だがあの時は、機長やリーガン氏がそばについていたから、とても心づよかった。

映二は、自動小銃を握りしめたまま、じっとヘリコプターを見送っていた。

（……ぼくだけで、狩猟なんて、できるだろうか？　あの恐ろしい楊獅子が出てきたら、どうすればいいんだろう？　もし、明石原人が襲ってきたら、いったい、どうしよう？）

映二が考え込んでいると、ふいに、だれかが、後ろからポンと肩をたたいた。振り向くと、ビルケを連れた亜由子が立っている。

「狩猟隊長どの、あたしも、連れて行っていただけるかしら？」

亜由子は、いたずらっぽく笑いながら言った。

「よせやい、狩猟隊長だなんて！　隊長にもなんにも、ぼくひとりだけなんだもの。連れてってもいいけど、女の人は、魚をつる仕事のはずなのに……」

「いいのよ。あたし、けさから、二十匹もマスをつりあげたんですもの。ちゃんと、割り当ては、やってしまったのよ」

「よし、行こう。おいで、ビルケ！　お前がついていると、ぼくは、心づよいよ」

映二は、ついに本音をはいて、走りだした。亜由子とビルケも、元気よくそのあとに続いた。

研究所のある砂州と向こう岸のあいだには、西条博士たちが作った、つり橋がかけてある。ふたりは、元気よくつり橋を渡り、対岸のジャングルにはいりこんだ。

このあたりのジャングルは、川岸に沿って幅百メートルくらいの帯のように続いているだけで、ちょっと歩くと平原に出てしまう。エッケルト博士の説明によると、川のほとりにだけ木が茂っているため、そこにすむ動物の行動範囲がせばめられてしまう。だから、楊獅子や明石原人は、この近くにすんでいないのだろう、ということだった。

なるほど、狭いジャングルの中には、サルや鳥ばかりすんでいる。ふたりは、すぐジャングルを通り抜けて、向こうの平原に出た。

「ううう っ！」

ビルケが、低くうなった。

「だめ、ビルケ、静かにするのよ。えものが逃げるといけないから……」

亜由子は、ビルケの頭を押さえながら、草原の向こうを指さした。ちょっと丘のようになった所に、十頭ばかりのシフゾウが、草を食べている。

エッケルト博士の言ったとおり、シカにもウマにも、ウシにもロバにも、似ている。シフゾウの群れは、とても平和そうだった。銃で撃たれたことなんかないのだから、ちっとも警戒しない。映二たちが近づいても、逃げだそうともしないのだ。

映二は、自動小銃を持ったまま、ちょっと考えこんでしまった。シフゾウたちから見れば、映二は、平和な世界に乱入してきた侵略者なのだ。

自動小銃の引きがねを押さえたまま、映二の指は、ブルブルと震えた。かわいそうで、とても引きがねを引くことができないのだ。

「かわいそうだわ。ほら、あんなに楽しそうにしているわ。ほら、あれは、お母さんシフゾウ。こっちのは、あかちゃんシフゾウ。あらあら、あまえているのね、きっと」

亜由子が言った。

「やめてくれ、亜由子さん。ぼくだって、なにも、好きで殺すんじゃない。こうしなければ、ぼくたちは、生きていけないんだ」

映二は、いつになく恐ろしい表情で、亜由子をどなりつけて、引きがねを引いた。

バリバリバリ！　恐ろしい破壊力をもつＮＡＴＯ正式弾が、銃口から飛び出し、平和そのもののようなシフゾウの群れに降りそそいだ。

三頭のシフゾウが、はじかれたように飛び上がって倒れ、残りは、一目散に逃げていった。

「うわん！」

ビルケが、一声ほえて走りだした。つづいてふたりも、倒れたシフゾウの所へ走り寄った。

あたり一面、血の海だった。倒れた三頭のうちの一頭は、まだヒクヒクと手足をけいれんさせていた。

亜由子が、あたりを見まわしながら、つぶやいた。

「かわいそうに。おまえ、ひとりぼっちね」

母親を撃たれたシフゾウの子が、キュンキュンいって鳴いているのを見て、ふたりとも、おもわずシュンとなった。だが、八十人もの人間が生きていくためには、ほかの動物を殺すことにも、慣れなければいけないのだ。ちょっと見ると、平和そのもののように見える、この二十万年前の世界も、弱肉強食の世界なのだ。たとえ、映二が殺さなくても、楊獅子やオオカミの群れが、そのシフゾウを殺すことになったろう。

こうして、映二と亜由子は、オオカミや楊獅子などに襲われたりして、何度もあぶない目にあいながら、狩猟を続けた。

研究所に残った女や老人たちも、これまでの二倍も働いて、くだものをとったり、魚をつったりした。ただ、なかには例外といえる人もいた。エッケルト博士とロックチャイルド四世である。

エッケルト博士は、魚つりの班にはいっていた。しかし、博士は、魚をつりあげるたびに、例の癖でしきりにうなりながら、穴のあくほど観察しているので、一日かかって五ひきほどつりあげるのが、やっとだった。

ロックチャイルドは、いばりちらしてばかりいて、ちっとも作業に協力しないので、とうとう仲間はずれにされ、研究所のある砂州へもどされてしまった。もちろん、砂州にいた人たちも、彼を相手にしない。

銃の腕前は、へたではないので、映二と一緒に狩猟に行ったこともあった。だれも相手にしないので、腹いせに動物を殺して、気をまぎらわせるつもりだったのだ。その証拠に、ロックチャイルドは、とても食べられそうもない肉食獣ばかり殺していた。ときには、ナウマン象をしとめたこともあったが、ロックチャイルドは、えものを運んできたことがなかった。彼は、毎日、ただ殺すことのために、運びきれないほどの動物を、無益に撃ち殺していたのだった。

ともかく、みんな力を合わせて働いた。そのおかげで、八十数人の人たちは、食糧には不自由しなかった。滑走路で働いていた人たちは、ついに、DC－8旅客機の翼を切り取る作業にとりかかった。

まず初めに、ボルトをはずし、溶接器でジェットエンジンを切りはなす。そして、翼の付け根の所から、スッポリと切断してしまう。この作業が終わると、今度は、操縦席をオメガ粒子発生器を調節できるように、改造する仕事にとりかかった。ジェット旅客機についていた電線や計器を利用しながら、改造作業は、順調に進んだ。そして、ふた月ほどたった時、あとは、研究所で最後の点検を終わったオメガ粒子発生器を取り付けるばかりになった。

研究所では、毎日のおべんとうを、滑走路で働く人たちに届けるため、客室乗務員たちが夢中で働いた。みんなのとってきた食糧をうまく料理するのが、彼女たちの仕事だった。バナナを例にとっても、そのまま食べるだけでは、あきてしまうので、ブラジル風に焼いてパンのようにしたり、ほしておやつがわりにしたりした。よく働くので、みんなの食欲は驚くほどだった。毎日、四頭のシフゾウが、ステーキになってみんなの胃袋におさまってしまうのだから、とってくるほうも、料理するほうも大変だった。

「なんだ、きょうも、またシフテキか！」

「なあに、映二くん、そのシフテキっていうのは？」

「だってさ、ビーフ・ステーキを、ビフテキっていうじゃないか。だから、シフゾウのステーキは、シフテキさ」

狩猟から帰ってきて、亜由子と話し合っているうちに、映二は、シフテキなどという変てこな単語を、こしらえてしまった。

夜のあいだは、みんな、のんびりしていた。朝から晩まで働きつづけているので、夜しかゆっくり休めないのだ。

みんな、あちこちで、輪になってたき火を囲みながら、楽しいひとときを過ごすのが、習慣になった。ハーモニカを吹いて、歌をうたっている人もいる。トランプをしている人もいる。陽気なリーガン氏は、なかでも人気者だった。リーガン氏は、客室乗務員に縫ってもらった楊獅子の毛皮を、肩からスッポリかぶって、腰にナイフとピストルをさしている。それだけでも、おもしろいかっこうなのに、リーガン氏は、そのうえ、明石原人の部落から持ってきた石の棍棒を振りまわして、変てこな踊りをおどるのだから、たまらない。みんな、ゲラゲラ笑い出してしまう。なかには、腹をかかえて、砂の上を転げまわる人も、出てくるしまつだ。

「どうだい、みんなも、背広なんか、脱いじまえばいい。このニュー・モードの着ごこちのよさは、たまらないぞ。さすがに、昔の人は、頭がよかったもんさ」

リーガン氏は、しきりに自分の服装のコマーシャルを始めた。そのうち、コマーシャルにつられて、リーガン氏のまねをする人たちも出てくる。とうとう映二も、亜由子に頼んで、ヒョウの毛皮のニュー・モードを作ってもらった。なるほど、実際に着てみると、思ったより気持ちがいい。肩が半分出ているので、昼間でもけっして暑くはない。

「ははは、映二くん、なによ、そのかっこうは！　まるで、ターザンと原始人の混血児みたいだわ」

「悪口言うのは、よせよ。最新のニュー・ファッションだぞ！」

ニヤニヤ笑う亜由子に向かって、映二は、ファッション・モデルみたいに、シャナリシャナリ歩いてみせたから、たまらない。亜由子は、ついにがまんしきれなくなって、ひっくりかえって、笑いこけた。

とうとう、リーガン氏のニュー・モード《原始ルック》の信者が、二十人もできてしまった。

夜のあいだ、みんなが騒いでいるときも、西条博士だけは、研究室にこもったきりで、夢中になって、タイムマシンの配線や操縦法を研究していた。

14 さらば、原始の世界

全員協力して仕事に励むうちに、三か月はまたたくまにたっていった。そして、ヘリコプターにつりさげられて運ばれた、四台の発生器が取り付けられ、ついにタイムマシンは完成した。

二十万年前の最後の晩、みんなは、滑走路の上に、たき火をたいて、集まった。もちろん、必要な品物は、研究所から運んできて、タイムマシンの機体の中に、積み込んだ。

あすは、この原始の世界ともお別れだ。そう思うと、映二は、ちょっと寂しい気持ちになった。悲しかったことも、恐ろしかったことも、みんなピクニックのできごとのように、楽しかった思い出に、置き換えられてしまう。ほかの人たちも、あまりのうれしさに、ちょっとしんみりしていた。

「さあ、みんな、食べた、食べた。こんな特別製のごちそうは、二十世紀へ帰ったら、とても食べられないいんだぜ。いまのうちに、腹いっぱい食べとくんだ！」

リーガン氏が、陽気なかけ声をかけたので、やっとみんな元気をとりもどした。そういえば、シフゾウのステーキも、食べおさめになるだろう。世界じゅうのレストランを探しまわっても、シフテキなんて料理は、メニューに載っていないのだから。みんなも、急に食べはじめた。映二も亜由子ももりもりと食べて、この最後の晩餐《ばんさん》を過ごした。

一夜あけると、二十万年前の東京は、カラッとした快晴の上天気だった。まるで、この八十数人の出発を祝うように、空は青く澄みわたっていた。

タイムマシンの前に列をつくって、集合した人たちは、出発の合図を待っていた。機長は、全員の点呼を行ったが、どうしても三人だけ人数が足りないことに気づいた。

「おかしい。ここに集まっていない人は……」

機長が、名簿と照らし合わせながら、いない人の名を読みあげようとした時、とつぜん、後ろから鋭い声が聞こえてきた。

「動くな、みんな、武器を捨てろ！」

はっとして振り向いた人々は、タラップの向こう側から、三人の人間が飛び出すのを見た。先頭に立つロックチャイルドの手には、六四式自動小銃が握られている。その横に並んで立っていたのは、ブローカーのルイスという男と、ボクサーくずれのリックという男だった。ふたりとも、ピストルと自動小銃をかまえている。

「き、きみたち、何をするつもりなのだ。ばかなことはやめたまえ!」

機長が、ぐいと進み出た。だが、ロックチャイルドは、銃口を振って機長の胸もとをねらって叫んだ。

「動くな! おれは、タイムマシンをいただくんだ! 考えてもみろ、オメガ粒子は水爆以上の恐ろしい兵器になる。おまけに、タイムマシンがあれば、どんな未来へも、自由に行ける。このタイムマシンさえあれば、わしは、世界一の人間になれるのだ」

「われわれ全員が、血の出るような努力を続けて作りあげたタイムマシンを、きみは、ひとり占めする気なのか!」

西条博士が、きいた。

「そうだ。わしは、金がほしい。金は、いくらあってもいいものだ。わしは、もっともっと金がほしい。お前たち貧乏人に、わしの気持ちがわかってたまるか!」

ロックチャイルドは、にくにくしげにわめきたてた。傍若無人のことばを聞いているうちに、映二は、腹わたが煮えくりかえるほどの怒りを感じた。そういえば、ロックチャイルドが、ルイスとリックを呼んで、なにやら話し込んでいたことがあった。きっと、二十世紀へもどったら、金をやるとかいって、買収していたのだろう。

ついに、武器を持っていた人たちは、武装解除された。さすがのリーガン氏も、銃をつきつけられて、どうすることもできず、愛用のライフル銃を滑走路に投げ捨てた。

だれも抵抗しないことを確かめると、ロックチャイルドは、西条博士に近づいた。

「ドクター・サイジョウ。二十世紀に着いたら、金はいくらでもはらう。われわれ三人を乗せて、タイムマシンを動かしてくれ」

「いやだ。わしは、われわれ全員のために、タイムマシンを作った。一億ドルもらっても、お前たちの言うとおりにはならん」

西条博士は、ロックチャイルドの申し出を、ピシャリと断った。そのとたんに、ロックチャイルドの顔色が、さっと青ざめた。

「ドクター、わしの言うとおりにしたほうが、身のためだぞ！　さ、タイムマシンに来るんだ」

ロックチャイルドは、銃口で博士の背中をグイとこづいた。だが、博士は、じっと腕組みしたまま、苦痛をこらえていた。

その時、どこからともなく飛んできたこぶし大の石が、ガツンとロックチャイルドの頭に命中した。ロックチャイルドの体が、ガクッと崩れるのと同時に、滑走路の上に、バラバラと石の雨が降りそそいだ。

「明石原人だ！」

「原人が襲ってきたぞ！」

人々のざわめき声に気をとられて、ルイスとリックが、はっとして振り向いた。その瞬間、リーガン氏はパッとジャンプして、滑走路の上を転がりながら、ライフルを手に取って引きがねを引いた。

ガガガーン！　銃声とともに、ルイスとリックの手から、自動小銃がふっ飛んだ。ハワード機長は、さっと飛びついて、自動小銃を拾いあげ、大声で命令した。

「女や老人をさきに、タイムマシンに乗り込めーっ！」

滑走路の回りのジャングルから、何百という明石原人の大群が、イナゴのように飛び出して、タイムマシンめがけて、押し寄せてくる。機長と中尾二尉は、走りながら、自動小銃を撃ちまくった。だが、先頭の一団を倒したとき、自動小銃の弾倉が、カラになってしまった。

ほかの人たちも、ピストルや信号銃まで持ち出して戦った。だが、原人は、ものすごい数である。やっつけてもやっつけても、仲間の死体を乗り越えて、押し寄せてくる。

機長と中尾二尉は、カラになった自動小銃をさか手に持って、バッタのようにむしゃぶりついてくる原人を、殴り倒している。タイムマシンのタラップは、大ぜいの人でごったがえしていた。リーガン氏は、ライフル銃を撃ちまくって、タラップの近くに原人を近づけないように、防いでいる。だが、原人の姿は、しだいに増えてくる。長くは防ぎきれないだろう。

映二と亜由子は、西条博士にせきたてられて、タイムマシンに乗り込んだ。もともと旅客機なのだから、シートは十分にある。二人は、客室乗務員の指示どおりに、窓際の席に腰かけた。

ほとんど全員が乗り込んだのを見とどけ、防ぎきれなくなったリーガン氏が、タラップを駆け上がった。それを追って、十数人の明石原人が、ゾロゾロとタラップをのぼってくる。ついに、リーガン氏は、ドアの所に立ったまま、原人を撃退しなければならなくなった。

「機長、早くしてくれーっ」

リーガン氏が、悲痛な声をふりしぼった。

下では、まだ、機長と中尾二尉が、原人に取り囲まれたまま、銃を振りまわしている。だが、タラップは、原人の毛むくじゃらの体で、いっぱいだ。とても、のぼれそうもない。

そのとき、機長と中尾二尉が、さっと走りだして、タラップの下に飛び込んだ。旅客機のタラップは、小型トラックの上に取り付けられている。機長と二尉は、タラップの運転席に飛び込んで、いきなりエンジンをかけて、バックさせた。

タラップ車は、ドアからグーンと引き離された。はずみをくらって、鈴なりになっていた原人たちが、バラバラとほうり出された。

「機長、何をするつもりですかーっ！」

ドアから十メートルも離れてしまったタラップ車を見つめて、リーガン氏が叫んだ。

「ミスター・リーガン。命令だ。西条博士にタイムマシンを動かすように、伝えてくれーっ！」

タラップ車の運転席から、機長がどなりかえした。

「いいや、そんなことは、できねえ。あんたを置いてけぼりなんかにするもんか！」

「ミスター・リーガン。これは、命令だ。わたしの言うとおりにしてくれーっ！」

ハワード機長は、悲壮な顔で叫んだ。タラップ車は、滑走路の上をジグザグに走りまわって、原人たちをはねとばしている。

ドドドドド――ッ！　そのとき、大地が激しく揺れた。そして、滑走路の上に、幅一メートルもある地割れがはしった。

ゴゴゴ――ッ！　はるかかなたにそびえる富士山が、ものすごい勢いで、炎と煙と溶岩を噴き出した。富士山の噴火が、始まったのである。

天地は、激しく揺れつづけている。タイムマシンの車輪の片方が、ガクッと沈んだ。すさまじい震動のため、車軸が折れてしまったのである。

「やむをえん。タイムマシンを動かそう。このままでは、われわれは、全滅してしまう」

ついに、タイムマシンの操縦席に座った西条博士が決断をくだした。みんな、目を閉じた。機長と中尾二尉は、ほかの八十人の人たちを救うため、自分を犠牲にしたのである。だから、このままでは、せっかく犠牲になったふたりの最期が、むだになってしまう。もはや、グズグズしているわけにはいかない。出発しなければならないのだ。

西条博士は、じっと目を閉じたまま、オメガ粒子の噴射レバーを、グイと引いた。

ズバババババーッ！

四つの発生器は、バラ色の光線を噴き出した。後ろにあった給油車やヘリコプターや、明石原人が、バラ色の光のうずに包まれ、消えていく。

それと同時に、ＤＣ－８ジェット旅客機を改造したタイムマシンは、もうろうと消えていった。

15　時間旅行

タイムマシンに乗り込んだ人たちは、シートベルトをしめたまま、じっと息をのんでいた。窓の外には、黒と緑の色彩が、ものすごいスピードで、かわるがわる映し出されていく。たぶん、ジャングルの中を進んでいるためだろう。窓の外が、黒と緑に見えるのは、わずか一分間くらいのあいだに、何十回という夜と昼の時間を、飛び越えているからだ。

映二と亜由子は、シートベルトをはずして操縦席の西条博士の所へ行った。ジェット旅客機の操縦席をそのまま造り変えたシートに、西条博士は、ふかぶかと腰かけて、緑色にいろどられたフロント・ガラスを見つめていた。

「博士、ぼくたちが、オメガ粒子の発生器を持った犯人に襲われた時は、気絶してしまったのに、いま二十世紀へ向かっているあいだ、平気でいられるのは、どういうわけなんですか？」

「それはね、オメガ粒子を噴き出す速度を、遅くしたからだよ。オメガ粒子の噴き出す速度によって、どのくらい進むかが、決まる。つまり、わたしの研究所と、きみたちが、まったく同じ二十万年まえに、飛ばされたということは、オメガ粒子の噴射速度の同じ発生器で……」

「わかったわ、お父さま。あたしたちを襲った犯人は、同じ人間だというわけなのね」

亜由子は、博士の説明を聞きおわらないうちに、勢いよくしゃべりはじめた。

「それだけじゃない。浴びせられた物体を二十万年前に送る発生器といえば、きみたちに見せた、わしの発見したものなのだよ」

「ええ、それじゃ、博士あなたが、犯人なんですか？」

映二が、びっくりして、とんでもない声を出したので、亜由子は、おもわずふき出した。

「ばかねえ。映二くん、お父さまが、犯人のはずないでしょう。お父さまは、被害者なんですもの。犯人は、お父さまの発見を知っている人で、二十世紀にいる人よ」

亜由子は、急にまじめな顔で言った。

「ライアン教授、わし、研究所員……、ともかく、オメガ粒子の秘密を知っている者は、すべて二十万年前の世界にほうりこまれてしまった」

「違うわ、すべてじゃない。お父さま、武部技師がいるわ。病気のお母さんを見舞いに行くと言って、研究所にいなかったのよ」

「そりゃ、言いすぎじゃないのかい。武部技師は、あの時も、いろいろ親切にしてくれたもの……。わざわざ、ライアン教授を日本へ呼んでくれたし……」

「それこそ、武部技師が犯人だという証拠よ。ライアン教授が、日本へやってくるのを知ってたのは、武部技師だけだわ。オメガ粒子の秘密を知ったふたりの人間を、いっぺんに消してしまうため、武部技師は、わざわざ映二くんを迎えに行かせたのよ」

亜由子は、自信ありげに言った。映二は、まだ本気にできなかったが、言われてみるとそんな気もしてくる。たしかに、亜由子の言うとおり、オメガ粒子の秘密を知っている人は、武部技師を除いては、すべて二十万年前の世界に送られてしまったのである。

その時、ガクンというかるいショックが、タイムマシンを襲った。

「噴射が止まったぞ！　さ、ふたりとも、降りてみよう」

西条博士が、そう言って、シートから立ち上がった。映二と亜由子も、そのあとに続いた。

エッケルト博士の説明で、あの世界が、だいたい二十万年前の時代だということは、わかっている。だが、一万年や二万年の誤差があるかもしれない。もし、二十世紀より未来の世界へ行ってしまったら、たいへんなことになる。だから、だいたい、この時代でストップして、あたりの様子を調べてみるのだ。

西条博士と映二と亜由子は、ドアをあけたとたんに、あっと言って立ちすくんだ。

「うわーっ、火事だ！」

タイムマシンの回りにある草原が、メラメラと燃えあがっている。そして、タイムマシンのすぐ近くの所に、ひとりの男が、刀を抜いて、しきりに草を切りつけている。どうやら、回りじゅうの草を刈ってしまい、自分の回りだけでも、燃えないようにしようと必死になっているのだ。

煙をとおして、男の服装を観察して、映二はびっくりした。男は、頭の毛をおさげのように編んで肩のあたりにたらしている。白いズボンのようなものをはいているのだが、すそのあたりを、ひもでくくってある。おまけに、首には、オタマジャクシみたいなかっこうの青い石の首飾りをつけている。まるで、古墳から出てくる埴輪《はにわ》そっくりの服装をしているのだ。

「博士……、あの人は、いったい……？」

「どうやら、古墳時代の人間らしい。ともかく、このままでは、焼け死んでしまう。助け出して、この時代がいつごろなのか、きいてみることにしよう。映二くん、消火器を取ってきたまえ」

博士は、映二に命令すると、ドアのところに手をかけて、ダラリとぶらさがった。タラップがないから、飛び降りなければならないのだ。

映二と亜由子も、機内に備えつけてあった消火器を取ってきて、ドアの外へ飛び降りた。

火は、もうもうと燃えさかっている。映二と亜由子は、消火器から化学消火剤の泡を噴き出しながら、男の方へ近寄って行った。

さしもの猛火も、化学消火剤の威力で鎮まり、反対側の方へ燃え広がっていった。もうだいじょうぶだ。このへんは、もう安心である。

西条博士たちは、くすぶりつづけている草を踏みつけ、男の方に近寄っていった。

「もうだいじょうぶです。こっちの方には、燃えてきませんよ」

映二は、刀をさげたまま立ちつくしている変てこな服装の男に向かって、話しかけた。その男のほうも、映二たちを見て、びっくりしたのだろう。とつぜん、せきを切ったように、しゃべりはじめた。

「カムピトノ　アモリタマピテ　ワレウォバ　タスケタマピシカ。コノツルギ　ナカクヨニツタペテイエツタカラニセム」

「ええ、何ですって?」

映二は、おもわずききかえした。何を言っているのか、さっぱりわからない。日本語のような感じもするし、外国語のようにも聞こえる。

首をかしげている映二に、西条博士が言った。

「映二くん、この人がしゃべっているのは、古代日本語だよ。わしは、前にちょっと勉強したことがある」

「えっ、古代日本語？　それで、この人、何て言ってるんですか？」

「……神人《かむひと》の天降《あも》りたまいて、我をば助けたまいしか。この剣、ながく世に伝えて、家宝《いえつたから》にせん……。この人は、刀を振りまわしていたら、われわれが出てきて、助けてくれたもんだから、この刀を家宝にすると言ってるのだ」

博士の話を聞いているうちに、映二は、そんな話をどこかで聞いたことがあるのを思い出した。

「あのう、あなたは、どなたですか？」

映二は、おそるおそるきいた。すると、その古代日本人は、胸をドンとたたいて、答えた。

「わが名は、やまとたける」

映二は、やっぱりそうかと思った。やまとたける——日本武尊《やまとたけるのみこと》は、景行天皇の皇子で、関東地方にいた野蛮人を征伐するため、天皇の命令で遠征したといわれる。神話に出てくる英雄なのである。神話によれば、日本武尊は、悪人に火をつけられ、野火の中で焼け死にそうになった時、この草薙剣《くさなぎのつるぎ》という刀を振りまわして、助かったということになっている。

映二たちは、偶然、日本武尊を助けてしまったのである。

「行こう、映二くん。神話時代だとすれば、二十世紀まで、まだ二千年くらいかかるだろう」

博士は、ふたりをうながして、タイムマシンの方へもどった。ドアのところに飛びついて、引き上げてもらう三人を見送りながら、日本武尊は、いつまでも頭を下げていた。

西条博士は、またタイムマシンを出発させた。タイムマシンは、今度はさっきよりゆっくりと、時間の流れの中を進んでいく。オメガ粒子の噴射速度をずっと遅くしたからである。

窓の外に続く緑色の流れは、黄色にちかくなって、また緑色にもどる――つまり、夏になって草が茂るのと、冬になって草が枯れるのを、タイムマシンの中から見れば、一瞬のあいだにながめることができるわけだ。マシンの外を見ているだけで、何年間進んだのか、知ることができる。

春夏秋冬の変化を千数百回くり返した時――つまり、二十世紀へ向かって、時間の中を千数百年も進んだ時、西条博士はとつぜん、オメガ粒子の噴射を止めた。

「映二くん、さあ、また外に出てみよう」

西条博士は、そう言ってシートから立ち上がった。映二と亜由子も、また、タイムマシンのドアのところへ向かった。

飛び降りて、外に出てみると、もう、そこには、あの果てしない大草原は、見あたらない。はるか遠くに見える富士山も、もはや煙を吐いていない。二十世紀に近づいた証拠なのである。

「あっ、博士、向こうに道がついていますよ」

「よし、行ってみよう」

西条博士は、うなずいて歩きだした。タイムマシンの止まっているのは、ちょっと小高い丘のような所だ。左手の方には、麦畑が広がり、その中を細い道が通っている。

「おかしいわ。電信柱も見あたらないわ」

「うむ、一九××年――つまり、われわれがオメガ粒子を浴びせられたときには、このあたりは、飛行場になっているはずだから、麦畑など、あるはずがない。まだ、二十世紀まで、だいぶ離れているのだろう」

西条博士が、亜由子の疑問に答えた。

「博士、じゃあ、降りてみても、むだだったわけですね。タイムマシンへもどりましょうか?」

「いや、せっかく、降りてみたんだ。ここが、いつの時代なのか調べてみることにしよう」

西条博士に言われて、映二は、うなずいた。もともとジェット旅客機を改造したものだから、タイムマシンのドアは、地上からかなり高い所にある。二十万年前の世界にタラップを置いてきてしまったので、ドアから降りるのは、たいへんである。三人は、さっきも、リーガン氏たちにかかえてもらってやっと外へ降りたのだ。せっかく苦労して降りたのだから、ここがいつの時代か、確かめてから、タイムマシンへもどることにしたのだ。

三人は、細い道を、なおも歩きつづけた。左手は、麦畑、右手は、雑木林になっている。そこまでやってきて、三人は、はっと足を止めた。林の中から、ひとりの男が、ぬっと出てきたのである。

その男は、二本の刀をさして、わらじをはいている。まちがいない。旅姿の侍である。びっくりしたのは、侍のほうも同様だった。映二は、リーガン氏にすすめられて、ヒョウの毛皮の原始ルックを着ている。それに、亜由子と西条博士は、二十世紀の洋服を着ている。侍がびっくりするのも、むりはない。

「お、おのれらは、妖怪変化のたぐいか?」

侍は、刀のつかにかけた手をブルブル震わせながら、叫びたてた。

「待て、わしたちは、妖怪ではない。ききたいことがあるのだ」

西条博士は、片手をあげて、侍を制して、穏やかに言った。

「なにききたいことだと? なんじゃ、それは。早く申してみろ!」

「ここは、いつの時代なのだ? あなたは、いったい……?」

「拙者、入間郡《いるまごおり》代官所の大沢軍太夫《ぐんだゆう》というもの。ただいま、江戸おもてへ向かって、出発したばかりだ」

侍は、恐ろしい顔で三人をにらみつけて、どなった。映二にも、どうやら、この時代が江戸時代だということはわかった。そこで、映二は、一歩進み出て、テレビで覚えた侍ことばを使って、芝居気たっぷりに質問した。

「して、貴公、江戸おもてにおられる将軍家のお名前を、ご存知でござるかな?」

映二がしゃべっている侍ことばを、亜由子はクスクス笑いながら聞いていた。侍のほうも変てこな毛皮を着た映二の口から侍ことばを聞いて、びっくりしたらしい。なにしろ、映二は、柔道部にいるくらいだから、身長百六十五センチ、体重六十キロという、りっぱな体格をしている。それに比べて、昔の人はだいたい小さかったのだろう、その侍は、映二より十センチも小さく、とてもやせている。

侍は、すっかり圧倒されて、おどおどしながら答えた。

「江戸おもての将軍家といえば、家茂公《いえもちこう》にきまっておるわ。さように獣皮をまといながら、われらのことばをよくするとは、まさしく妖怪にちがいあるまい」

侍は、恐ろしさにたまりかねたように、刀のつかを握り直して、映二の方に向かって進み出た。

「怪物、覚悟！　ダァーッ！」

侍は、いきなり火のような抜討ちで、映二に襲いかかってきた。だが、映二の動きは、それよりずっとすばやかった。大沢軍太夫の刀の下をかいくぐって、映二は、その右腕をひっつかんで、力いっぱい投げつけた。

「うわーっ！」

侍は、投げ飛ばされて、刀をほうり出し、大地にはいつくばった。

「博士、将軍家茂といえば、徳川家の十四代目ですね」

「すると、ここは、十九世紀の中ごろということになる。さあ、出発しよう。映二くん」

三人は、目をまわしている大沢軍太夫を残して、タイムマシンの方へもどりはじめた。

16　二十世紀へ

タイムマシンは、再び時間の中を進みはじめた。あの大沢軍太夫という侍のいた時代が、十九世紀の中ごろだとすれば、あと百年ぐらいで二十世紀、一九××年の入間基地へ着くはずである。

オメガ粒子の噴射速度を遅くしたので、タイムマシンのスピードは、ひじょうにゆっくりになった。春夏秋冬の変化が、窓の外にはっきりと移り変わっていく。一年分の時間の流れが、ほんの一分間くらいのあいだに移り変わっていくのだ。窓の外では、小さなスギの苗が、大きなスギの木に成長していく様子が見えた。タイムマシンの中で十分たつ間に、外では十年たっているのだから、スギの木が大きくなるのを観察することができるのである。

畑は、緑色と土色の二色をくり返している。つまり、作物が植えてある季節は、緑色に見え、何も植えてない季節は土の色が現れているわけである。とつぜん、一瞬の間だけ、窓の外の景色が、パッと白色に変わったことがある。

「たぶん、大雪の年だったのだろう。雪がしばらく積もっていたので、白く見えたのだ」

それを見て、西条博士が説明した。

とにかく、タイムマシンの中で、一時間四十分ほどたった時、とつぜん回りじゅうの景色がサッと変わった。回りの緑がなくなり、見わたすかぎり、いちめんに灰白色の平らなものが取り巻いている――そうだ、滑走路だ！　タイムマシンは、滑走路のある時代にまで、もどってきたのである。

西条博士は、タイムマシンを止めた。滑走路のある時代といえば、もちろん二十世紀だ。

リーガン氏が、喜びいさんでドアをあけた。その時だ。

ズババババ――ッ！

すさまじい破壊音とともに、機銃弾が機体を横切った。

「あっ、な、何をするんだ！」

リーガン氏が、叫んだ。滑走路には、ふたりのアメリカ兵が、カービン銃をかまえて、つっ立っている。腕には、MPの腕章を巻いている。MPとは、アメリカ軍の警察にあたる部隊だ。

「動くな！　お前たちは、何者だ？」

MPのひとりが、どなった。カービン銃にねらわれているので、しかたなくリーガン氏は両手を上げた。

「見ればわかるだろう。おれは、あんたがたと同じアメリカ人だよ」

リーガン氏は、苦笑しながら、両手を上げたまま、答えた。だが、MPは、リーガン氏の後ろに立っている映二を、目ざとく見つけてしまった。

「おいこの乗り物は、なんだ？　それに……お前の後ろに立っているジャップの小僧は、いったいだれなんだ？　ここは、ジョンソン基地――日本人は、立ち入り禁止なのだ。アメリカ人なら、そのくらい知っているはずだぞ」

「わかっている。おれたちは、怪しい者じゃない、ちょっと止まっただけだ。すぐ、出発する。きいておくが、ところで、今は何年だ？」

リーガン氏は、首をかしげながらきいた。

「今は何年だと？　お前、どうかしているんじゃないのか？　一九四七年だ。しっかりしてくれ！」

　ＭＰは、ふしぎそうな顔でどなりかえした。

　一九四七年――戦争に敗《ま》けたばかりの日本が、連合軍に占領されていた時代なのである。そこへ、ＤＣ－８ジェット旅客機を改造したタイムマシンが出現したのである。ＭＰがびっくりするのは、あたりまえだ。

　一九四七年、それだけ聞けば用はない、とばかりに、リーガン氏は、操縦席の西条博士に、目で合図した。

　博士は、ただちにタイムマシンを出発させた。

　バリバリバリ！　ＭＰが、カービン銃を撃ちまくったが、もう間に合わない。タイムマシンは、オメガ粒子を噴射しながら、進みはじめてしまった。

　リーガン氏は、出発の時、カービン銃が当たって、カスリ傷を受けたが、元気よく操縦室へはいってきた。

「博士、びっくりしましたよ。同じアメリカ人に撃たれるとは思いませんでしたからな」

「リーガンさん、ぼくだって、ひどい目にあいましたよ。同じ日本人に、妖怪扱いされて、切りつけられたんですから……」

　西条博士が、真剣な顔で操縦しているので、映二は、さっきの侍のことを思い出しながら、あいづちをうった。

「お互いさまってわけだな、わははは」

リーガン氏は、いつもの調子で、元気よく笑った。

その時、ふいに、タイムマシンが止まった。西条博士は、ちょっと青い顔で立ち上がって、はじめて口をひらいた。

「着いた。たぶん、ここは、一九××年だと思うが……。一九四七年の世界から、あわてて出発したので、一、二年狂ったかもしれぬ」

いよいよ、もとの時代にもどることができたのだ。西条博士の報告を聞くと、みんな、歓声をあげて、シートから立ち上がった。

タイムマシンのドアをあけて、みんな降りる順番を待った。滑走路の上では、空港の係員たちが、あわてふためいて、走りまわっている。着陸してきた大型旅客機が、もう少しでタイムマシンにぶつかりそうになって、急ブレーキをかけた。

とにかく、入間基地全体が、大騒ぎになった。とつぜん、翼を切り取った旅客機のようなものが、モウロウと現れたのだから、びっくりしないほうがおかしい。

空港係員は、とりあえず、タイムマシンの所にタラップ車を取り付けた。

映二と亜由子は、タラップを降りながら、ハワード機長と中尾二尉のことを思い出した。勇敢なふたりは、あの二十万年前の世界で、明石原人の大群に取り囲まれたとき、自分の命を犠牲にしてタラップをはずし、みんなを救ったのだった。

映二は、回りを見まわした。そして、ふと不安を覚えた。もし、ここが、一九××年だとすれば、滑走路の一部は、オメガ粒子を浴びて、スッポリ切り取られて二十万年前に飛ばされてしまったから、滑走路には、大きな穴があいていなければならない。だが、滑走路は、すっかり舗装されている。これは、いったい、どういうわけなのだろうか？　あたりには、映二の見たこともない美しい飛行機が止まっている。それは、ＤＣ－８ジェットと比べると、アヒルと白鳥くらいの差がある、スマートなジェット旅客機である。ふと、映二は、その形に見覚えがあるのを思い出した。一九××年には、新聞などで紹介された試作機だけしか出ていなかった、マッハ２のスピードで飛ぶ英仏共同開発のＳＳＴコンコルドだったのである。

そういえば、このコンコルドが、実際に使われるのは、もっとあとだということだった。

……もしかしたら、ぼくたちは、もとの一九××年から、二年もさきの一九△△年に来てしまったのではないだろうか？

映二の心の中で、不安が大きくふくれあがった。

とにかく、タイムマシンでもどってきた人たちは、空港の事務室で取り調べを受けた。

とつぜん、現れた飛行機の化け物のようなものの中から、ボロボロの服を着たり、ターザンのようなかっこうをしたりした人たちが、ゾロゾロ現れたのだから、空港係員は、肝っ玉が飛び出すほど、びっくりしたのだろう。オドオドしながら、いろいろなことを質問してきた。

それに対して、西条博士は、これまでのことをすっかり説明した。そして、空港係員の口から、映二の恐れていたことが、みんなに伝えられた。

「西条博士、あなたが、ゆくえ不明になられたのは、たしか一九××年のことでしたが、今は、一九△△年です。あれから、二年たっています」

「なに、一九△△年。そうか。一九四七年から出発する時、ついあわててしまって、二年飛び越えてしまったのだ」

西条博士は、うなずいた。やはり、もとの時代から、二年あとの一九△△年に来てしまったのだ。つまり、この二年間の空白の期間には、西条博士や映二たちは、まったく現代にいなかったことになっているのだ。

そのうち、空港から連絡を受けたのだろう、新聞記者たちが駆けつけてきた。

「西条博士、ここ二年間、いったいどこにおられたのですか？」

新聞記者のひとりが質問した。なにしろ、二年前、研究所もろともゆくえ不明になった、世界的な科学者がもどってきたのだから、大ニュースである。

映二は、西条博士が説明するのを待った。博士は、オメガ粒子のことだけを、ある恐ろしい力という表現を使って、ことばをぼかしたが、ともかくこれまでのことを、すっかり話した。

新聞記者は、急に妙な目つきで、西条博士を見つめた。二十万年前の世界からもどって来たなど言いだしたので、きっと博士が気違いになったと思ったのかもしれない。

「ところで、西条博士、まもなく、武部博士がここへやってきますが……」

別の新聞記者が、話題を変えた。

「なに、武部博士？」

「あっ、そうそう。あなたは、ここ二年間、その二十万年前の世界とやらへ行っていたので、ご存じないのですね。博士の部下だった武部技師は、博士論文を発表して、今は、再建された電子工学研究所の所長になっているのです」

西条博士は、じっと考えこみながら、新聞記者の説明を聞いていた。

17 時間砲計画

空港へ駆けつけた武部技師――いや、武部博士は、西条博士たちが無事にもどったことを喜び、祝賀パーティーを開こうと申し出た。

だが、西条博士は、それを断り、映二に亜由子とビルケだけを連れて、どこへ行くとも言わず、空港から姿を消した。

リーガン氏やエッケルト博士のような人たちも、おのおの帰国することになった。そして、あのタイムマシンは、空港の片すみにとりかたづけられた。

物体を過去の世界へほうりこんでしまう、恐ろしい力。二十万年前の世界から、もどってきたタイムマシン。あまりとほうもないことなので、これらについて、信用した人のほうが、少なかった。警察では、とつぜん現れた人々の証言を聞いたが、だれも本気にしなかった。

西条博士がいなくなってしまっては、残りの人たちには、何をきかれても、うまく説明できなかった。ただ、エッケルト博士や、リーガン氏は、がんこなほど主張した。

「おれは、うそなんか言っていないんだ。ちゃんと、ナウマン象や明石原人を見たんだ。みんなにきいてみればわかる」

「そうじゃとも、わしらがいたのは、たしかにリス・ビュルム間氷期——つまり、今から二十万年前の世界なのじゃ。タイムマシンの中には、シフゾウやマチカネワニなどの貴重な標本がはいっておる。だれか、ほかの古生物学者に見せてもらえば、うそでないことがわかるはずじゃ」

しかしいくらふたりががんばっても、だれも信じてくれなかった。心理学者の分析によって、八十人の人たちは、マス・ヒステリア（集団幻覚）を見たのだと、きめつけられてしまった。

もちろん、武部博士も、証言を求められたが、電子工学研究所では、物体を過去の世界へ送るなどという、夢のような研究などしていなかったと答えた。そして、ひと月ばかりのあいだに、二十万年前の世界から帰ってきた人たちは、家にもどったり、職場へ帰ったりして、ちりぢりになってしまい、さしもの大ニュースも、世間から忘れられはじめた。


武部博士は、電子工学研究所の所長室で、ある日亜由子から電話を受け取った。あれ以来、どこともなく消え去っていた亜由子からの連絡に、武部博士の顔が、さっと緊張した。

「もしもし、亜由子さんですって！　心配していたんですよ。どこにいるんですか？」

「赤城山《あかぎさん》の中腹の炭焼き小屋にいます。あたしたちを、二十万年前の世界に送った犯人が、今度も、あたしたちをねらうかもしれないんです。武部さん、あたし、こわいわ。お願いです。あたしたちを助けて！」

亜由子の声は、いまにも泣きだしそうだった。

「亜由子さん、待っていてください。すぐ、そちらへ行きます。西条先生に、安心するように伝えてください。きっと、ぼくが犯人をつきとめてみせます」

武部博士は、そう言うと、受話器を置いて立ち上がった。そのとたんに、ついさっきまで青年らしいわかわかしさにあふれていた表情が、がらっと変わった。

「うふふ、よりによって、このわたしに助けを求めてくるとは、ばかなやつらだ。このわたしが時間砲を使って、やつらを二十万年前の世界へ送り込んだ犯人だと知ったら、きっと、やつらはびっくりするだろう」

武部博士は、ブツブツとつぶやきながら、壁のロッカーを押し開いた。そこには、重機関銃のようなふしぎな形の機械がはいっていた。

この機械こそ、西条博士が発見したオメガ粒子の発生器を、武部博士が恐ろしい武器に作り変えた、時間砲なのである。時間砲は、恐ろしい威力を持つオメガ粒子を噴出し、あらゆる物体を過去の世界にたたきこんでしまう、悪魔の兵器なのである。

「うふふ、そろそろ、出かけるとするか」

武部博士は、悪魔のような笑いを浮かべながら、時間砲を持って立ち上がった。ズックのカバーをかけてしまうと、時間砲は、ゴルフのセットのように見える。

武部博士――時間砲を操って、研究所やジェット旅客機を消した恐るべき犯人は、車に乗って研究所を出た。オープンカーにゴルフバッグのようなものを積んでいるのだから、所長がゴルフにでも出かけると思ったのだろう、守衛たちもべつに疑わない。

悪の科学者武部博士を乗せた車は、国道十七号線を、ものすごいスピードで北上していった。ふいに電話してきた亜由子は、よりによって、真犯人に助けを求めてしまったのである。武部博士は、時間砲の秘密を知る西条博士たちを、再び過去の世界にほうりこむため、フルスピードで赤城山へむかっている。

やがて、三時間後、赤城山の中腹に、武部博士の車が現れた。オープンカーを急停車させると、武部は、時間砲のケースをひっさげて、指定された炭焼小屋の方へ向かった。

林の中に、炭焼小屋が立っている。そして、その中から、西条博士、映二、亜由子の話し声と、ラジオの音が聞こえてくる。三人とも、恐ろしい犯人が、ヘビのように忍び寄ってくるのに気づいていないようである。

「ばかめ、まだ気づいていない。わたしの作りあげた時間砲の威力を、たっぷり味わわせてやる」

武部は、ケースから時間砲を取り出して、炭焼き小屋にねらいをつけた。

ズバババーッ！

バラ色の光線が、小屋を押し包んだ。オメガ粒子のすさまじい威力で、小屋全体が、パッとバラ色に変わり、やがて静かに消えていった。

小屋が消滅するのと同時に、時間砲の筒先も消えうせていた。作用反作用の原理で、小屋が過去へ飛ばされるのと同時に、筒先のほうは、未来へ飛んで行ってしまったのである。武部博士は消えてなくなった筒先のところへ、ケースから新しい筒先を取り出して、カチャリと取りつけた。

「うふふ、これこそ、わたしの改良した点なのだ。わたしは、オメガ粒子の反作用を、全部このカートリッジにかかるようにした。カートリッジさえ取り替えれば、いくらでも時間砲を連発できるようにな」

武部は、小屋の消えたあとを見つめて、誇らしげにつぶやいた。悪の天才武部は、西条博士の発明を、いくらでも連発できる兵器に作り変えたのである。

目的を果たした武部が、ゆうゆうと引き上げるのと入れ違いに、小屋の裏手の林の中から四つの人影が、飛び出してきた。

たった今、時間砲によって消されたはずの西条博士、映二、亜由子の三人と、見知らぬ中年の紳士である。四人のあとから、ビルケまで、ノッソリと出てきた。

「やつめ、ついにわなにかかったようですな、博士！」

中年紳士が、口をひらいた。

「うむ。残念なことですが、われわれを襲った犯人は、武部くんと決まりました。わしは科学者としての武部くんの才能を、高く評価していたのですが……」

西条博士は、悲しそうに答えた。博士には、武部博士が犯人だということが、まだ信じられない気持ちだったのだ。武部技師は、優れた助手として、これまで熱心に研究を手伝ってきた。その武部が、恐ろしい犯人だったとわかって、西条博士は、憎いと思うより、まず悲しかったのだ。

中年の紳士――西条博士の失踪事件を、ずっと調べつづけてきた警視庁の寺崎警部は、ことばを続けた。

「おそらく、武部は、オメガ粒子の威力を知って、この大発見をひとり占めしようと考えたのでしょう」

「寺崎警部、今だから言うが、わしは、オメガ粒子のことを発表する時は、武部くんとの共同研究ということにするつもりだったのだが、今となっては、遅すぎたようです」

「ともかく、亜由子さんと映二くんの作戦がうまくいったわけです。武部技師を電話でおびきよせ、炭焼き小屋の中にテープレコーダーとトランジスタラジオを置いて、中にいるように見せかけた。それに気づかず、正体を現したのが、やつの運のつきです」

寺崎警部は、映二と亜由子の肩をたたきながら言った。

18　時間砲対時間砲

翌日、電子工学研究所は、警視庁機動隊によって包囲された。だが、逮捕に向かった警官の手を振りきった武部博士は、ロッカーから時間砲を取り出して、屋上へ逃亡した。

「武部博士、研究所は包囲された。もはや、逃げられないぞ。抵抗をやめて出てこい。抵抗すれば射殺するぞ！」

警官隊は、マイクを使って、武部博士に向かって呼びかけた。

「抵抗すれば射殺するだと！　ふん、笑わせるな。お前たちに射殺されるような、わたしではない」

武部は、歯をむき出して笑うと、時間砲を振りまわして発射した。

たちまち、バラ色の光線が、雑木林をひとなめにした。林の中に隠れていた警官たちがあっというまにオメガ粒子を浴びて、消失した。

相手が時間砲を持ってあばれまわっているのでは、もはや警官隊では、手におえない。ただちに、自衛隊に出動命令が出された。

立川基地を飛びたったファントム・ジェット戦闘機。富士山麓を出発した特科大隊の七四式新戦車。自衛隊の誇る近代兵器が、空と陸から、武部博士のたてこもる電子工学研究所へ殺到した。

だが、武部のほうも、敗けてはいなかった。研究所の回りじゅうを、スッポリと包んでしまうオメガ粒子の遮断スクリーンを用意していた。ボタン一つ押すと、研究所のあちこちに備えつけてあった発生器が動きはじめ、バラ色の光線を噴き出し、研究所をバラ色の光のスクリーンで、スッポリ覆ってしまった。

研究所の上空へ到着したファントム・ジェット戦闘機は、サイドワインダー・ミサイルを発射して、攻撃を始めた。また、陸上から接近した七四式新戦車は、一〇五ミリ戦車砲で砲撃した。だが、砲弾もミサイルも、研究所を取り巻くオメガ粒子の遮断膜を通り抜けることができなかった。光のスクリーンに当たったとたんに、ミサイルも砲弾も、二十万年前の世界に送られて、消えてなくなってしまった。

さすがの近代兵器も、むだな攻撃をくり返すばかりで、研究所を傷つけることは、少しもできなかった。

武部博士は、遮断スクリーンに守られ、時間砲を振るって、自衛隊に向かって攻撃を続けた。レーダーと連動された時間砲は、まるでハエのようにファントム戦闘機をたたき落として、消してしまった。

一方、西条博士たちは、自衛隊の作戦本部で、すさまじい時間砲の威力を、テレビをとおして見守っていた。

「博士、このままでは、被害が増すばかりです。時間砲には、弱点はないのですか?」

自衛隊の将校がきいた。作戦本部へ送られてくる報告は、味方の損害のことばかりである。このままでは、ジェット戦闘機も七四式新戦車も、全滅してしまうかもしれない。

「時間砲には、弱点はありません。あの研究所を破壊するためには、オメガ粒子の遮断スクリーンを、通り抜けられる兵器が必要です。つまり、時間砲のオメガ粒子に対抗できるのはオメガ粒子しかありません」

「なるほど、目には目を、というわけですか。それで、オメガ粒子の発生器は、どこにあるのですか?」

将校は、やっと元気をとりもどして、質問した。

「もし、タイムマシンが処分されてなければ、入間基地にあるはずです」

西条博士たちは、さっそく入間基地に向かって出発した。作戦本部も一緒に移動し、タイムマシンから取りはずされた、オメガ粒子発生器の点検が行われた。

一刻も早くしないと、時間砲の被害が増えるばかりである。熱心に整備を進める博士たちを見つめる、映二と亜由子は、気が気ではなかった。

やがて、巨大なＰ２Ｖ－７ネプチューン対潜攻撃機に、タイムマシンから取りはずされ、十分に点検されたオメガ粒子発生器が取り付けられた。反作用で、攻撃機が未来へ飛んで行ったりしないように、発生器は、発射と同時にはずれるようになっている。

「いくら攻撃しても、オメガ粒子の遮断膜にさえぎられて、弾丸は研究所にはとどかない。武部くんには気の毒だが、この発生器を使う以外に方法はないのだ。さあ、出発しよう」

西条博士は、パイロットをうながして、ネプチューン攻撃機に乗り込んだ。映二と亜由子は、手を振って見送った。ふたりにできることは、作戦本部のテレビで、成り行きを見守ることだけだ。

ブルルル。ネプチューン攻撃機は、ジェットエンジンとピストンエンジンの入り混じった爆音を残して、空高く飛びたった。

「武部技師は、きっとオメガ粒子の発見を、ひとり占めしようと思ったんだわ。お父さまさえいなくなれば、所長にもなれると思って……」

「ライアン教授も同じだったね。タイムマシンをひとり占めしようとして、飛びたっていったきりどうなったのだろう?」

「お父さまの話では、たぶん、二十世紀にはもどれないだろうって。タイムマシンを動かす方法は、とても難しいんですって。初めに作った発生器みたいなスピードで、オメガ粒子を噴射すれば、いっぺんに二十万年も飛んでしまうんですもの」

「するとライアン教授は、二十世紀を通り越して何十万年も未来へ飛んで行ったかもしれないな」

映二と亜由子が話し合っているうちに、西条博士を乗せた攻撃機は、研究所の上空に到着した。基地の作戦本部のテレビに映し出された研究所の風景を、ふたりは、夢中で見守った。

ズバーッ！

研究所の武部技師が発射した時間砲の光線が、ネプチューン攻撃機をかすめたので、ふたりともハッとした。だが、次の瞬間、攻撃機につりさげられたオメガ粒子発生器から、光線が吐き出された。

ビビビーッ！

研究所を覆っていたオメガ粒子の遮断膜と、攻撃機から発射された光線とが、重なり合ったように見えた。そして、研究所は、すっかりバラ色に包まれ、やがて、静かに消えていった。

「やったぞ！　オメガ粒子が命中した」

「研究所が消えていくわ。お父さまが、勝ったのよ！」

映二と亜由子は、飛び上がって喜んだ。

作戦本部の人たちも、手を取り合って、成功を祝している。ビルケまで、うれしそうにほえたてていた。

科学を悪用した武部技師は、ついに、この二十世紀から消えていったのだ。《科学には、善も悪もない。使いかたしだいで、科学は、人類の敵にも味方にもなる》映二は、西条博士の言ったことばを思い出していた。

ライアン教授、ロックチャイルド四世、そして武部技師。オメガ粒子の持つ恐ろしい力を悪用しようとした人たちは、みんな滅んでいった。

映二は、かたく心に誓うのだった。ぼくが大きくなったら、りっぱな科学者になって科学を人類のために使うのだ！　核融合反応を、水爆のような破壊兵器に悪用しないで、発電のエネルギーとして使えば、きっと多くの人たちの役にたつだろう。宇宙ロケットを、大陸間ミサイルに使ったりしないで、宇宙のなぞを解き明かすために使えば、月や、火星や、金星を調べることができるだろう。

科学を悪用するのも、善用するのも、これからの時代をになう若い人たちに任されている、大きな宿題なのだ。

二十万年前の世界から帰ってきた人たちは、それぞれもとの二十世紀の生活にもどっていった。カリフォルニアの自宅へ帰ったリーガン氏は、応接間に飾った楊獅子の剝製をながめながら、暮らしているという。

エッケルト博士は、二十万年前の世界の研究を発表して、古生物学界に一大ニュースをもたらした。明石原人の生態についての論文は、世界じゅうで出版された。

客室乗務員たちは、航空会社にもどり、何ごともなかったように、アメリカと日本のあいだを、前と同じように飛びつづけている。

ほかの人たちも、みんな、もとの生活にもどっていった。

ただ、西条博士だけは、オメガ粒子の発生器を破壊し、あらゆる研究資料を焼き捨て、二度とオメガ粒子の研究には、手をつけなかった。

「たしかに、オメガ粒子さえあれば、人類は、自由に時間の流れを旅行することができる。だが、使いかたをあやまると、そのために、人類は滅びてしまうかもしれない。人類は、まだ時間を自由にするには、早すぎるのだ」

映二や亜由子たちに向かって、西条博士は口癖のように説明するのだった。

続・時間砲計画

豊田有恒／石津嵐

1　よみがえるオメガ粒子

「映二《えいじ》、そんな木のけずり方があるか！」

祖父、伊作《いさく》の大声がひびいた。

「だって、おじいちゃん。パチンコを作るなんて初めてのことなんだ。急にうまくやれっていったって無理だよ」

和久井《わくい》映二は、もう一時間ちかくも、Y字形の木の枝にナイフをあて続けていた。

祖父、伊作のいいつけで、きょうは、あのゴムの力を利用して小石や鉄の玉をとばす道具、〝パチンコ〟作りにとりくんでいたのだ。

夏休みを利用して、母のいなかである福島県の小名浜《おなはま》にやってきたのが二日前のことだったが、そんな映二を待ち受けていたかのように、伊作の特訓がはじまった。

伊作にとって、映二は、たった一人の孫だったから、勉強や遊びに関しては、両親以上にうるさいところがあった。

とくに、子どもの遊びについての伊作の意見は頑固だった。

「いまの子どもたちはぜいたくすぎる。自分でなにかを作ったり工夫するという気持ちがない。わしが子どものころには、遊びの道具は、すべて自分の手で作ったものだ。自然のものを利用して、手作りの遊びを考える。これが本当の遊びというものだ」

母のいなかにくるたびに、映二は、そんな祖父からいろいろなことをおしえられた。

昨日は、ちかくの磯《いそ》で素潜りの練習をして、自分たちで採った貝類の料理法を習った。素潜りというのは、潜水用具などなにもつけずに海中へもぐることだ。

そして、きょうは、パチンコ作りのあと、魚つりをする予定になっている。

たしかに、頑固で口うるさい祖父だったが、しかし、映二はそんな伊作が大好きだった。

映二も、どちらかといえば、できあがったものより手作りのものが好きだし、性格も、男らしい頑固なところがある。

伊作が映二をかわいがるのも、そんな自分に似たところがあったためかもしれない。

小名浜というのは、福島県いわき市のなかにある、太平洋に面した港町だ。

以前は、美しい白砂が海岸をうめつくしていた海水浴場であったというが、現在では、そこに数本の埠頭《ふとう》がつくられ、横浜のような国際工業港として有名だ。

とはいえ、伊作の家からも、岬にくだける太平洋の荒波をすぐちかくに見ることができ、香ばしい磯のかおりが映二の鼻腔《びこう》をくすぐる。

汗を流しながらパチンコ作りをするよりは、やはり、浜へ出て魚つりや泳ぎをした方が楽しい。

映二は、磯のかおりにせきたてられるように、枝をけずり、ゴムをとりつけ、パチンコの完成を急いだ。

午後、映二は、伊作と一緒に家を出た。

ツリ道具を持ち、伊作の家で飼っているゴンという犬をつれていた。

むろん、映二のベルトには、完成したばかりのパチンコがさしこんである。

「いいか、映二。魚つりというのはな……」

道々、祖父の口ぐせがはじまった。

しかし、映二は、ご機嫌だった。

強烈な陽《ひ》ざし、磯のかおり、かわいた砂、入り江、漁船、そして、祖父の東北なまりの大声と、そのどれもが、東京では味わえない新鮮なものだったのだ。

「よおし、おじいちゃんが腰をぬかすような大物をつりあげてやるぞ。さあ、ゴン、急げ!」

ゴンとは、いかにも強そうな名前の犬だが、見ると聞くとは大違い。映二の前をヨタヨタ走る姿はどこから見ても、年老いた貧弱な雑種犬だった。

伊作の話によると、ゴンという名前は、その鳴き声から名づけたということだった。

つまり、みっともない格好をしているくせに、その鳴き声たるや、ちょうど寺の鐘の音を近くで聞くようなすさまじい咆《ほ》え方で、ゴーン、ゴーンと聞こえるというのである。

だが、映二はもちろんのこと、伊作も、ここ数年、ゴンの鳴き声を聞いていないという。

年老いたせいか、もう鳴く元気もなくなっていたのかもしれない。

海岸線に沿って岬の方へ進むと、やがて、登り坂となる。

右手に広大な海原をみながら坂道をたどると間もなく、岬の頂上につくられた市民公園へといきつくのである。

その坂道の途中で、突然、ゴンの様子が変わった。

ひくい、かすかなうなり声をあげると、急に道をそれて斜面をかけあがったのだ。

「ゴン！　どうしたんだ」

にぎっていた鎖をはずされ、映二は前のめりになりながら叫んだ。

斜面の前方、木立のなかにちょうど三階建ほどの古びた建物が見える。

ゴンは、そこにむかっている。

気のせいかもしれなかったが、映二は、その木立のなかに、チラリと人影らしいものを見たと思った。

ゴンは、その影に挑発されたのかもしれない。

「ゴン、もどってこい！」

映二がふたたび叫んだときには、すでにゴンの姿は木立のなかに見えなくなっていた。

「妙だな……。ゴンが、あんなにこうふんするなんて珍しい」

伊作も、あきれ顔で見あげていた。

と、間もなく、キャキャン！　という悲鳴が聞こえ、同時に、ころがるようにして斜面をかけおりてくるゴンの姿が目に入った。

「いったい、どうしたんだよ、ゴン？」

ゴンは、息をはずませ、映二の足もとにうずくまり、おそるおそる木立のなかの建物を見あげていた。

「おじいちゃん、あの家は、なに？」

みるからに荒れはてた、その建物を、映二も不審気な表情で見あげた。

「うむ、あれは以前、船の部品などをしまっておく倉庫だったが、いまは、もう、まったく使われていない空き家のはずじゃ」

それでは、やはり、さきほど見たと思った人影は気のせいだったのか、と、映二は、ゴンのしょぼついた顔をなでながら、伊作のことばにうなずいた。

「さあ、映二、早くいこう。魚たちが待っているぞ」

孫との魚つりがよほど楽しみなのだろう、伊作は、もうスタスタと歩きはじめていた。

「はい、おじいちゃん。さあ、ゴン、出発だ」

公園は、もう目前である。

この岬公園を横ぎり、ちょうど、岬の反対側におりていくと、目的地のつり場が見える。

強い陽ざしが、ようしゃなく映二の全身にふりそそぎ、公園についたときには、さすがの映二も、大きく息をはずませていた。

「おじいちゃん、ちょっと小休止しようよ」

ハンカチで首すじをぬぐいながら、映二は立ちどまった。

「バテたのか、映二。だらしがないぞ」

そうはいいながら、伊作もやれやれといった様子で立ちどまった。

ここちよい潮風が吹きぬけていく。

「疲れたんじゃないよ、おじいちゃん。景色があんまりすばらしいものだから、ちょっとながめてみたかったんだ……」

それは映二の負けおしみではなかった。

たしかに、この岬公園からの景観はすばらしいものだった。

ここからながめると、地球が丸いということが実感としてわかる。

海にむかって首を左右に振った角度いっぱいに、水平線がゆるやかな曲線をえがいて見えるのだ。

「すごいなあ……」

そんな感嘆のつぶやきをもらしながら、やがて映二の視線は眼下に見える小名浜港へと移っていった。

海岸線の半分以上が、工業港として開発され、巨大な埠頭がなん本も沖へむかって張り出しているのがよく見える。

埠頭には、すでに、数隻の大きな貨物船が横づけになっており、いかにも活気ある港のざわめきを思わせる。

そんな様子とは対照的に、岬にちかい海岸線は、数本の防波堤に囲まれた漁港となっており、魚市場や、たくさんの漁船が停泊しているのが見える。

じいっと見ていると、水あげされた魚の匂いまでが感じられるようだった。

小名浜へきて、本当によかったと、映二はしみじみと感じていた。

東京を出発するまでは、いちばん親しいクラスメートの西条亜由子《さいじょうあゆこ》と別れるのがつらくて、この旅行はやめようかとも考えていたのだ。

だが、いかに大好きなガール・フレンドのためとはいえ、祖父との約束、つまり、男と男の約束を破るわけにはいかない。小名浜への旅行は、数か月前に、祖父との約束で決めていたことだったのだ。

しかし、いまは、目前の太平洋の雄大さに心から感動していた。

「そうだ、今夜は、亜由子さんに絵ハガキを書こう」

映二は、満足そうにつぶやいていた。

と、映二は、視界のなかに、一隻の白い船が停泊しているのに気づいた。

いちばんはずれにある埠頭の沖合いあたりである。

「うわあ、きれいな船だな……」

そのスマートな船体から考えて、ふつうの貨物船などではあるまい。

「ねえ、おじいちゃん、あの白い船、客船かもしれないね」

「いや、あれはラザフォード号といって、アメリカからやってきた最新型の貨物船じゃ」

伊作は、数年前まで港湾関係の仕事をしていたため、いまでも港の出来事には明るかった。

「なんでも、原子力エンジンの船で、試運転のために日本へやってきたと聞いている」

「へえ、原子力船なの！」

映二は、身をのり出すようにして、その白い船体にみとれていた。

それは、まるで、油を流したような静かな紺碧《こんぺき》の海面に、白いイルカが浮かんでいるかのようだった。

そのとき、突然、異変が起こった。

映二の目の前を、バラ色の閃光《せんこう》が走ったかと思うと、その白い原子力船ラザフォード号が、みるみるバラ色のモヤにつつまれて見えなくなったのだ。

そして、バラ色のモヤが晴れると、もう、そこには、ラザフォード号の姿はなくなっていた。

あの巨大な船体が、いっしゅんのあいだに消えてしまったのだ。

「ラ、ラザフォード号が、消えた……！」

信じられないといった表情で、伊作はつぶやいていた。

映二も、同じように驚きの表情をうかべて立ちすくんでいたが、しかし、映二の驚きは、伊作のものとはまったく違う性質のものだった。

「……ま、まさか……！　でも、あの消え方は、まったくあのときと同じだ。オメガ粒子……、時間砲！」

映二には、思いあたることがあったのだ。

昨年のことだった。

——クラスメート、西条亜由子の父は、世界的に高名な電子工学の科学者だったが、その西条博士が、昨年、おそろしい研究を完成させたのだ。

それは、オメガ粒子とよばれる素粒子の発見だった。

そして、この素粒子には、ふしぎな性質がひめられていたのだ。

つまり、このオメガ粒子を放射された物体は、ちょうどタイム・マシンに乗せられたのと同じような効果を受けて、時間を移動してしまうのである。

たしかに、これを利用すれば、過去、未来のどんな時代にもテレポート（瞬間移動）することができるのだから、平和的に使用されれば偉大な発見だといえるだろう。

しかし、もし、このオメガ粒子が悪のために使われたらどうだろう？

人間も、建物も、いや、出力を大きくすれば、山も町もかんたんに消しさることが可能なのだ。

発見者の西条博士も、そのことを心配し、この研究は極秘のなかで進められていたのだが、ついに、このオメガ粒子を悪用する人物が現れたのである。

そのために、映二たちは、二十万年前の時代にテレポートさせられ、想像を絶する危険とたたかわなければならなかったのだ。

しかも、そのオメガ粒子を悪用した人物というのは、西条博士がもっとも信頼していた助手の武部《たけべ》という男だった。

助手に裏ぎられた西条博士は、失意のなかで、オメガ粒子発見をあやまちだったと判断し、その研究のすべてを破壊し、武部助手とともに時間の彼方《かなた》へほうむりさってしまったのだ。

映二は、いまでも、ありありと思い出すことができる。あの、いまは亡き悪の科学者武部助手が、みずから工夫して作りあげたオメガ粒子放射銃、つまり時間砲を発射したときのことを。

オメガ粒子をあびた物体は、すべてバラ色の閃光を受け、バラ色のモヤにつつまれて消えていったのだ。

ラザフォード号の消え方は、まさしく、そのオメガ粒子をあびせられた状態そのものだったではないか！

「しかし……！」

と、映二は、頭をはげしくふりながらつぶやいた。

「……しかし、あのオメガ粒子は、もう無いはずだ。西条博士が、すべて処分してしまったはずなんだ。そんなバカなことがあるはずがない……！」

だが、つぶやくことばとは反対に、映二の疑惑はますます深まっていった。

もしも、なんらかの事情で、まだオメガ粒子の発生器——つまり時間砲が残されていたとしたら、これはたいへんなことである。

「おじいちゃん……！」

やがて、映二は、思いつめたようにいった。

「おじいちゃん、ぼく、すぐ東京へ帰ります」

「映二、いったいどういうことなんだ!? ラザフォード号が消えたこととと、お前とは、なにか関係でもあるのか？ さあ、説明してくれ！」

あまりに不可解な出来事を見てしまったためか、伊作はすっかり混乱しているようだった。

「おじいちゃん。くわしい話をしているひまはないんだよ。とにかく、急いで東京へ帰らないとたいへんなことになるんだ！」

映二の顔からは、少年らしい明るさが消え、まるで別人のような、大人っぽい表情になっていた。

そんな映二の様子から、伊作は、深い事情があるらしいとさっしたのだろう、そのまま、おびえたように口をつぐんでしまった。

その日の最終列車で、映二は東京へむかった。一刻も早く、あの出来事を、西条博士に報告したかったのだ。


ちょうど、映二と伊作が、ラザフォード号の消失を目撃した時刻、木立のなかの古びた倉庫の屋上に、一人の男が立っていた。

男は、頭から足もとまで、すっぽりと黒いマントのようなものでつつみ、両手には、ちょうど機関銃のような機械をかかえていた。

「うふふふ……。こうしておけば、騒ぎを聞きつけて、かならずやってくるだろう。西条博士、早くやってこい。そして、おれのふくしゅうを受けるがいい……」

不気味なことばをはきながら、黒マントの男は、じいっと、ラザフォード号が消えさったあたりを見おろしていた。

2　ふくしゅうの時間砲

西条堅太郎《けんたろう》博士が所長をしている電子工学研究所は、東京郊外の静かな林のなかに建てられていた。

その、お城のように大きな建物の前に立つと、映二は、いつも西条博士のきびしくひきしまった顔を連想してしまう。

西条堅太郎博士といえば、日本が生んだ世界的な科学者で、博士が発明した新型誘導装置は、アメリカの宇宙ロケットにも使われているくらいだ。その科学に対するきびしい態度を見るたびに、映二は、いつも全身を固く緊張させてしまうのだ。

「まあ、映二くん！　もういなかから帰ってきたの？」

研究所の玄関を入ると、すぐ、意外な声が映二をむかえた。

西条亜由子である。

昨夜おそく帰京した映二は、まんじりともせずに自宅で一夜を明かすと、まっすぐ西条研究所へかけつけてきたのだ。

ふつうなら、西条博士の自宅をたずね、まず亜由子に帰京を知らせるところだが、いまは、とにかく博士に報告しなければならないことがある。

自宅には、一週間に一度ぐらいしか帰らないという西条博士の日課を知っている映二は、まっすぐ研究所をおとずれたわけだが、まさか、この早朝に、研究所で亜由子に会えるとは思わなかったのである。

「亜由子さん……。きみもきていたの？」

映二は、まぶしそうな表情を美しい亜由子にむけた。

「ええ。父のお客さまをお連れしてきたのよ。でも、映二くんは、いったい……？」

亜由子に会えたことはうれしかったが、いまの映二は、それを素直によろこべる状態ではなかった。

「うん。実は、西条博士に急用ができて帰ってきたんだ。すぐに会いたいんだけど……？」

「ええ、いまなら、ちょうど、お客さまと応接室のはずよ」

いつもとは、まったく様子のちがう映二に、亜由子はけげんそうに小首をかしげていた。

映二と亜由子は、学校中がみとめる好カップルであった。

亜由子は、ながいあいだ父親といっしょにアメリカ暮らしを続け、帰国してから、まだ一年半ほどしかたっていない。

そのために、帰国したばかりのころは、日本語も思うように使えず、なにかとかなしい思いをしたものだったが、そのころから、柔道部キャプテンでクラス委員という実力派の映二が、ことあるごとにかばってきたのである。二人が、固い友情でむすばれているのも当然だといえるだろう。

「おお、映二くんか。いったいどうしたんだね、こんな時間に？」

めずらしく柔和な表情を見せながら、西条博士が応接室から声をあげた。

博士の前のソファには、二人の外国人がすわっていた。

この二人の客も笑い声をあげていたことから考えて、博士の機嫌のよさは、この客たちとの歓談のせいかもしれない。

「おはようございます、西条博士。実は、ぜひ聞いていただきたいことがあってうかがったのです」

「まあ、そこにすわりなさい。そうそう、めずらしいお客さんがきているよ」

西条博士がそういうと、背中を見せていた外国人の一人が、ニッコリと映二をふりかえった。

「あ、あなたは、エッケルト博士……！」

映二は、思わず驚きの声をあげた。

真っ白な髪の毛とヤギのようなヒゲの、その老人は、シカゴ博物館の古生物学者、エッケルト博士であった。

続いて、もう一人の外国人がふりかえった。

「映二、ひさしぶりだね」

ガッチリとした体格、精悍《せいかん》な面がまえの、その人物も、また、映二にとってはなつかしいひとだった。

「リーガンさんも……！」

Ｋ・リーガン氏といえば、世界的に有名な狩猟家で、アフリカやインドで、人食いトラやライオンを追い続けている銃の名手である。

この二人の外国人は、昨年の時間砲事件で、武部助手のために、共に二十万年前の世界へ放りこまれた仲間だったのだ。

苦しい体験を一緒に味わったという思いが、強い友情となって応接室内にみちあふれた。

映二は、思わず顔をほころばせながら亜由子を見た。

おそらく亜由子は、映二を驚かせてやろうと思って、客の名前をいわなかったのだろう。

とはいえ、その時間砲の話でかけつけてきた場所に、エッケルト博士やリーガン氏がいたというのは、偶然とはいえ映二を勇気づけた。

「元気そうだね、映二」

エッケルト博士が、やさしく映二の肩をたたきながらいった。

「はい、エッケルト博士。お会いできて、とてもうれしいです」

「映二。あのときはおもしろかったな」

リーガン氏も、なつかしさを顔いっぱいに浮かべて、持ちまえの大声をあげた。

二人とも、世界中をかけめぐる国際人らしく、もうすっかり日本語を自分のものにしていた。

「映二くん、エッケルト博士はね、あの時間砲事件以来、日本の古生物研究を始められてね。今度も、北海道や東北の恐竜化石の発掘のために来日されたのだよ」

西条博士の説明を聞きながら、映二は、その老科学者のたくましい研究心に頭のさがる思いをかみしめていた。

「おれはな、映二。北海道の人食い熊を倒すためにやってきたんだ。どうだ、おれと一緒に、熊退治をやらんか?」

リーガン氏は、銃を撃つようなしぐさを見せながら、映二にウインクをしてみせた。

そういえば、このところ、北海道に熊の被害を報じたニュースが多かった。

狩猟家であるリーガン氏にすれば、これは見のがすことのできないことだったろう。

「ところで、映二くん。わしに聞かせたいことがあるといっていたが、いったいなんだね?」

「はい、実は……」

映二は、気をとりなおすように西条博士にむかうと、小名浜での出来事を話しはじめた。

バラ色の閃光、バラ色のモヤ、消えたラザフォード号――。

映二の話がすすむにしたがって、西条博士の顔色が変わりはじめた。

「そ、そんな、そんなことがあるはずはない……!」

西条博士は、めまぐるしく思いをめぐらせているようだった。その顔には、いつにもない狼狽《ろうばい》の色が浮かんでいた。

「映二くん。それは、なにかの錯覚ではなかったのかね?」

「いいえ、西条博士。あれは錯覚なんかじゃありませんでした。白昼の、しかも、大勢の人たちの前で起こったことなんです」

おそろしい沈黙が室内にひろがった。

オメガ粒子――このいまわしい名前が、かつて、その犠牲となった人たちの胸のなかに生々しくよみがえっていった。

「西条博士。目撃したぼく自身、どうしても信じられないほどなんです。常識で考えれば、オメガ粒子や時間砲が、いまごろ、まったく関係のない場所で使われているなんて信じられません。でも、でも、西条博士、ぼくが見たバラ色の閃光は、いったいなんだったのでしょうか!?」

オメガ粒子や時間砲の効果については、映二は、実験段階のときからよく見て知っている。だから、映二の疑いを頭から否定することはできなかったのだ。

「映二くん……」

突然、西条博士が立ちあがった。

その表情は、いままでに見たこともないようなきびしいものになっていた。

「映二くん。わしは、これから調べにいく。たしか、いわき市の小名浜といっていたね。すまんが、その現場へ案内してはくれないか?」

「ええ。もちろん、ご案内します」

同時に、エッケルト博士が立ちあがった。

「西条博士。もし、おじゃまでなかったら、その調査に同行させてはもらえんじゃろうか」

「エッケルト博士。そうしていただければ、このわしも心強い。しかし、あなたには化石発掘の仕事があるのでは?」

「いや、どうせ、いわき地方にはいこうと思っていたのです。あのあたりは、首なが竜の化石が発見されており、ひじょうに興味ある土地なのじゃ」

するとリーガン氏も立ちあがった。

「おお、それならおれもいこう。石ころ探しのエッケルト博士とちがって、おれの銃はもしものときの役に立つ。また、昨年のようなことになってはたいへんですからな。つまり、おれはガードマンというわけだ」

あいかわらずズケズケと口の悪いリーガン氏だったが、エッケルト博士も、そんなリーガン氏の正義感のあつい本心は知っていたから、気にもかけてはいないようだった。

それにしても、昨年のようなことになってはたいへんだと、冗談のつもりでいったリーガン氏のことばは、ますます西条博士や映二の不安感を強める結果となってしまった。

「亜由子。これから、すぐに出発する。お前も仕度をしなさい」

「はい、お父さま」

不安感をぬぐうには、とにかく行動するしかない。

室内の空気が、急にあわただしいものになった。

「ああ、それから梶山《かじやま》くんをよんでくれ」

「はい」

しばらくすると、リーガン氏以上に体格のいい青年が姿を現した。

「先生、なにかご用でしょうか?」

梶山青年は、武部助手がいなくなったあと、西条博士の助手となった若き科学者である。その頑丈な体つきを見てもわかるように、科学者にはめずらしく柔道四段という猛者《もさ》でもある。

「梶山くん。これから、すぐ、いわきへ調査旅行にでかける。すまんが、きみも一緒にきてくれたまえ」

「はい、わかりました」

「それから、きみに管理をたのんでおいた、オメガ粒子検出器だが、あれを持っていってくれ」

「はあ……。先生、オメガ粒子が、どうかしたのですか?」

梶山青年も、西条博士の助手になるほどの優秀な科学者である。幻の発見といわれていたオメガ粒子についての知識はくわしい。

いまごろ、なぜスクラップ同然の検出器など必要なのかと、梶山青年は首をひねっていた。

「いや、まだはっきりしたことはわからんのだ。それを、これから調べにいこうというわけだ」

「わかりました。それでは急いで準備にかかります」

上野駅から常磐線《じようばんせん》で三時間ほどのところに、泉《いずみ》という美しい名前の駅がある。

この泉駅からバスで三十分ほど海の方へむかってゆられると、潮のかおりの港町、小名浜へ着く。

むかしは、この泉と小名浜のあいだを、オモチャのようなＳＬが、海岸線をのどかに走っていたというが、やがて、それがジーゼル機関車にかわり、ついには現在のようにバス路線だけが残ったのだという。

西条博士、亜由子、映二、それにエッケルト博士とリーガン氏、そして助手の梶山青年の一行六人は、泉駅から二台のタクシーに分乗して、まっすぐ小名浜へとむかった。

まだ陽は高く、小名浜の町はむせるような海の匂いにあふれていた。

映二は、まず、祖父伊作をたずね、協力をたのむつもりでいた。

なにを調べるにしても、地元を知る者がいればなにかと都合がいい。

祖父の家の前にタクシーを停《と》めると、まるで映二を出むかえるように、ゴンの老体がノッソリと現れた。

「やあ、ゴン。おじいちゃんはいるかい？」

ゴンの頭をひとなでして、家のなかに姿を消した映二は、間もなく一人でもどってきた。

「すみません、西条博士。祖父は急用ででかけてしまったらしいのです。帰ってくるまで待っていただけますか？」

「いや、映二くん。一刻も早く現場を見たいのだ。きみのおじいさんには、のちほどごあいさつをするとして、とにかく、われわれだけでいってみよう」

「わかりました」

すぐにも調査を始めたいという西条博士の気持ちが、映二には痛いほどわかった。

映二ですら、オメガ粒子のおそろしさは理解できるのだ。生みの親である西条博士にすれば、それ以上の困惑や心痛を感じているはずだった。

「映二くん。まず、船が消失した海面に、もっとも近い場所へ案内してくれたまえ」

「はい」

タクシーは走りだした。

映二のひざには、いつの間にかゴンがちゃっかりすわっていた。

やがて、タクシーは、埠頭に通ずる沿岸路に入り、ちょうど、港のはずれあたりに停車した。

そして、一行は、映二を先頭に、その埠頭を先端にむかって歩き始めた。

埠頭の中央には、軌道に乗った巨大な移動クレーンがそびえるように立っており、そのクレーンのまわりには、小型ブルドーザーやジープが、置き忘れられたように停められている。

この埠頭は、どうやら、まだ未完成のものらしく、ところどころ舗装のされていない地面がある。

だから、当然、他の埠頭には、貨物船などの停泊が見られ、船員や荷役人たちのにぎわいがあるが、ここには、まったく人の姿がない。湾内連絡用らしい無人はしけ（小型船）が一隻、岩壁につながれ波間にゆれていたが、動くものといえば、それくらいのものである。

「西条博士。ラザフォード号は、ちょうど、あのあたりに停泊していたのです」

埠頭の突端に立ち、映二は沖合いをゆびさした。

昨日、たしかにバラ色のモヤにつつまれた海面いったいは、なにごともなかったかのように静まり返っている。

あの光景は、大勢の人たちが目撃しているはずだった。だが、別に騒がれている様子はないし、テレビやラジオのニュースにもなってはいないようだ。

おそらく、目撃者のほとんどは、あまりに奇怪な現象だったために、かえって、自分の眼《め》の方を疑ってしまったのかもしれない。

「梶山くん。検出器の用意をしてくれたまえ」

映二と一緒に沖合いをみつめながら、西条博士は、心もち緊張した声でいった。

半信半疑とはいえ、もし、オメガ粒子検出器に反応があれば、それはたいへんなことなのだ。

梶山青年は、大きなカバンのなかから、数個の計器部分をとり出すと、もくもくと組立て作業を始めていた。

そんな様子を、エッケルト博士とリーガン氏は、ただ無言で見おろしていた。

いつものリーガン氏なら、エッケルト博士を相手に、アメリカ人らしい陽気さで憎まれ口をたたくところなのだが、さすがに、冗談をいう気持ちにはなれないのか、しきりに、手に持った茶色の細長いカバンをなでまわしていた。

そのなかには、リーガン氏の愛用する、レミントン四五口径ライフルが入っているはずだった。

やがて、梶山青年は、オメガ粒子検出器の組立てをおえた。

それは、ちょうど、電気そうじ機の上に、パラボラ・アンテナをとりつけたような形をしていた。

「先生、できました」

「うむ、ありがとう」

西条博士は、ゆっくりと、地面の上にセットされた検出器へ歩みよっていった。

映二たちは、息をのんで見まもっていた。オメガ粒子は、不安定な重い粒子であるから、一億分の一秒という瞬間で、消えてしまう。しかし、分解したオメガ粒子は、α《アルファ》線、β《ベータ》線、γ《ガンマ》線など、ふつうの放射能になって残る。その割合が決まっているから、検出器をつかえば、すぐわかるのである。

映二は、いのるような気持ちだった。もし、ここで、オメガ粒子が分解したあとの放射能の特徴が見つからなければ、映二の錯覚ということになる。錯覚でもいい。あの恐怖の新兵器が、ふたたび使われたことが、はっきりするよりも、映二ひとりが笑いものになるほうが、ずっとましだ。

「反応あり！」

梶山青年が叫んだ。検出器から、ガーガーという音がでている。この検出器は、ふつうの放射能をはかるガイガー・カウンターと、同じ原理である。ただし、そこにある放射線の割合をしらべることができるのだ。

まだ、そうと決まったわけじゃない。なにか別の放射能が検出されたのかもしれない。映二は、そうだと思いこもうとした。

西条博士は、梶山青年のところに近より、メーターをのぞきこんだ。

「先生、α線、β線、γ線を検出しました。高速加速装置のターゲット付近の重核子《ハイペロン》の崩壊現象に似ていますが……」

梶山青年が叫んだ。

「いや違うな。α線の割合が多すぎる」

西条博士は、そう言ったきり、棒立ちになった。博士のくちびるが、わなわなとふるえている。

「先生、それじゃ、やっぱり……？」

「……まちがいない。たしかに、たしかにオメガ粒子だ……！」

西条博士は、青ざめた表情をひきつらせながら、つぶやき続けていた。

「……だれかが、オメガ粒子を使用したんだ……！　だが、いったい、だれがそんなことを……？　わからん、さっぱりわけがわからん……！」

発生装置を抹消したはずのオメガ粒子が、まぎれもなく検出器に反応した。西条博士ばかりでなく、映二にも亜由子にも、エッケルト博士やリーガン氏にも、それは、おそろしい結果となってあらわれたのだ。

埠頭の六人は、ただ声もなく立ちすくむだけだった。

そのとき、突然、映二たちは、ものすごい強風にたたかれたようなショックを受けた。続いて、あたりの風景がユラユラとゆがみ始め、しだいに一面がバラ色にかわりはじめた。

頭がもうれつに痛い。

意識は、そこでポツンととだえた。

同時に、となりの埠頭では大さわぎになっていた。

昨日に続いて、二度も同じような異変が目の前で起こったのである。

しかも、今度は、はっきりとした証拠まであるのだ。

埠頭の、三分の一ほどの長さの部分が、バラ色のモヤにつつまれたかと思うと、そのまま、そっくり、けずりとったように消えてしまったのだ。

巨大な移動クレーンも、ジープも、つないでおいたはしけも、なにもかもすっかりなくなってしまったのである。

もう、それは、錯覚でもなければ幻覚でもない。

さわぎは、またたくまに小名浜の町中にひろがっていった。

三十分もたつと、警察や報道関係者がかけつけ、消えた埠頭の前で呆然《ぼうぜん》と立ちすくみ、黒山のような見物人たちは、そのうしろの方で、無責任にざわめいていた。

しかし、いったい、なにが起こったのか、だれにもわかるはずがなかった。ただ一人の人物をのぞいては——。

木立の奥の建物の屋上に、その黒マントの男は立っていた。

「ふくしゅうはおわった。ああ、なんとすがすがしい気分だろう……。西条博士ばかりか、エッケルトやリーガンまで一緒だったとは、まったく理想的なふくしゅう劇ではないか。うふふふ、ゆかいだ、こんなゆかいなことはない。お前たちは、もう永久に、この世界に帰ることはできないのだ、うふふふ、あははは……！」

男は、いつまでも、いつまでも、満足そうな笑い声をあげながら、港のさわぎを見おろしていた。

3　奇妙な場所

映二は、ボンヤリと意識をとりもどした。

顔面に生あたたかい感触があり、ソッと目をあけると、ゴンの鼻先が見えた。ゴンが、しきりに映二の顔をなめまわしていたのだ。

どれくらい倒れていたのかわからないが、体の下には、固いコンクリートの地面がある。

「……そうか、埠頭の上で気を失っていたのか……」

首をまわすと、すぐそばに、亜由子たちが倒れている。

映二は、ゆっくりと体を起こし、沖合いの方に目をむけた。

妙にむしあつい、しめった風が吹きあげてくる。

映二は立ちあがり、埠頭の先端に歩みよっていった。

そして、その目前の光景を見て、呆然と立ちすくんでしまった。

「こ、これは……！」

つい、さっきまで、そこには湾内の海面が迫り、埠頭にくだける小波《さざなみ》の音まで聞こえていたはずなのに、いまは、もう、すっかり様子が変わっていた。

となりにあった埠頭も見えず、湾内に停泊していた大小数々の船の姿も見えない。

3　奇妙な場所

それどころか、海面は、はるか五十メートルほども下の方に見え、打ちよせる波が岩場にあたって白いしぶきをあげていた。

つまり、いつのまにか、埠頭は、五十メートルほどの高さの崖の上にのりあげていたというわけなのだ。

映二は、二度、三度と、頭をはげしく横にふってみた。

だが、夢ではない。まわりの異様な風景はそのままだった。

「こ、こんなバカな……！　いったい、どうなっているんだ!?」

「やられたな……」

突然、背後に、西条博士の声がした。

ふりかえると、西条博士をはじめ、一行全員がボンヤリと起きあがっていた。

「ああ、西条博士！　たいへんです。まわりを見てください。様子が、様子が変なんです！」

「……わかっている……」

あたりをゆっくりと見まわしながら、西条博士はおちついた口調でいった。

「……わかっているよ、映二くん。どうやら、わしたちは、一年前と同じ事態におちいってしまったらしい」

映二をはじめ、亜由子、エッケルト博士たちの顔色が変わった。

無理もない。西条博士のいう、一年前と同じ事態というのは、あの、二十万年前の時代へなげ出された事件をさしているのである。

「すると、なにかね西条博士……」

リーガン氏が、どういうわけか、妙にうれしそうな表情を見せて大声をあげた。

「……つまり、またもや、おれたちは、あの原始時代へおくりこまれたというわけなのかね？」

おそらく、リーガン氏は、明石《あかし》原人やマチカネワニなどとの闘いを思い出し、ハンターとしての好奇心をよびさまされていたのかもしれない。

その証拠に、リーガン氏は、いかにも闘志まんまんとライフル銃の入ったカバンを抱きかかえていた。

「いや、過去か、未来か、時代については見当がつかない。だが、いずれにしても、時間砲によってタイム・トラベル（時間旅行）させられてしまったことはまちがいないだろう」

「でも、いったい、だれが、なぜ……!?」

映二も亜由子も、呆然と西条博士のことばを聞いていた。とても、リーガン氏のように、楽観的な気分になどなれなかったのだ。

「それもわからん。ただ、たしかなことは、オメガ粒子の反応があり、時間砲による、なにものかの悪意が、わしたちにおそいかかったという事実だけだ」

そういいながら、西条博士は、エッケルト博士の立つ埠頭の先端に歩み寄っていった。

エッケルト博士は、さきほどから、しきりに崖の下を見おろし続けていたのだ。

古生物学者としては、時間砲による事件などより、おくりこまれた時代の方に興味があったのだろう。

「エッケルト博士、いつごろの時代か、見当はつきますか？」

「いや、もっと、よく調べてみなければなんともいえませんな。ただ、下の方に見える植物の種類が、ちょっと気になる……」

エッケルト博士は、なにか思いあたることでもあるのか、いいよどむようにことばをきって、西条博士をふりかえった。

なんとも、ふしぎな光景だった。

海と原生林にはさまれた崖の上に、百メートルほどの長さにちぎれた埠頭が、六人の人間とともにチョコンと乗っているのだ。

あたりの様子が、いかにも原始的であるだけに、埠頭と、そのふぞく品ともいえるクレーンやジープの存在が、なんとも奇妙にうつるのだ。

「とにかく、こうしていてもしようがない。みんなで探検、いや、調査を始めようじゃないか」

すでにカバンのなかからライフル銃をとり出していたリーガン氏が、一人はりきった声をあげた。

「うむ、たしかにリーガン氏のいうとおりだ。よろしい、これより全員で、あたりの調査を始めることにしよう」

自分の意見が西条博士にとりあげられたので、リーガン氏は得意そうにうなずいていた。

「まず、手はじめに、この崖をおりて波うちぎわまでいき、その間の植物相や地形などを調べたいと思うが、なにが現れるかわからないので、リーガン氏には、護衛役として一行の先頭に立っていただきたい」

「まかせていただこう。たとえ、どんな猛獣がとび出そうとも、このライフルがだまってはいない」

リーガン氏の日本語は、あまり上手ではなかったので、なんだか、お芝居のセリフを聞いているような、変なアクセントになっていた。

映二と亜由子は、思わず顔を見合わせてクスリと笑ってしまった。

「リーガン氏のすぐうしろには、映二くんと亜由子、そのうしろにエッケルト博士とわしが続き、最後を梶山くんにかためてもらおう」

キビキビとした西条博士の指示に、全員、すばやくしたがって隊列を組んだ。

このような状況のもとでは、まず、信頼できるリーダーの指示を守るということが大切なのだ。西条博士が理想的なリーダーであることは、一年前の事件のときに、すでにわかっていたのである。

「それから、よぶんな持ち物は、この場所にひとまとめにしておいていくことにする。けわしい道のりだから、身がるな方がいいだろう」

荷物といっても、ほとんどはタクシーのなかにおいたままだったので、ここにあるものといえば、リーガン氏のライフル・バッグ、梶山青年の持っていたオメガ粒子検出器が入っていたカバン——ここには、検出器組立てのための工具類が入っていた——。それに、亜由子のハンドバッグと映二のショルダーバッグだけである。

映二は、自分のバッグをあけると、なかから、愛用の登山用ナイフと作りたてのパチンコをとり出し、ポケットにおさめた。

映二にとって、それらは、リーガン氏のライフルと同じくらい心強い武器だったのだ。

荷物を一か所に集めると、いよいよ出発である。

埠頭の先端から下を見おろすと、足場もないけわしい崖っぷちに立たされているようだが、埠頭の横がわは、ゆるやかな斜面が波うちぎわまで続いており、その斜面全体が、緑の樹木に覆われていた。

「あわてずに、ゆっくりと進むんだ。前後の人とはなれないように、ゆっくりと……」

西条博士の注意がとぶ。

斜面の頂上ふきんには、ナンヨウスギのような針葉樹類が多く見られたが、下におりるにしたがって、背の高い羊歯《しだ》やイチョウ類らしい小灌木《かんぼく》が密生していた。

斜面の木々のなかは、ひときわムッとするような湿気にみちていた。

エッケルト博士は、しきりに立ちどまり、まわりの葉っぱをちぎりとっては熱心に調べている。

映二は、さきほどから、あたりの景色をどこかで見たような気がすると思っていた。

「南米のジャングルの写真だったかな。いや、そうじゃないな……?」

だが、たしかに、どこかで見た風景だった。

「どうですか、エッケルト博士。なにか、わかりましたか?」

「いや、まだはっきりとはいえませんが、これを見てください、西条博士……」

新しい葉っぱを手にするたびに、エッケルト博士と西条博士は、顔をよせ合うようにして討論をはじめる。

学者同士の会話なので、専門用語も多く、映二たちにはまるで理解できない内容のものだったが、二人の困惑した表情から考えて、どうやら、とんでもない時代へきてしまったらしいということだけはわかる。

波の音が、すぐ近くに聞こえてきた。

斜面をおりきったあたりは砂浜になっており、そこは、ちょうど、岬の岩場がけずられて、入江になったような場所だった。

砂地には、ゆるやかな波がうちよせ、その波にはこばれてきたのだろうか、大小の貝殻が散乱している。

「うわあ、きれいな貝殻！」

いかにも女の子らしく、亜由子が歓声をあげた。

波うちぎわに腰をおろした亜由子の手に、一枚の貝殻がにぎられていた。

しかし、すぐに、貝殻あそびなどしている状態でないことに気づいたのか、首をすくませながら、映二の方を振り返った。

「亜由子、いいかげんにしなさい！」

やはり、西条博士の叱り声がとんだ。

「ごめんなさい」

しょんぼりと立ちあがり、手にした貝殻をすてようとした亜由子のかたわらに、いつの間にかエッケルト博士が緊張した表情で立っていた。

「待ちなさい、亜由子さん！　その貝を、ちょっと見せてくれんか」

エッケルト博士の異様な態度に、亜由子は思わず貝をさし出していた。

その、丸みのある細長い二枚貝の片割れを手にとったエッケルト博士は、しばらくの間、刺すようなまなざしでみつめていた。

「エッケルト博士！　わたしは専門外なので、くわしくはわかりませんが、ひょっとすると、それは……！」

西条博士も、こうふんしたような声をあげている。

なにか、よほどの発見をしたらしい。

そんな様子を、映二も亜由子も、リーガン氏も梶山青年も、息をのんでみつめていた。

「……うむ、まちがいない……」

やがて、エッケルト博士が、うめくようなつぶやきをもらした。

「……西条博士、これは、まちがいなく三角貝《トリゴニア》じゃ」

「やっぱり！」

まるで、亡霊にでも出会ったかのように、両博士は立ちすくんでいた。

そんな二人の前に、リーガン氏がつかつかと進み出ると、いらついたような大声をあげた。

「西条博士！　それにエッケルト博士！　いいかげんにしてくれんか。さっきから聞いていれば、まるでわけのわからんことばかり話し合っていて、おれたちにはさっぱりわからんじゃないか！

もっと、わかりやすく説明してほしいな」

リーガン氏が怒るのももっともだった。

映二だって、さっきから、そう思っていたのだ。

「いや、すまん、すまん……」

そんな映二たちの気持ちに気がついたらしく、エッケルト博士は照れたような表情を見せながらことばをついだ。

「……いや、わし自身も、信じられんようなことばかり起こるのでな、つい、報告するのを忘れてしまったんじゃ」

「それで、どうなんですか、エッケルト博士？」

「ここは、いったい？」

「まあまあ、映二くんもリーガンくんも、そうあわてずに聞きたまえ。いいかね、まだ、たしかなことはわからん。だから、そのつもりで聞いてほしい。まず、この貝殻だが、これは、三角貝《トリゴニア》といってな、現在では存在しないものなのだ」

「と、いうと？」

「つまり、この貝は、はるかな大むかしに地球上に生息していたもので、これが目の前にあるということは、すなわち、わしたちは、そのはるかな時代に立っておるということになる……」

「………！」

「しかもじゃ、あたりの植物は、すべて、そのはるかな大むかしに生い繁《しげ》っていたであろうと思われるものばかりなんじゃよ」

映二は、思わず、生ツバをゴクリとのみこんでいた。一年前の事件を思い出していたのである。あのときは、二十万年前という、気も遠くなるようなはるかな過去へおくりこまれてしまった。ひょっとすると、こんどは、それよりも、もっと遠い時代なのかもしれない。五十万年前か、それとも、百万年前か⁉

「で、どうなんだ、エッケルト博士。おれたちは、どんな時代にきてしまったというんだね？」

映二が知りたいと思ったことは、リーガン氏がちゃんと聞いてくれた。

「さよう……」

と、エッケルト博士は、目をとじながら、こたえを吟味するように考えこんでいた。その様子からは、なぜか、こたえをいいしぶっているかのように見てとれた。

映二は、もう一度、生ツバをのみこんでエッケルト博士の口もとをにらみつけていた。

そんな映二の足に、なにかがふれた。

ハッとして見おろすと、いつの間についてきたのか、ゴンが体をすりよせている。

異常な出来事の連続で、ついゴンのことなど忘れていたが、埠頭から、この砂浜まで、ずうっと一緒だったらしい。

「ゴンか……」

そういいながら、ふと、映二は、ゴンが妙なものをくわえているのに気がついた。

それは、ちょうど、水道のホースをぐにゃぐにゃにまるめたようなものだった。

「なにをみつけてきたんだ、ゴン?」

よく見ると、それは、貝殻のようにも見える。

「こ、これは!!」

突然、エッケルト博士の声がひびき、同時に、まるで、ひったくるようにしてゴンの口から、それを取りあげていた。

「西条博士……。こ、これを、これを見たまえ!」

「エッケルト博士! それは、ひょっとすると、ニッポニテスでは!?」

「そうじゃ。まぎれもなく、ニッポニテス・ミラビリス・ヤベだ……」

「と、なると、やはり、ここは……!」

ふたたび科学者の会話が始まり、リーガン氏がいらついて怒鳴る。

「博士! さあ、早く教えてくれ。ここはどこなんだ!?」

「わかった。まず、この、ふしぎな形をした貝だが、これは……」

と、エッケルト博士が、宝物でもあつかうように、そのぐにゃぐにゃの貝殻をにぎりしめながらいった。

「これは、アンモナイト貝の一種で、とくに、この形は、日本の矢部長克《やべひさかつ》博士が発見し、ニッポニテス・ミラビリス・ヤベと名づけられたものなんじゃ」

「アンモナイトですって!」

映二が、信じられないといった表情でさけんだ。

「そうじゃ。アンモナイトといえば、古生代から中生代にかけて、地球上にさかえた生物だが、このニッポニテスは、中生代の白亜紀後期になって現れた突然変異体の一種といわれている」

「ちょ、ちょっと待ってくれ！」

リーガン氏が、途方にくれたように大声をあげた。

「中生代とか、白亜紀とかって、それじゃ、ここは、その中生代だというのかね!?」

「おそらく、まちがいないじゃろう。わしたちは、中生代白亜紀後期の時代におくりこまれてしまったようじゃ……」

「というと、おれたちは、いま、なん年ぐらいむかしにいることになるんだ？」

「さよう……ざっと、七千万年前ということになるだろう」

「七千万年！」

その奇形アンモナイト、ニッポニテス・ミラビリス・ヤベをみつめながら、映二は絶句した。

なんということだ！　つい昨年、二十万年前の原始時代になげこまれ、想像を絶する経験をしたばかりだというのに、こんどは、そのなん百倍もの過去に流されたというのか。

七千万年前の白亜紀といえば、人類はおろか、哺乳類すら目立つ存在にはなっていない時代だ。

やがて、西条博士の表情がひきしまった。

「エッケルト博士。もし、ここが、本当に白亜紀だとすると、こうしているのは危険ですな」

「まさしく、そのとおりじゃ。なにせ、白亜紀といえば恐竜の時代ですからな。巨大な肉食恐竜にでも出会ったら、それこそ命がいくつあっても足りんよ」

とたんに、リーガン氏のライフルを持つ手に力がこもった。

「恐竜！　そいつはいい。おれも世界中の猛獣はほとんど倒してきたが、まだ恐竜というのはターゲットにしたことがない。諸君、心配することはない。なにが出てこようと、このおれが一発でしとめてやる」

ハンターであるリーガン氏にとっては、時間砲で過去に流されたことなんかより、獲物のことの方が重要らしい。

ハンティングのことになると、もう夢中になってしまうのだろう。

「さあ、早いところ、恐竜さがしにでかけようじゃないか」

もうすっかり、その気になっている。

「バカなことをいうんじゃないよ、リーガンくん。ここは、アフリカなんかとはわけがちがうんだ。もし、本当に白亜紀だったとしたら、そんなライフル銃など、なんの役にも立たん。事態は、もっと深刻なんだよ」

さすがの西条博士も、リーガン氏ののん気さにはあきれ顔だ。

「西条博士。とにかく、もっと調査を続けよう。ここが白亜紀だという、もっとたしかな証拠がほしい。三角貝《トリゴニア》とニッポニテスだけでは、まだ不十分じゃ」

「同感です、エッケルト博士。それに、今夜の寝場所も探しておかねばなりません。いずれにしても、いちど埠頭へもどって、これからの計画をねり直しましょう」

「うむ、その計画じゃが、どうだろう、西条博士？　海岸線よりも、もっと森林地帯の方へ入りこんでみようじゃないか。この時代を知るためには、とにかく、なにか動物を見たいんじゃよ」

「なるほど。危険はあるでしょうが、はっきりさせるには、それがいちばんいいかもしれません。しかし……」

と、西条博士は、岬の奥にひろがる、うっそうとした緑の重なりを見あげながら、不安気な表情でいった。

「……しかし、あの深い樹林のなかを、全員で歩くというのは問題ですな」

つい最前まで、そのあたりには、埠頭へ続く舗装道路と、活気にみちた小名浜の家並みが見えていたはずなのに、いまは、ムッとするような熱帯性の植物群におおわれた、みわたすかぎりの原生林に変わりはてていたのだ。

西条博士の不安も、もっともなことだった。

「先生……」

そのとき、梶山青年が、西条博士の前に歩みよった。

「先生。たしか、埠頭にジープが一台あったと思いますが、あれを使って調査をしてはいかがでしょうか？」

なるほど、たしかに埠頭には、移動クレーンの下にジープが置いてあった。

「うむ、そうだ、たしかにあった！　それはいい考えだ。ジープが使えれば、全員で動いても危険は少ない。よし、さっそく戻ってジープが動くかどうか調べよう」

あたりには、すでに落日の気配がただよいはじめていた。なにをするにしても、あまりのんびりとはしていられない。

「それにしても、ふしぎですね……」

斜面を登りながら、映二は、だれにいうともなくつぶやいた。

「……過去に流されたのだから、以前とちがうのも当然のことだけど、それにしても、埠頭の場所が、あんなに高くなっているなんて、こうして、ながめていても信じられないくらいです……」

見あげると、崖のような岬の頂上に、いくぶんかたむきかかった埠頭の一部が見える。

「それはじゃな、映二くん……」

急な登り坂が、老人にはこたえるのだろう、エッケルト博士が息をきらせながらいった。

「……この地球上の地形というものは、長い歴史のなかで、隆起したり沈下したり、いろいろな変化をくり返しながら、しだいにわしたちの時代の形になっていったのじゃ。つまり、この時代では、いわき地方の海岸線は、わしたちの時代よりも、はるかに高く隆起していたということになるわけじゃ。わかるかな?」

「はい、わかります、エッケルト博士。それは、地殻の変動のことですね」

「そうじゃ、そのとおりじゃ」

「それは、学校でも習いましたから、理屈ではわかるのですが、ただ、こうして、現実に目の前に見ていると、なにか、こう、夢のなかにでもいるような、奇妙な気持ちになるのです」

「うん、うん、それは、まったく、このわしとて同じ思いじゃよ」

リーガン氏が獲物に夢中になるように、エッケルト博士も、学者として、この目の前の現実に夢中になっているようだった。

貝や植物を見るエッケルト博士の表情は、まるで少年のようにかがやいているのだ。

登り坂の行進は、くだるときよりも時間がかかる。

頂上までは、まだ半分ほどしか進んでいない。

「ところで、エッケルト博士……」

西条博士が、ふき出る汗をぬぐいながら、立ちどまった。

「……たしか、わたしの記憶では、白亜紀後期といえば、映二くんのいう地殻の変動がはげしく、恐竜なども絶滅していったという時期ではなかったですか？」

一行の顔色が変わった。

もし、そんな時期にいるのだとしたら、恐竜などよりおそろしい敵の前にいることになる。

「さよう。たしかに、白亜紀後期に地殻の大異変があったという説は、地質学者や古生物学者からも出されてはおる」

「しかし、エッケルト博士。それにしては、この自然は、あまりにも静かすぎると思いますが……？」

「むろん、わしも、それは考えた。そこで、三つほど答えを出してみた。一つは、まだ、地殻変動以前の静かな時期だとする考え。二つめは、すでに大変動はおさまったのだとする考え。そして、三つめは、地殻の変動は進行中だが、現在は小休止の状態だとする考え……」

「エッケルト博士！　それじゃ、もし、いまが、その三つめの状態にあるのだとしたら、どういうことになるんだ⁉」

さすがにリーガン氏も、この問題では狩猟どころではなくなったらしい。

「リーガンくん。もし、そうだとすれば、いまさらあわてても仕方がないじゃろうな」

「そ、それは、どういう意味だ、博士！」

「つまりじゃ、もし、そうなら、いますぐにも、そのへんの山が噴火をはじめ、地震や津波が突発してもふしぎではないということじゃ」

まわりがあまりにも静かだったから、エッケルト博士のことばは、なおさら不気味な真実味をおびて聞こえる。

「お父さま……」

亜由子などは、すっかりおびえてしまい、西条博士に抱きついていた。

「とにかく、一刻も早く、ここがいつごろの時代なのか正確に知る必要がある。さあ、諸君、急ぐんだ！」

西条博士の号令で、一行は、はじかれたように歩き出した。

埠頭は、もう、目の前に見えていた。

4　謎の怪生物

梶山青年は、自分でもクラシック・カーを乗りまわすほどの自動車マニアだったから、鍵《キー》のかかったジープのエンジンを動かすことなど、しごくかんたんにやってのけた。

「ガソリンも、まだ半分以上ありますし、これなら当分はもちますよ」

梶山青年は、エンジンを思いきりふかしながら、いくぶん得意そうだった。

「よろしい。それでは、これから調査に出発するが、やはり、夜になったら、この埠頭に戻ることにしたいと思う。まわりを見ても、安心して野宿のできるような場所はなさそうだし、ここなら、見通しもきいて安全度も高い」

西条博士の提案で、移動クレーンの下が、一行の基地と決まった。

「さあさあ、なにをしているんだ。早いところでかけようじゃないか。もう二時間もすると陽が落ちるぞ」

野生の世界を歩きなれているリーガン氏は、自然の観察については正確だ。みんなも、その意見には、だまってしたがった。

リーガン氏は、まるで、もう、探検隊の隊長にでもなったような調子で、さっさとジープの助手席にすわりこみ、愛用のライフルをかまえていた。

運転は、もちろん梶山青年が受けもち、西条博士、エッケルト博士、映二、亜由子の四人は、せまいうしろの座席に、すしづめのようになって乗りこんでいた。

「さあ、出発しよう！」

西条博士の指示で、ジープは、ゆっくりと動き出した。

まず、埠頭から地面におりる場所を探さなければならない。

埠頭は、地面より一メートルほど高くなっていたから、ジープでおりるには問題があった。が、ちょうど、映二たちが波うちぎわまでおりていった斜面とは反対がわのところに、埠頭のコンクリートの縁がくずれ、地面との差がなだらかになっている場所がみつかった。

「よし、ここならだいじょうぶだ」

ジープは、注意ぶかく、ゆっくりと埠頭をはなれ、背丈ほどもある羊歯の林のなかへ分け入った。

右下の方から、波のくだける音が聞こえてくる。

ジープは、左手、深い緑のなかへ車輪をむけていた。

ゆくてに、どんな危険が待ち受けているか想像もつかない。そんな思いを、一人一人がかみしめているのだろう、だれ一人、口をひらこうとはしなかった。

ジープは、ゆるやかな斜面をくだっていた。

羊歯の林がしばらく続き、しだいに小灌木の密生が目立ってきたころ、突然、ジープが、ガクンと前のめりに、はげしくかたむいた。

地面が、急に落ちこんでいたらしい。

「キャアッ!」

亜由子の悲鳴がひびき、うしろの座席の四人は、同時に地面へほうり出されていた。

下は、やわらかいくさむらだったから、映二たちにケガはなかったが、ジープは、まるで、さか立ちしたような形で地面に頭をつっこんでいた。

運転席の梶山青年と、助手席のリーガン氏は、さすがに二人とも、鍛えた体の持ち主らしく、傷ついた様子もなく座席からはい出そうとしていた。

「やれやれ、ひどい目にあったな。梶山の運転も、あてにならんよ」

口のわるいリーガン氏は、さっそく、ブツブツと一人ごとだ。

梶山青年の方は、責任上、まっさきにジープの様子を調べにかかった。

「どうだね、梶山くん。ジープは無事か?」

ここで車が使えなくなっては、生命の危険にもつながるのだ。西条博士は、心配そうにたずねた。

ジープの点検をおえた梶山青年は、ガックリと肩を落としながら頭をさげた。

「はい。ジープに異常はありませんでしたが、それにしても、ぼくの不注意で、みなさんを危険なめにあわせてしまい、申しわけありません」

運転には自信があっただけに、この失敗は梶山青年にとってはショックだったようだ。

「気にするな、梶山くん」

西条博士が、くさむらに腰をおろしたまま、なぐさめるようにいった。

「この場所じゃ、だれが運転してもこうなっただろう。ジープが無事だっただけでも幸運だったよ」

それでも、ションボリとうなだれている梶山青年の前を、リーガン氏が一人ごとをつぶやきながら横ぎった。

「まあ、このおれだって、たまには獲物をのがすことだってあるからな……」

それは、いかにもリーガン氏らしいなぐさめ方だった。いつも意地の悪いことばかりいってはいても、本当は、やさしい心の持ち主なのだろう。

「みんな、静かに！」

突然、エッケルト博士の緊張した声がひびいた。

「なにかが聞こえる……！」

エッケルト博士は、左がわの深い樹林の方へ顔をむけて、ジッと耳をすませていた。

たしかに、かすかな物音が聞こえてくる。

ちょうど、牛か馬の群れが疾走しているような音だった。

「こっちへむかってくる。みんな体をふせるんだ！」

西条博士の声に、全員くさむらのなかへ腹ばいになった。

ドドドッ、ドドドッ！　と、音はしだいにちかづいてくる。

映二と亜由子は、体をよせあうようにして、生い繁るくさむらのなかから目だけを光らせていた。

やがて、その音が高まり、目の前、数メートルほどのところを、羊歯の葉のあいだに見えがくれしながら奇妙な生物たちがかけぬけていくのが見えた。

二本足に、身長はふつうの人間ぐらいしかない奇怪な動物の群れだ。

数も十体ほどまではかぞえられたが、いずれも、かなりのスピードで走りぬけていく。

「な、なんだ、あいつらは……!? まるで、ダチョウの化け物だ……!」

リーガン氏は、ライフルをかまえるのも忘れ、あっけにとられてつぶやいていた、が、たしかに、その動物たちの姿は、一見、ダチョウが疾走する姿に似ていた。

ただ、体毛がないことと、長い尾をうしろに水平にのばしていたことから考えて、ぜったいにダチョウのような鳥類ではなかった。

「……恐竜の子どもじゃないかしら……？」

と、亜由子がつぶやく。

なるほど、と映二は思った。

たしかに、そう考えた方がピッタリするような体形をしていたのだ。

ただ、映二の知識で二足歩行の恐竜といえば、ティラノサウルスとか、イグアノドンとか、図鑑で見たことのある巨大なものにかぎられる。全体の感じは、なんとなく似てはいるが、大きさのちがいを別にしても、やはり、それは、まったく別種な動物のように思えた。

映二は、ソッとうしろのエッケルト博士をふり返った。専門家の博士なら、すでに正体はわかっているにちがいないと思ったのだ。

だが、なぜかエッケルト博士は、顔面を蒼白《そうはく》にして、くちびるをワナワナとふるわせている。

なにか、ひどくこうふんしている様子なのだ。

すでに、怪生物たちは、海岸の方へむかって走り去っていた。

「エッケルト博士、どうしたのです？　だいじょうぶですか」

エッケルト博士の異様な態度に、西条博士は心配そうに声をかけた。

「西条博士……！　み、見たかね、いまの動物たちを見たかね!!」

エッケルト博士は、異常なこうふんの色を見せながら叫んだ。

「ええ、見ましたとも。しかし、妙な動物たちでしたね」

「西条博士！　やはり、ここは、まぎれもなく白亜紀後期の世界じゃ。わしたちは、いま、七千万年前の恐竜の時代に立っておるんじゃよ！」

「それじゃ、いまの動物は、やはり恐竜だったのですか!?」

「彼らが恐竜かというのかね、西条博士？　もちろんじゃよ！　彼らは、白亜紀後期に生存した恐竜のなかでも、もっともおそろしいエリート中のエリートなんじゃ」

あの奇怪な動物の出現は、よほどエッケルト博士をよろこばせたらしい。

まるで、欲しいものを手に入れた少年のように狂喜している。

「それじゃ、やはり、恐竜の子どもたちだったのですか？」

亜由子も、自分の推論をたしかめたくなったらしい。

「いや、子どもなんかじゃない。彼らは、あの大きさで、りっぱに一人前の恐竜なんじゃよ。彼らの名前は、ドロマエオサウルス……。あの骨格、あの頭部のかたち、そして、あの敏捷《びんしょう》さ。まちがいない、彼らは、たしかにドロマエオサウルスじゃ！」

「エッケルト博士。わたしは、恐竜のことにくわしい人間ではありませんが、それにしても、そのドロマエオ、とかいう名前は、初めて聞く名です……」

エッケルト博士を、ここまで狂喜させた恐竜とは、いったいどんなものなのか、西条博士も興味を持ったようだ。

「さよう、あなたが知らんというのも無理はない。なぜなら、このドロマエオサウルスという、小型の肉食恐竜に関しては、つい最近まで、ほとんど謎のままだったからじゃ……」

エッケルト博士は、目をかがやかせ、夢中になって話しはじめた。

それは、かんたんにまとめると、次のようなものだった。

――今世紀の初め、カナダのレッドディアという川から、ふしぎな化石が発見された。

それは、あきらかに、未知の小型恐竜を思わせる、頭部と足の化石骨だった。

だが、発見者であるバーナム・ブラウンという学者は、これを発表しようとはしなかった。

なぜなら、この化石は、あまりにも、それまでの恐竜に関する常識を無視したものだったからだ。

この化石の最大の特徴は、その巨大な頭部にあった。

体形、体格は、ダチョウと同じくらいだったが、頭の大きさは、ダチョウなど問題にならないほどの大きさで、恐竜というよりは、哺乳類にちかいほどの進化が見られたのである。

恐竜というのは、トカゲの親玉のようなもので、知能など皆無にちかいと思われていた、その当時、もし哺乳類のような高知能を持った恐竜が存在したなどと発表しようものなら、たちまち、気違いあつかいを受け、けいべつされるのがオチだったろう。

そのために、この化石骨は、五十年以上もかくされ続け、やっと発表されたのは、一九六九年にもなってからのことだったのだ。

だが、それ以後は、研究もすすみ、この謎の恐竜ドロマエオサウルスの正体は、しだいにはっきりとしていった。

直径五センチほどの大きな目が、正面にむいてついていたという、他の恐竜にはない特徴もわかってきたし、鋭い歯や鉤爪《かぎつめ》から考えて、かなり獰猛《どうもう》な性格だったろうということまでわかってきた。

「……つまりじゃ、高度な知能を持った恐竜、それがドロマエオサウルスというわけなのじゃ……」

エッケルト博士の話を聞きながら、映二は、かけぬけていった怪生物たちを思い出していた。

そういわれれば、たしかに、それらしい特徴をそなえていたようにも思える。

「高い知能というと、たとえば、どの程度のものだったのですか?」

映二は、すっかり、この奇抜な話にひきこまれてしまったらしい。

「さあ、そこまでは、わしも知らんが、あの頭骨の大きさから判断して、リカオンのように、群れをつくって共同で獲物をたおしたと考えられておる」

「へえ、それはすごいですね！」

「……ところで、西条博士……」

と、エッケルト博士が、急にあらたまった口調になった。

「……これからのことなんじゃが、これで、ここが白亜紀後期だということは、ほぼ、はっきりとしたわけじゃ。ならば、もう、きょうは、これ以上の調査は必要ないと思うんじゃが、どうだろう？」

そんなエッケルト博士のことばを、西条博士は、いかにも悲痛な表情で聞いていた。

無防備な人間が六人、白亜紀という人類以前の世界にほうりこまれたということが、これではっきりとしたわけだ。

二十世紀の世界へ戻るためには、オメガ粒子が必要だが、いまの西条博士には、オメガ粒子どころか、かんたんな実験器具ひとつないのだ。

なに者が、なんのためにやったことかは知らなかったが、いま六人の人間たちは、ひじょうな窮地におかれているのである。

とはいえ、いま全員が、そんな絶望的な思いにとらわれたなら、どんなパニック状態におちいるかもしれない。

リーダーの責任としては、なんとか生きのびる手だてを考え、全員に希望をあたえなければならなかった。

「そうですね。白亜紀後期だとわかった以上、とりあえず調査の必要はないでしょう。これからどうするかについては、キャンプへ戻ってから、みんなで話し合おうじゃありませんか」

「さて、そのことじゃが、どうじゃろう。他の調査はやめるとしてもじゃ、あのドロマエオサウルスだけは、もうすこし調べてみたいんじゃ。せっかく白亜紀にまでやってきて、しかも、あんな貴重な恐竜をみつけたんだ。どうじゃろう、これから、彼らの跡を追ってみたいんじゃが……?」

エッケルト博士が、なぜ急に、きょうの調査はおわりにしようといい出したのか、これでわかった。

博士は、ドロマエオサウルス追跡計画を考えていたのだ。

「しかし、エッケルト博士。それは危険ではないのですか。あの恐竜たちが獰猛だとおっしゃったのは博士ご自身ではありませんか?」

学者というものは、学問的な興味の前には、命すらおしまぬものだということを同じ学者である西条博士は知っている。いまのエッケルト博士は、まさに、そんな状態にあるらしい。

「いやいや、うしろからそっと観察するだけなら危険はない。彼らが、なぜ、あんなにあわてて海岸の方へむかっていったのか、ぜひ知りたいんじゃよ。たのむ、西条博士、こんな機会は、またとないじゃろう。彼らの跡を追ってはくれんか?」

もう、こうなると、エッケルト博士は一人でも追っていくにちがいない。

「わかりました。エッケルト博士。ただし、なにをするにも、行動は全員でしなければ危険です。

つまり、一人の危険は全員の危険にもつながるわけです。十分に気をつけてください」

西条博士は、すっかり、あきらめ顔である。

「いや、ありがとう、ありがとう！」

だが、よろこんだのはエッケルト博士ばかりではなかった。リーガン氏の表情が、みるみる明るくなっていった。

「うほっ！　それじゃ、やっぱり恐竜狩りができるってわけだ。そうと決まったら、早いところ追いかけようじゃないか」

「その前に、全員に聞いてもらいたいことがある……」

西条博士が、ジープの前に立っていった。

「……エッケルト博士の強い希望もあり、これより、さきほどの恐竜を追跡するが、しかし、これはあくまでも、われわれがどんな状況におかれているのかを確認するための行動なのだ。けっして遊びではない。リーガンくんも、このことは忘れないでほしい」

やがて、ジープが起こされ、全員が乗りこんだ。

ドロマエオサウルスの群れが走り去っていったあたりまでくると、そこは、幅一メートルほどに踏みしだかれた獣道になっており、くねくねと曲がりながら海岸の方へのびていた。

ジープは、ふたたび、ゆっくりと前進していった。

潮の香りが強くなり、打ちよせる波の音が間近に聞こえはじめる。

やがて、目前に海原がひろがった。

ちょうど、そこは、小高い崖のふちにあたり、十五メートルほど下に、うちよせる波と岩場が見える。

崖のふちを、左の方へ沿っていくと、さきほどの砂浜とは反対側の入り江におりていくことになる。

そこからは急斜面になり、ジープは使えない。

一行は、ジープをおり、未知の入り江へむかって歩きはじめた。

羊歯の林は、ひときわ、うっそうと繁り、視界はゼロに近かった。

そのとき、突然、奇妙な鳴き声が聞こえてきた。

クワアッ！　クワアッ！——

まるで、押し殺したような獣の悲鳴のようだ。

一行は、ギョッとしたように立ちどまったが、いずれにせよ、ここでは見通しもきかない。そのまま足早に前進を続けた。

地面の傾斜がゆるやかになると、やがて、羊歯の林はおわった。

そこは、砂浜から十メートルほどの岩の上だった。波がうちよせている砂地には、とびおりることもできる。

だが、一行は、その岩の上に立ったまま、声もなく前方の光景を見おろしていた。

すさまじいことが起こっていたのだ。

全長十メートルほどの巨大な生物が、波うちぎわに横たわり、その長い首をくねらせ、四つのヒレ足をばたつかせながら動きまわっている。

そして、その巨大生物のまわりでは、あのドロマエオサウルスたちが、打ちかかっては退き、また打ちかかるといった攻撃をくり返していた。

クワアッ！

巨大生物が長い首を振るたびに、その鋭い牙のあいだから、悲鳴のような声がほとばしった。

よく見ると、ドロマエオサウルスの方は、手に手に、なにやら白っぽい短剣のようなものをにぎり、それを巨大生物の体に突き刺す攻撃をくり返しているようだ。

「すごい、まったくすごい……！　彼らの知能は想像以上のものだ。武器を使い、共同作業で獲物を狩るという、社会性まで持っている……！」

エッケルト博士は、感動にふるえながらつぶやいていた。

「まったくです。あれは、もう恐竜というよりは、恐竜の姿を持った人間、恐竜人とでも呼んだ方が適当でしょう……」

西条博士の方も、この驚くべき光景にすっかり心をうばわれているようだった。

巨大生物の反撃もすさまじいものがあった。

すでに、四、五体の恐竜人、ドロマエオサウルスが、巨大恐竜の牙にひき裂かれて、砂上に息絶えていた。

しかし、恐竜人たちは、おそれる気配もなく敏捷《びんしょう》な動きで攻撃を続けている。

後方にピンとのびた尾が、そのはげしい動きに応じて、バランスをとるように上下している。

そのうち、白っぽい武器だけでは間に合わないと思ったか、二体の恐竜人がちかくに落ちていた岩をひろい、それを思いきり巨大生物にむかってなげつけた。

それは有効な攻撃方法だった。

巨大生物の注意が、とんでくる岩にむいたすきに、背後から接近した恐竜人たちは、その小山のような体に鋭利な武器を刺しこんだ。

さしもの巨大生物も、しだいにその動きを弱々しいものにしていった。

「エッケルト博士。あの大きな動物は、いったいなんですか？　どこかで見たような気がするんですが……」

映二も、その映画のような場面を、くい入るようにみつめ、こうふん気味な声をあげた。

「あれか……」

エッケルト博士は、夢見るような表情でこたえた。

「……あれは、首なが竜じゃ。つまり、一九六八年、いわき市に住む鈴木直《すずきただし》という高校生によって発見された化石骨、ウエルジオサウルス・スズキイの正体にちがいない……」

「そ、それじゃ、あれがフタバスズキ竜……！」

いわき市で発掘された首なが竜の化石骨は、ヒドロテロサウルスやエラスモサウルスなど、いわゆるプレシオサウルス型のなかでは、新属新種のものとされ、世界的にも、ひじょうに貴重なものだといわれていた。

そんな程度のことなら、映二ですら知っていたのだから、フタバスズキ竜の名前は、かなり知れわたったものだといえるだろう。

そのフタバスズキ竜が、いま、目前で、おそるべき狩人《ハンター》たちの獲物にされようとしているのだ。

エッケルト博士ならずとも、夢中になるのは当然だった。

「しかし、エッケルト博士。あの巨大な首なが竜は、なぜ、海からあがって、あんな砂地にのりあげているのでしょう? おそろしい狩人たちとたたかうより、海にいた方が安全でしょうに……」

西条博士が、ふしぎそうにたずねた。

その疑問は、もっともだった。

首なが竜は、まぎれもなく恐竜人たちにおそわれている。ならば、不自由な陸地になどいないで、さっさと海中へのがれればいいではないか。

「まさか、あのドロマエオサウルスたちが、海中から運んできたわけではないでしょう?」

「うむ、おそらく……」

と、エッケルト博士が、いくぶん冷静さをとりもどした声でこたえた。

「おそらく、首なが竜は、彼らの先祖と考えられているノトサウルスと同じように、卵胎生動物だったのじゃ。つまり、あのフタバスズキ竜は、この砂浜へ、子どもを生むために上陸してきたにちがいない」

「なるほど。そこを、ドロマエオサウルスたちの待ちぶせにあったというわけですか」

すでに、首なが竜は、反撃する気力も失せたのか、その長い首をぐったりと砂地に落とし、ときおり、思い出したように、四つのヒレ足で空をかいていた。

やがて、一体の恐竜人が、素早い動きで、横倒しになった首なが竜の腹の上にかけあがり、グオーン！　というような奇声をあげた。

同時に、それが獲物を仕とめたときの儀式なのか、振りあげた白い短剣をうちおろし、吹き出る鮮血をすすりはじめた。

他の恐竜人にくらべると、その血をすすっているドロマエオサウルスの体格はひときわ大きく、この群れのリーダーのようだった。

グオオーン！

ふたたび、リーダーが、顔をあげながら奇声をあげた。その声は、前のものにくらべると、ちょっとちがったひびきをもっていた。

すると、それに応えるように、まわりに待機していた恐竜人たちが、いっせいに歓声のような咆《ほ》え声をあげ、われさきにと、首なが竜の体にとびつき、肉を裂き、血をすすりはじめた。

「すごい、まったくすごい！　彼らは、一種の言語を使って意思の伝達をはかっているようだ……」

またもやエッケルト博士の感激がはじまった。できれば、もっと近くへ寄って観察したいと思っているにちがいない。

恐竜人たちの体格はさまざまだ。

なかには、身長が一メートルにもみたない、子どものような恐竜人も見える。

体が小さいために、仲間のなかでもみくちゃにされ、それでも必死に首なが竜の体にとりつこうとしている、その幼い恐竜人の様子に、亜由子は思わずほほえんでいた。

「うふっ、かわいい……」

だが、その直後、すさまじい咆え声がとどろいた。

同時に、砂浜の奥にひろがる灌木の繁みから、バラバラと十数体の黒い影がおどり出た。

影の群れは、怒声にも似た叫び声をあげながら、首なが竜にむかって突進していった。

それは、おなじドロマエオサウルスの一群であった。

それまで獲物にとりついていた恐竜人たちは、ひと声たかく叫び声をあげると、白い短剣をかまえながら、首なが竜の前に集結した。

突進してくる恐竜人たちも、手に手に、同じような短剣をにぎっている。

「どうしたんでしょう……？　仲間がやってきたのかな？」

あらたな、ことのなりゆきに、映二はとまどいながらつぶやいた。

「いや、ちがうな。あれは、仲間じゃない……」

エッケルト博士が、緊張してこたえる。

「おなじドロマエオサウルスにはちがいないが、どうやら、別の群れらしい。ほれ、見るがいい。やつらは、あの獲物を横どりするつもりらしいぞ」

そのことばどおり、やがて乱闘がはじまった。

最初の恐竜人たちは、首なが竜とのたたかいで、すでに五体ほどの仲間を失っており、いまは、わずか六体しかいない。しかも、短剣のような武器も、ほとんど折れている。

おそいかかってきた恐竜人たちの方は、ゆうに十二、三体はいるだろう。

あきらかに、最初の恐竜人たちは、不利な状況にあった。

最初の恐竜人たちは、ジリジリと波うちぎわまで攻めたてられている。このままでは、獲物をとられてしまうばかりか、群れの全滅にもつながるだろう。

「ひどいやつらだ！」

映二は、腹立たしそうにつぶやいた。

半数にちかい仲間を失って、やっと手に入れた獲物を、こんなことで横どりされたのでは、あまりにも彼らがかわいそうだ。映二の正義感がメラメラと燃えはじめていた。

そんな映二の気持ちがわかるのか、足元にうずくまっていたゴンが、首すじの毛をさか立てながらひくいうなり声をあげていた。

ふつうの犬だったら、その異様な光景を見たとたん、逃げだすか吔えだすかのどちらかになるだろうが、さすがにゴンは経験豊かな老犬だった。はげしい恐怖にも耐えて、ただ、ひくうなるだけだった。

「こりゃ、チャンスじゃ……」

突然、エッケルト博士が妙なことをいった。

「……のう、西条博士。ものは相談じゃが、あの最初の恐竜人たちを助けてやりたいと思うんじやが、どうだろう」

「…………？」

いったい、エッケルト博士はなにをいおうとしているのかと、西条博士はけげんな表情をむけた。

「つまりじゃ、彼らを助けてやれば、わしたちに恩を感じて心を開いてくれるんじゃないかと思うんじゃやが……」

エッケルト博士がチャンスだといった意味は、つまり、恐竜人たちを救ってやることで、もっと身近に交流できるのではないかということだった。

「しかし、エッケルト博士。はたして彼らに、それほどの理解力があるでしょうか。また、別な敵が現れたと思い、おそいかかってこないとはいいきれないでしょう」

「いや、西条博士。彼らの知能は相当なものじゃよ。すくなくとも、敵と味方の区別ぐらいは、はっきりと認識できる能力を持っていると断言できる。彼らの敵は、獲物を横どりする者であって、その獲物を共にまもろうとすれば、それはすなわち味方のはずじゃろう」

闘いは続いていた。

すでに、最初の恐竜人たちは、海を背にして包囲され、二対一ほどの割合で攻防をくり返している。

そんな様子を見ながら、なんとなく全員の気持ちは、弱い群れの方を助けてやりたいという衝動にかられていた。

結果はどうあれ、このまま見物しているだけではすまないといった、せっぱつまった雰囲気になっていたのだ。それは、おそらく、懸命に闘っている、あの、子どもの恐竜人の姿がいたいたしく見えたせいかもしれなかった。

「よし、やってみますか！」

西条博士が決断した。

同時に、リーガン氏がうれしそうにさけんだ。

「待ってました！　なあに、あの程度の標的なら、このライフルだけで十分だ。諸君は、そこで見物していてもらおうか」

と、銃口をピタリと前方にむけてかまえた。

だが、そんなライフルの銃身を、エッケルト博士が上からおさえた。

「待ちたまえ、リーガンくん。銃を使ってもらっては困る！」

リーガン氏は、拍子がぬけたようにポカンとエッケルト博士をながめていた。

「銃はいかんのじゃ、リーガンくん。いいかね、いま、その銃を発射してみたまえ。せっかく助けようとした最初の恐竜人たちまで、驚かせ混乱させてしまう。ただ助けるのではなく、わしたちは味方なんだということがわかるように、うまくやらなければならんのじゃよ」

「それじゃ、どうしろというのだ？」

リーガン氏は、すっかり調子がくるってしまったらしく、いつもの大声も影をひそめていた。

「さよう……。とにかく、おそいかかっている方の注意を、なんとかこちらへむけさせ、やつらの勢力を分散させることじゃ」

「それなら、これを使って、ぼくがやってみましょう」

映二が、パチンコをにぎりしめながらいった。

「おお、それは、ジャパニーズ・スリングショットじゃな。うん、音もせんし、力もある。よろしい、やってもらおう」

スリングショットというのは、アメリカで流行しているパチンコの一種で、アーチェリーなんかと同じような、スポーツ用投射器具である。

スリングショットの場合は、弾丸に鋼鉄の玉を使用するので、ウサギぐらいの小動物なら射たおすことができるが、映二の手作りパチンコは、いくぶん威力も落ち、しかも、弾丸はあり合わせの小石ぐらいしかない。

威力の方は、なんともいえないが、まず、恐竜人たちの注意をひきつけることぐらいはできるだろう。

「映二、これを使え」

地面から、弾丸用の小石を選んでいた映二の前に、リーガン氏が、直径一・五センチほどの鉛の玉をさしだした。

「これは、大物猟に使う、散弾銃用の弾丸だ。どうせ、このライフル銃じゃ使えないものだし、まだ十発ぐらいはある。しっかりやれよ」

せっかくの獲物を前にしながら銃の使用を禁じられ、すっかり気落ちしていたリーガン氏だったが、そこは一流のハンター、そうすることがいいとわかれば、頼りになる男だった。

「ありがとう、リーガンさん」

と、やがて映二は、弾丸受けの革ベルトに鉛玉を包み、ゴムをキリリとひきしぼった。

「いいかね、映二くん。恐竜人の側頭部を狙うんだ。やつらの頭の骨は、横に大きな穴があいている。そこが、やつらの急所のはずじゃ」

「はい……！」

恐竜人たちのところまでは、約五十メートル。命中させるのに、さほど困難な距離じゃない。

やがて、ピシッという音がひびき、鉛玉がはじけとんだ。

鉛玉は、こちらに背をむけて白い短剣をふりあげている恐竜人の頭部に命中した。

キェーッ！

奇声をあげて、その恐竜人の体は一メートルほどとびあがった。

急所ははずれたらしいが、よほど痛かったのだろう、狂ったように身をよじりながら両手をふりまわしている。

と、急に、その恐竜人の動きがとまった。

それは、ちょうど、なぜ、こんな痛い目にあったのかと考えこんでいるかに見えた。

そして、なにかに思いあたったのか、ふいと、そのピンポン玉のような大目玉を岩場の方へむけた。

映二は、ギクリと体を固くした。

岩場の上に、上半身を起こした姿勢になっていた映二と、その恐竜人の視線がまともにぶつかり合ってしまったのだ。

キエッキエーッ！

映二の存在に気づいた恐竜人は、あらたな敵の発見を、仲間たちに知らせはじめているようだ。

「われわれに気づいたぞ！」

こうなれば、かくれていても意味はない。西条博士が、岩場に立ちあがりながら叫んだ。

「エッケルト博士と亜由子は、いつでもジープの方へ逃げられるように、うしろへさがって！

リーガンくんは、よほどのことがないかぎり銃は使わずに闘ってくれたまえ！」

キビキビとした指示がとぶ。

すでに恐竜人たちは、勝ち誇った勢いにのって、岩場に現れた奇妙な生物——人類にむかって、敵意をむき出しに迫りはじめていた。

凶暴そうな恐竜人との闘いを前に、映二は緊張していたが、しかし、気持ちは充実していた。

西条博士は、映二にうしろへさがれとはいわなかった。つまり、映二は、一人前の男として、この闘いに参加を認められているのだ。

「二人一組になってむかえうった方が有利だ！　映二はおれと右翼へ、梶山は、西条博士と左翼を守れ！」

リーガン氏が、ライフル銃を反対に持ち、さすがに落ちついた身のこなしで迫ってくる恐竜人たちをにらみつけながらどなった。

「それはいい考えだ。みんな、なんでもいいから武器になるものを探して、岩場を守るんだ！」

人の頭ほどもある石をかかえながら、西条博士も大声をあげた。

梶山青年は、繁みのなかから野球のバットのような古木をひろってきて、それをにぎりしめながら西条博士の横に仁王立ちになった。

映二は、パチンコをベルトにもどした。接近戦には不似合いな武器である。

そのかわりに、映二の足もとには、こぶし大の石が七、八個も集められている。これを敵にむかってなげつけるつもりなのだ。

「ゴン、お前もがんばってくれよ。あいつらが登ってきたら、思いきりかみついてやるんだ！」

うなり続けているゴンの頭をひとなでして、映二は両手に石をにぎりしめた。

恐竜人たちは、威嚇するような奇声をあげて、岩場の真下にまで迫っていた。

よほど映二たちの出現に驚いたのだろう。最初の恐竜人たちの存在などすっかり忘れてしまったように、すべてが岩場の下に集結していた。

しかし、もっと驚いたのは、全滅寸前にあった最初の恐竜人たちだったにちがいない。

なんだか知らないが、突然に現れた妙な生物が、優勢を誇っていた敵の注意をひきつけて、あぶないところを救ってくれたのだ。

六体の恐竜人たちは、あっけにとられたように波うちぎわに立ちつくしていた。

「うまいぞ！　彼らは、わしたちの出現にとまどっている。なんとか味方だということをわかってくれればいいんじゃが……」

繁みのなかから、こうふん気味なエッケルト博士の声が聞こえてくる。

「映二、きたぞ！　気をつけろ!!」

リーガン氏の声がとんだ。

見ると、垂直にちかい岩壁を、一体の恐竜人が不器用そうな足どりで登りはじめていた。平地では素早い動きを見せる恐竜人たちも、急斜面を登るといった動作には不馴《ふな》れのようだ。いかにも、ぶざまなかっこうで、懸命に岩壁にとりついていた。

だが、岩場の高さは、わずかに十メートルほどしかない。不器用ながらも、ジワリジワリと登り進んでくる。

「絶対に岩の上にあげてはいかんぞ！」

西条博士が叫び、みずから攻撃の火ぶたをきった。目の下、数メートルに迫っていた恐竜人めがけて、両手にかかえていた石を、力まかせになげおろしたのだ。

「ギエーッ！」

頭を割られ、鮮血をほとばしらせた恐竜人は、大きくのけぞりながら落下していった。

続いて登ってくる恐竜人の首すじあたりに、梶山青年の振りおろした丸太がくいこむと、グキッというにぶい骨のくだける音が鳴り、あわれなドロマエオサウルスは声もなく岩肌をころげ落ちていった。

「映二、なにをしている！　足もとにきたぞ!!」

リーガン氏の大声がとどろき、映二は、ハッとしたように足もとを見た。

西条博士と梶山青年の動きに気をとられ、つい、自分のまわりを忘れていたのだ。

いま、岩場のふちに恐竜人の不気味な片腕がかかり、岩土に指をくいこませながら、必死にはいあがろうとしているのが認められる。暗緑色の肌に、器用そうな五本の指が、すぐ目の前でうごめいているのだ。

「ええい！」

映二は、あわてて、その片腕を思いきりふみつけた。

だが、そんなことで動ずる相手ではないらしい。

それどころか、ますます力をこめてはいあがろうとしている。

映二は思わずたじろいだ。

ピンポン玉のような巨眼が、映二をキッと睨《にら》みつけ、すでに体半分ほど岩上にのりあげていた。

「映二！　そいつを上にあげるなよ！　なんとしてでもつき落とすんだ!!」

リーガン氏も、二体の恐竜人を相手にライフル銃をふりまわしている。とても映二に加勢などしているヒマはない。

自分の前の敵は自分が撃退しなければ、全員の危機につながるのだ。

映二は恐竜人の顔面めがけて、にぎっていた石を思いきりなげつけた。

最初の石は、恐竜人の鼻先に当たった。

至近距離からの投石だったから威力はあった。

いっしゅん恐竜人はたじろぎながら、しきりに鼻先をこすっていたが、痛みが彼の怒りを倍加させたのか、いっそう巨眼をギラギラと光らせながらよじ登りはじめた。

映二は、もう、むがむちゅうになって石をなげ続けた。

そして、そのなかのひとつが、恐竜人の片目にあたったらしい。

「ギエーン!!」

ひときわ高い絶叫をあげて、恐竜人の体が宙に舞った。

高い岩の上という地の利もあって、闘いは、やや映二たちに有利だったが、それでも、ちょっと気をぬけば恐竜人たちに岩場をとられ、形勢は逆転してしまうだろう。

すでに四体ほどの恐竜人は、岩壁から墜落し、砂地に横たわっていたが、まだ彼らの数は圧倒的に多い。

西条博士などは、もう体力の限界なのだろう。懸命に抗戦は続けているが、その足どりはふらふらだ。

このままでは、最悪の結果にもなりかねない。

意外なことは、その直後に起こった。

波うちぎわに、呆然《ぼうぜん》と立ち続けていた最初の恐竜人たちが、なにを思ったか、突然走りだし、岩場を攻撃している恐竜人たちの背後に迫ったのだ。

しかも彼らは、手にした白い短剣をふりかざして、獲物の略奪者たちにむかって反撃を開始したのである。

つまり、岩場の恐竜人たちは、はさみうちにあった形で闘わなければならないのだ。

こうなっては、もう、勝敗はあきらかである。

反撃する恐竜人たちの、白い短剣がふりおろされるたびに絶叫があがり、砂地に彼らの死体がころがった。

「成功じゃ！　うまくいったぞ！　彼らは、わしたちが加勢したことを理解してくれたんじゃや!!」

こうふんのあまり、エッケルト博士が繁みのなかからとび出してきた。

それまでは、優勢を誇り、統一のとれた行動をとっていた敵恐竜人たちも、この前後からの攻撃には完全に動きを乱されていた。

背後に注意をむければ、岩場の映二たちに打ちのめされ、そこに身がまえれば、また背後の剣につきさされるのだ。

みるみる敵恐竜人の犠牲者が増え、すでに無傷なものは四体をかぞえるばかりとなっていた。

もう、これ以上の闘いは無意味とさとったか、やがて、その四体の恐竜人は、岩をとびおり、ころがるようにして逃れ去っていった。

あたりが急に静かになった。

聞こえるものは、うちよせる波の音と、はげしく闘いきったものたちの荒い息づかいだけだった。

岩の上には映二たちが、砂地には恐竜人たちが、それぞれ奇妙なにらみ合いを続けていた。

とくに、恐竜人たちにすれば、映二たちの存在は不可解なものだったろう。見たこともない不思議な格好をした動物が、なにやら、友好的とも思える素振りで立っているのだ。彼らは、とまどったように巨眼をしばたたきながら見あげていた。

「みんな、武器をすてるんじゃや。わしたちは敵ではないということを、行動で知らせてやるんだ」

エッケルト博士が、小声でいった。

同時に、映二たちは、それぞれ手にした石や棒を足もとにおとした。が、リーガン氏だけは愛用のライフルをはなそうとしない。

「リーガンくん。きみもライフル銃をはなしたまえ」

「じょうだんじゃない！　これはおれの大切な銃だ」

「だれもすてろとはいっとらん。とりあえず、彼らの警戒心をやわらげるために、わしたちは素手になる必要があるんじゃや」

「わかったよ」

たしかに、リーガン氏にしてみれば、自分の大事な武器を、石ころや棒きれと同じにされるのは心外だったろうが、しかし、場合が場合である。

ここは、エッケルト博士のことばに従うより仕方がなかった。

リーガン氏は、ソッとライフル銃を地面におとした。

「わしたちは味方じゃや。なにも心配することはない」

突然、エッケルト博士が、岩場の先端に進みでて叫んだ。

「きみらの獲物を、わしたちは共に守ったのじゃ。わかるだろう、わしたちは敵ではない。きみらの友人なのじゃ」

エッケルト博士は、大げさな身ぶり手ぶりで懸命に恐竜人たちへむかってうったえ続けた。

そのかいあってか、恐竜人たちの様子がかすかに変わった。

たがいに、ささやき合うように顔を寄せ、どうするべきかを協議しているかのように見える。

その様子からは、敵意といったものは感じとれなかった。

「そうじゃ。わかってくれるじゃろう。わしたちはともだちだ。きみたちと仲よくなりたい友人じゃ。さあ、これから、そこへおりていく……」

と、エッケルト博士は、一人でさっさと岩場をくだりはじめていた。

「エッケルト博士、やめてください！　まだ危険です!!」

西条博士が、あわててかけ寄ったが、すでにエッケルト博士の体は、砂地に間もなくのところにあった。

「心配はない。西条博士。彼らは、すくなくとも、わしたちを敵とは思っていない。まず、わしが接触し、安全だとわかったら、みんなもおりてきたまえ」

老人とは思えないような素早さで、砂地におり立ったエッケルト博士は、自信にみちた態度で恐竜人たちにむかい合っていた。

「ギガーッ！」

突然、一体の恐竜人が、威嚇のつもりなのだろう、おそろしい咆え声をあげてエッケルト博士に迫ろうとした。

　さすがのエッケルト博士も、いっしゅんギクッと身をひいたが、その恐竜人を、先頭に立っていたひときわ大きな恐竜人が、「やめろ」とでもいうように片手をあげて制した。それは、さきほどフタバスズキ竜の体にとびのって、勝利の咆哮《ほうこう》をあげた群れのリーダーだった。

　エッケルト博士の必死の呼びかけに、いくぶん警戒をゆるめたのかもしれない。

　いま、ひといきと思ったか、エッケルト博士は岩の上をふりあおぎ、恐竜人たちを刺激させまいとしてか、なにげない静かな声をあげた。

「だれか、たべるものを持っていないか？」

　急のことだったので、映二たちはけげんそうに顔を見合わせていた。

「たべるものって、チョコレートならおれが持っているぞ」

　ハンターであるリーガン氏は、いつも密林地帯や山岳地帯を歩きまわるために、かならず甘いものを持っていた。甘いものは、疲れをいやし、空腹感をまぎらわせるために有効なものなのだ。

「チョコレートでもなんでもかまわん。そいつを持っておりてきてくれ、リーガンくん」

　エッケルト博士は、相手がリーガン氏だったから、平気でそんなことをいうが、リーガン氏にすれば、そう平気ではおりていけない。ハンターという職業がら、動物の危険さはひといちばい知っていたのである。

「わたしがいきます」

　どうしようかと迷っていたリーガン氏の手から、突然亜由子がチョコレートをとりあげた。

「亜由子！　お、お前……」

西条博士がドギマギしているうちに、亜由子はさっさと岩場をおりはじめていた。

「あ、亜由子さん……！」

映二も、亜由子の思いきった行動にあっけにとられていた。女の子というのは、ときどき信じられないようなことをする。

「おお、リーガンくんじゃなく、亜由子さんがきてくれたのか」

エッケルト博士が、岩場をおりきった亜由子をうれしそうにむかえた。

エッケルト博士のことばのひびきからは、リーガン氏に対する皮肉のようなものが聞きとれるが、それも仕方のないことだった。

たしかに、凶暴そうな恐竜人たちの前に、最初に接近したのは、老人と少女という結果になるのだ。これでは、リーガン氏ばかりか、映二も梶山青年も、男としてはずかしい思いにおそわれたのも当然だった。

もう、おそろしいなんてことはいっていられない。まず、リーガン氏が岩場をおり、梶山青年、映二、西条博士、そしてゴンが続いた。

「さて、亜由子さん。それでは、そのチョコレートをもらおうか」

全員が砂地におり立ったのを見て、エッケルト博士は満足そうな表情で亜由子にいった。

「エッケルト博士。このチョコレート、彼らにプレゼントするつもりなんでしょう？」

亜由子が、そんなエッケルト博士の心を読みとるようにいった。

「うむ、まさしく、そのとおりじゃよ、亜由子さん」

「それなら、わたしがやってみますわ」

「ほう、亜由子さんが？」

「ええ、まかせておいてください」

亜由子の動物好きは、西条博士もよく知っていたが、それにしても場合が場合である。ますますドギマギと、娘の行動を見ているしかなかった。

「お、おい、亜由子。お前、そんなことをしてだいじょうぶか……」

「お父さま、心配いりません。ほら、彼らを見て。ぜんぜん危険とは思えないでしょう」

たしかに恐竜人たちは、珍しいものを前にした小鳥のように、小首をひねり、興味ぶかそうに、ピンポン玉のような目で、亜由子の動きに注目している。

「さあいらっしゃい。わたしはともだちよ。ほら、これをあげるわ、チョコレートっていうのよ」

亜由子は、二歩、三歩と前進しながら、チョコレートをさしだした。

「ほら、とてもおいしいのよ」

と、チョコレートをふたつに折り、その片方を自分の口のなかへ入れて、ことさら大きな舌つづみをうちながら噛《か》んだ。

映二は、思わず生ツバをのみこんでいた。

もちろん、亜由子のチョコレートがうまそうに思えたわけではなく、亜由子の勇気に驚嘆していたのである。

やがて、そんな亜由子の前に、一体の恐竜人がとびだしてきた。

ぬいぐるみのような、その亜由子の体より小さな恐竜人は、あの足手まといになっていた子どものドロマエオサウルスだった。

「ギギギーッ」

のどをふるわせるようなひくい声をあげ、チビの恐竜人は亜由子のすぐ前に立った。

どうやら、亜由子のチョコレートが気になっているらしい。

「さあ、チビちゃん。たべてごらんなさい。おいしいわよ」

亜由子のやさしい声音を聞きながら、チビ恐竜人は、小首をかしげ、ピンポン玉のような目玉をくりくりと動かし、チョコレートに見入っていた。

リーダー以下、ほかの恐竜人たちも、そんな様子をだまって見ているところから考えて、すでに、亜由子たちに心をゆるしているものと見てよさそうだった。

それでも、映二たちは、息をつめて見まもっていた。

と、間もなく、チビ恐竜人が、おそるおそる片腕をのばし、亜由子の手のチョコレートをとった。

「そう、そうよ。たべてごらんなさい。ほら、わたしのように、こうして……」

ふたたび、亜由子がチョコレートを口に入れると、チビ恐竜人は思いきったように、その黒いかたまりを大きな口のなかへ放りこんだ。

モシャモシャというような噛む音が聞こえる。

チョコレートの甘味が、チビ恐竜人の口のなかにひろがっているはずだ。

「ギガガー」

突然、チビがうしろをふりむいて咆えた。

すると、後方の仲間たちが、いかにも安心したかのようにうなずき、口々に奇妙な声をあげた。

それは、ちょうど、人間のことばになおすとこんなふうになるのかもしれない。

〈みんな、これ、とってもおいしいよ。この動物たちは敵ではないらしいよ〉

〈そうか、それはよかった〉

と、そのとき、急に先頭の恐竜人がグラリと体をおよがせて、苦しそうなうめき声をあげた。

群れのリーダーである。

横に立っていた仲間が、あわてた様子でその体をささえようとしたが、なにしろ他の恐竜人より頭ひとつほど大きな体格をしているため、ささえきれずにそのままゆっくりと砂地に倒れこんでしまった。

「見ろ！　彼は傷を負っているぞ！」

エッケルト博士が、叫びながらリーダーの肩のあたりをゆびさした。

みると、たしかに右肩の後方が、パックリと五センチほどの裂傷になっている。

おそらく、さきほどの闘いによるものだろう。

彼は、リーダーとしての立場を考えてか、なんとか平静を保とうと努力している様子はわかるのだが、傷の痛みには勝てないようだ。

まず、エッケルト博士がかけつけ、続いて、亜由子が、その傷口の前にひざまずいた。

「かなり痛むようじゃな……」

「見てください。傷に白い破片がくいこんでいます」

「うむ。あの白い短剣が折れたものらしいな」

そんな二人のなにげないふるまいに、映二やリーガン氏たちは、いつか、恐竜人たちのあいだにまじって、倒れたリーダーを見おろしていた。

「なんとか手当てをせにゃいかんな」

「エッケルト博士。傷薬なら持っていますから、わたしがいたします」

と、亜由子がハンドバッグを開き、なかから小さな軟膏《なんこう》入りの容器をとりだした。

亜由子の手当ては的確だった。

傷口の血やよごれをハンカチでぬぐい、一センチほどつきでている白い剣先をひきぬき、そのあとに、軟膏をベットリとぬりつけた。

ぬきとった剣先が、骨の破片だったことから、彼らの武器はなにかの骨でつくられているらしいことがわかる。ひょっとすると、フタバスズキ竜の骨なのかもしれない。

ともあれ、映二は、亜由子の手の動きをほれぼれとみつめていた。

へたをすれば、恐竜人たちにおそわれるかもしれない危険があるにもかかわらず、亜由子は、ただ、無心に傷の手当てのことだけを考えている。

亜由子のやさしい心を見ているようで、映二はむしょうにうれしくなってしまうのだ。

だが、亜由子をじっとみつめていたのは、映二ばかりではなかった。

心のこもった手当てを受けていた恐竜人のリーダーも、その大きな目をしばたたきながら、感謝の色をうかべてみつめていた。

傷口の骨片をぬきとったために、痛みがやわらいだのだろう。やがて、リーダーは、ゆっくりと体を起こし立ちあがった。

「グルル、グルー」

リーダーは、妙にやさしげな声をあげて亜由子を見た。

それは、いかにも、手当てに対する礼をのべているように聞こえる。

「よかったわね」

亜由子も、人間に対するのと同じようにことばを返した。

と、突然、

「ガッファ、グルーッ」

リーダーが大声で、仲間の一体になにごとか命令するように咆えた。

すると、その一体が波うちぎわの方へかけだし、倒れているフタバスズキ竜の巨体にとびついた。

なにをするつもりなのかと、亜由子も映二もふしぎそうにながめていたが、その答えは、間もなくわかった。

もどってきた恐竜人は、ひとかかえの肉塊を持っていた。

もちろん、フタバスズキ竜の体から切りとったものである。

「グルル、グルル」

仲間から肉塊を受けとったリーダーは、それを静かに亜由子へさしだした。

「なに？　それ、いったいなんなの？」

亜由子は、困惑したように目の前の肉塊をみつめていた。

「亜由子さん。それは、彼らのお礼じゃよ」

エッケルト博士が、大きくうなずきながらいった。

「お礼？」

「さよう。大切な獲物の一部を切りとって渡すというのは、彼らの最高の感謝のしるしじゃよ。だまってもらっておきなさい」

「そうだったの。ありがとう、遠慮なくいただくわ」

亜由子が肉塊を受けとると、恐竜人たちの動きが活発になった。

全員が波うちぎわに戻り、フタバスズキ竜の解体作業を開始したのだ。

「ウフッ。映二くん、見てごらんなさい」

急に亜由子が笑い声をあげて足元をゆびさした。

全員、獲物の解体に戻ったものと思っていたら、まだ一体、映二の足元に残っていたのだ。

チビのドロマエオサウルスである。

チビは、四つんばいになってゴンとにらめっこをしていた。

チビは、見なれぬ生物のなかでも、とくにゴンが気になったのだろう。

亜由子ですらチビよりは大きいのだ。自分より小さな生きものといえば、それは、もう、老犬ゴンしかいない。

まるで、やっと自分の弟分をみつけたとでもいうように、しきりにゴンの顔をなでたり、つついたりしている。

ゴンは迷惑そうだった。

若い犬だったら、その異形のドロマエオサウルスをみただけで、咆えつき、かみついていただろう。

しかし、ゴンは、経験豊かなりこうな犬だった。

目前の恐竜人が、けっして敵ではないということを、映二や亜由子の動きから察していたのだ。

「ガルル！」

そんなチビに、波うちぎわからリーダーの怒声がとんだ。

「ギャン！」

チビは思いきりとびあがり、あわてふためきながら波うちぎわに走った。

いたずらをみつかった子どものような、そのほほえましい動きに、映二たちは、思わず笑顔をうかべていた。

「さあ、彼らとは友好的に接触できたのです。きょうは、とにかく埠頭に戻りましょう」

西条博士が、エッケルト博士にいい聞かせるようにいった。

もう海上には、落日の影が残光となって照り映えている。

夜は間近いのだ。

六人の人間たちが、この白亜紀の世界で夜をむかえるということは、すなわち、あらゆる危険を目の前にすることと同じなのだ。

一刻も早く、安全な場所に身を置かねばならない。

謎の恐竜ドロマエオサウルスと心を通じ合えたという充足感からか、エッケルト博士は、別に異議もとなえず、西条博士のことばにうなずいた。

岩場を登り、繁みのなかのジープに戻ろうとするとき、亜由子と映二は波うちぎわをふり返った。

恐竜人たちが、ジイッとこちらを見ていた。

亜由子は思わず手をふった。

「さようなら」

しかし、恐竜人たちは、なんの反応もなく、ただ、いつまでも亜由子の方を見ているだけだった。

埠頭での夕食は豪勢なものだった。

フタバスズキ竜のステーキである。

料理前に、梶山青年から水たきにしましょうと提案があったが、水たきにするには、しょうゆもなければポン酢もない。

まずは、不自由ななかでの料理としては、ステーキがいちばんである。

濃い海水に、フタバスズキ竜の肉をひたし、塩分をしみこませてから焼くと、なかなか舌ざわりのいい味覚が楽しめた。

エッケルト博士などは、感激のために涙も流さんばかりだった。

化石でしか知ることのできなかったフタバスズキ竜の肉を食べているのである。古生物学者としては、当然の感激だといえよう。

「ああ、いま、わしは、フタバスズキ竜のステーキをのみこんでいる。こんなことを、友人たちにいっても、だれ一人、本気にする者はおらんじゃろう……」

おそらく、この六人のなかで、いちばん幸せな思いをしているのは、エッケルト博士にちがいなかった。

漆黒の闇にとざされた埠頭の中央に、あかあかと焚火《たきび》が燃えている。

人類以前もはるかな白亜紀の海辺に、人間の手で火がつかわれている。

それは、なんとも奇妙な光景ではあった。

この一日、あまりにも驚くべき出来事が起こりすぎた。

そのはげしい疲れのためか、全員、いつの間にか埠頭の上に眠りこんでしまっていた。

当然、だれかが見張り役となって起きていなければならなかったのだが、疲労は、そんな理性などおかまいなく包みこんでいったのだ。

5　恐竜人部落

映二は、夢を見ていた。

大勢の恐竜人たちが、亜由子のまわりをとりかこみ、亜由子はニコニコと笑っている。

やがて、恐竜人たちは、亜由子を抱きあげ、胴あげをはじめた。

亜由子の体は、羽毛のようにゆっくりと宙に舞った。

亜由子は、うれしそうに笑っている。

だが、映二は、だんだんと不安になってくる。

と、それまで、なごやかだった恐竜人たちの表情が変わりはじめた。

ゆっくりと下降してくる亜由子を見あげながら、血にうえたような口をひらき、するどいキバをむいた。

このままでは、亜由子の体はやつざきにされてしまう。

映二は、必死にかけ寄ろうとするが、体はピクリとも動かず、声もでない。

恐竜人たちの凶暴な顔が迫り、亜由子の絶叫がとどろいた――。

映二は、そのとき目覚めた。

あたりには胴あげも絶叫もなく、ムッとするような朝の大気が、静かに埠頭を包んでいるだけだった。

高温多湿と悪夢のため、映二の全身は汗にまみれていた。

「……ふう、いやな夢だった……」

まわりには、亜由子も西条博士も、全員が安らかに眠っている。

映二は、ホッとしたように、照りつける陽光をさけながら体を起こした。

そして、そのまま、凍りついたように動きをとめた。

前方、数メートルほどのところに、数体の恐竜人たちがジイッとこちらをみつめながら立っていたのだ。

映二は、ギクッと体を固くすると、内心の動揺をかくすように、無言のままで、まず、となりで寝ていた梶山青年を起こし、西条博士、リーガン氏、エッケルト博士と、次々にゆり起こしていった。

「……あら、あなたたちは、昨日の……」

最後に目覚めた亜由子が、映二の動揺などおかまいなく、うれしそうな声をあげた。

そんな亜由子の存在を認めた恐竜人たちは、急に活発な動きを見せながら歩み寄ってきた。

先頭に立っている特別大きな恐竜人は、昨日の傷ついたリーダーだった。

たしかに、昨日は、彼らと友好的な関係を持つことができたが、それにしても、こうして、あらためて彼らドロマエオサウルスたちの容貌を見ていると、おそろしさの方が先に立ってしまう。

しかし、亜由子とエッケルト博士だけは、昨日の交流で自信を持っていたのだろう、なごやかな表情でむかえようとしていた。

「おはよう。昨日の、あなたたちのプレゼント、とてもおいしかったわ。ありがとう」

亜由子がいうと、「グルル、グルー」と、リーダーが応える。

「あら、きょうはチビちゃんはいないのね。あなたは昨日のリーダーだったわね。傷の具合はどう?」

自分の肩に手をあてて、亜由子がリーダーの肩のあたりを見る。

すると、リーダーは、そんなことばの意味を察したのか、なんべんもなんべんもうなずきながら、

「グルル、グルル」と声をあげた。

「すごい! 見たかね、西条博士。彼らは、十分にわれわれの気持ちを理解できるのじゃ」

エッケルト博士は、ふたたび、こうふんしはじめる。

「おそらく、彼らは、昨日の礼にやってきたのじゃろう。亜由子さん、なんでもいい、もっと話しかけてみてくれ。彼らは、亜由子さんに特別な好意を持っているようじゃからな」

「はい……」

亜由子は、思いきったように一歩ふみだして、リーダーの目前に立った。

「わたしは、西条亜由子、ア・ユ・コっていうのよ。よろしくね」

亜由子は、自分の名前を一語一語区切るように発音し、同時に、自分の胸をさし示した。

「あなたは、リーダー。わたしはアユコ。わかる?」

するとリーダーは、自分の胸をたたきながら、「グルー。ゲルッグ、ゲルッグ!」と、さけぶようにいった。

「えっ、なに……?」

亜由子も必死である。

どうやら、亜由子のことばは、恐竜人たちにある程度理解されているようだ。と、すれば、彼らのことばも理解してやらなければ不公平というものである。

「ゲルッグ、ゲルッグ!」

リーダーは、ふたたび自分の胸をたたき、叫んだ。

「ゲルッグ……? あっ、それ、あなたの名前? あなた、ゲルッグっていうの?」

「グルル、グル!」

まさしく、そのとおりだったらしく、リーダーはうれしそうにうなずいていた。

「グルル!」

恐竜人ゲルッグは、ふたたび叫び声をあげると、くるりと向きを変え、いかにも亜由子たちを先導するようなかっこうで歩きだした。

それは、ちょうど、〝ついてこい〟とでもいっているようだ。

「まちがいない。わしたちを、どこかへ案内するつもりなんじゃ」

エッケルト博士が、そう断定するようにいうと、さっさと恐竜人たちのあとに続いた。

もちろん、亜由子も、エッケルト博士とならんで歩きだしていた。

もう、こうなっては、くよくよ考えていても仕方がない。まずは、ことのなりゆきにまかせるより方法はあるまいと、全員、ヤケになったように恐竜人たちのあとに従った。

早朝の明るさも、深い針葉樹林のなかへ踏み入ると日暮れのような暗さだ。

ムッとするような湿気のなかを、恐竜人たちは、なれた足どりで跳ぶように進んでいく。

そのあとについていくのは、なかなか容易ではない。先頭にいたはずのエッケルト博士などは、樹林に入ってほどなく、梶山青年の肩にもたれながらの行進になっていた。

「いったい、どこへ案内するつもりなんでしょう?」

かなりの早足で進みながら、映二は後方の西条博士をふり返った。

「うむ……。エッケルト博士のような専門家ではないから、なんともいえんが、昨日の肉のプレゼントなどから考えて、ひょっとすると、また、われわれにごちそうしてくれるのかもしれんぞ」

西条博士は、さすがに息を荒くしながらも、とりあえず危険はないものと判断したか、冗談めいた口調でこたえた。

「とすると、恐竜人たちの巣へむかっているのかもしれませんね」

そんな映二のことばを耳にした先頭の亜由子が、足どりをゆるやかにしながらいった。

「映二くん。巣なんていったらわるいわよ。彼らほどの知能なら、りっぱな社会生活を営んでいるはずよ。きっと、すごい部落へ案内されるわよ」

「まさか」

と、映二はわらったが、それから間もなく、その〝まさか〟が本当になったのだ。

埠頭から、ほぼ二十分ほど歩き続けると、急に樹林がまばらになり、前方に平地がひらけた。

平地のはるかむこうには、白煙をあげる活火山らしい山がそびえ、その山の裾野をたどってくると、目前の平地につながっている。

山あいから平地にかけては、一本の川が曲がりくねりながら流れおちており、それは、まるで、絵で見るような太古の光景だった。

そして、その平地の中央部あたりをゆびさしながら、亜由子がさけんだ。

「見て！　集落だわ」

たしかに、それは、人間の家とは違った型《タイプ》の五十戸ほどの住居群だったが、まぎれもなく恐竜人たちの集落らしいものが認められる。

ゲルッグたちは、すでに、そのなかへ姿を消していた。

「こ、こんなバカな……！　恐竜たちが部落をつくっているなんて……」

リーガン氏がうめくようにつぶやいた。

リーガン氏ばかりではない。それまで平然と恐竜人たちのことを認めていたエッケルト博士すら、この現実にはあぜんと立ちつくしていた。

「グルルル！」

集落の入り口あたりに、こちらをむいて吼えている恐竜人の姿が見える。

どうやら、ゲルッグが呼んでいるらしい。

「よし。みんな、いってみよう」

西条博士が、意を決したように一歩ふみだした。

集落をつくり、社会生活を営むということは、つまり、ひとつの文化を持っているということになる。

恐竜が文化を持っていた！　この驚きは、それぞれの胸のなかを、強いとまどいの風となって吹きぬけていった。

「グルウ」

ゲルッグは、待ちかねたように亜由子をむかえると、まるで抱きかかえるようにして集落のなかへみちびいた。

「ゲルッグは、よほど亜由子さんが気に入ったと見える」

うしろに続きながら、エッケルト博士が楽しそうにつぶやいた。とはいえ、それは奇妙な組合せだった。

美しい少女が、見るからにおそろしい姿の恐竜人と、親しく肩をならべているのである。

こんな光景を、はたしてだれが信ずるだろう。

目の前でながめている映二たちですら、夢でも見ているような気分なのだ。二十世紀の人間たちに、どんなに力説したところで、だれ一人として本気でとり合う者などいないにちがいない。

集落の全体は、ほぼ円形にちかい形につくられており、映二たちは、いま、その円の中央部にむかって歩いている。

左右には、泥壁と羊歯の葉をのせた屋根の小屋がならんでおり、小屋の前には、大小の恐竜人たちがものめずらしそうな動きで映二たちをながめていた。

映二は、ふと、いつか見た西部劇映画を思いだしていた。

インディアン部落をたずねた白人を、インディアンの女や子どもがながめているシーン、それとまったくそっくりだと思ったのだ。

小屋は、いずれも、卵を横にしたような楕円形《だえんけい》をしており、いかにも、恐竜人たちがアルマジロのように丸くなって寝るに適しているかに見えた。

やがて、前方に、集会場のような広場が見え、そのむこうがわにひときわ大きな小屋が建てられている。

ゲルッグは、その大きな小屋の前に立ちどまった。

「グルラー」

小屋にむかって咆えるゲルッグの声が、心なしかうやうやしく聞こえる。

すると、その小屋のなかから、小山のように巨《おお》きく黒いものが、ヌーッと姿を見せた。

「ウウウッ……」

映二の足元にいたゴンが、さすがにギョッとしたのだろう、ひくくうなりながらあとずさった。

小山と見えた黒い影、それは、ゲルッグなどよりはるかに大きな体格の恐竜人だった。

「グル、グルル、グルラー」

ゲルッグが、懸命な身ぶり手ぶりで、その巨大な恐竜人にむかって話しかけている。

あきらかに、その恐竜人は、強大な力を持った存在にちがいなかった。

〈この動物たちが、わたしたちを助けてくれたのです。とくに、この小さい動物は、わたしの傷を魔法の力でなおしてくれました〉

おそらく、そんなことをいっているのだろう、ゲルッグは、しきりと亜由子をさし示しながら話し続けている。

「なるほど、彼は、この部落のボスらしい……」

エッケルト博士がいうように、たしかにゲルッグの態度は、指導者に対するおそれのようなものをあらわしていた。

ボスは、なにやら大きくうなずきながら、巨眼をギロリと亜由子の方へむけている。

〈なんとも、奇妙な動物だ……〉

ボスの表情からは、そんな気持ちが読みとれた。

と、やがて、ゲルッグが亜由子の方をむき、話はついたから安心しろ、とでもいうように、のどをふるわせ、やさしい声をあげた。

「グラル、グル。ギッガ、ギッガ」

ゲルッグは、〝ギッガ〟という声をだすとき、ボスをゆびさしている。なにか、特別な意味を持ったことばらしい。

「えっ？　ギッガ……？」

亜由子も、その意味を探ろうとする。

「グル！　ギッガ、ギッガ」

ボスの方をさし示しながら、ゲルッグは早い口調で〝ギッガ〟を連発している。

「どういう意味なの、ゲルッグ。ギッガって、どういうこと？」

「ギッガ！　ギッガ！」

ゲルッグは、いらだたしそうな身ぶりで、ボスと亜由子へ交互に視線をあてている。

「ひょっとすると、亜由子さん……」

エッケルト博士が、なにやら思いついたらしい。

「……ひょっとすると、ギッガというのは、そのボス恐竜人の名前なのかもしれんよ。つまり、わしたちにボスを紹介しているんじゃないかな」

「あ、なるほど、そうかもしれませんね」

と、亜由子は、ツカツカとボスの前に歩み寄っていった。

映二も、西条博士も、そんな亜由子を見ながら思わずゴクリと生ツバをのみこんでいた。たしかに、女性には、思いもかけぬ勇気があるものらしい。

やがて、亜由子は、ボスを見あげる位置に立ちどまった。

「ギッガって、あなたの名前ね。そうでしょう、あなたがギッガね？」

亜由子は、おそれ気もなくボスの体にゆびをあてた。

すると、ボスは、鷹揚《おうよう》にうなずき、自分の胸のあたりをドンドンとたたきながら吼えた。

「グラァ！　ギッガ、ギッガ」

やはり、ギッガというのはボスの呼び名だったようだ。

「よろしくね、ギッガ。わたしたちは、はるか七千万年も未来からやってきた人間なの。仲よくしてね」

亜由子のことばなど恐竜人に通ずるはずもなかったが、それでも、友好的な気持ちだけはわかるのか、ギッガもしきりと亜由子に話しかけてくる。

「グルルル、グラル、グルウ」

そんなボスの様子に、ゲルッグはうれしそうだった。

自分がつれてきた動物たちを、ボスはどうやら気に入ったらしい。ゲルッグは、得意気に胸をはっていた。

西条博士は、ホッとしたようにあたりを見まわした。

突然白亜紀のまっただなかへ放りだされ、これからのことでは、まったくお手あげの状態だったのだ。そこへ、この集落と恐竜人たちの友好的な態度に出会ったのである。とりあえず、目前の不安感だけはとりのぞいてくれる。

この分なら、この集落を基地として行動することも可能なようだ。

そうこうするうちに、ボスの小屋の前には部落中の恐竜人たちが集まり、亜由子とボスのやりとりに聞き入っていた。

そんな部落民に、ことのなりゆきを報告するつもりなのか、やがて、ボスのギッガは、仲間たちにむかって咆哮した。

「グアラーッ。グル、グルル、ゲルッグ、グルル……」

それは、ちょうど、こんな内容のものだったかもしれない。

〈この珍妙な動物たちは、ゲルッグの危ないところを助けてくれた。そこで、彼らを客としてむかえ入れることにした〉

そんなギッガの咆哮に、仲間たちは両手をふりあげ足を踏みならして、歓声のような叫び声をあげはじめた。

どうやら、亜由子たちは、全部落民の歓迎を受けることに成功したようだ。

「よかったね、亜由子さん」

映二も、小名浜の岬公園以来、はじめて肩の力がぬけるような安堵感《あんどかん》をおぼえていた。

「でも、亜由子さん。きみの勇気にはびっくりしたよ。ぼくだって、たいていのことには動じないつもりでいたけど、とても、きみのまねはできなかった」

ゲルッグの傷の手当てから、ギッガの体にゆびまであてた亜由子の行動は、たしかにふつうの人間にはできないものだった。それを、まだ少女の亜由子がやったということで、映二は心から驚いていたのである。

「ううん。わたしは、ただ、動物が好きだから、傷ついているのをだまって見ていられなかっただけなの」

そんな亜由子のことばに、いちばん不満だったのはリーガン氏だった。

リーガン氏は、ハンターとして動物のおそろしさはよく知っていた。

たとえ、どんなに飼いならされた家畜でも、なんらかのキッカケさえあれば、人間の愛情なんかとは関係なく、突然おそってくることだってあるのだ。

ましてや、いまの相手は白亜紀の恐竜である。人間の一方的な考えで接触するなど危険この上もない。

が、しかし、現実には、亜由子の行為から恐竜人たちと友好的に接することができたのだ。不満ではあっても、結局、リーガン氏はだまって見ているよりなかった。

そんなリーガン氏のまわりには、さきほどから数体の恐竜人たちが集まり、なかには、もの珍しそうに体をさわっているものもいる。

ライフル銃をにぎりしめながら、リーガン氏は、くすぐったそうな表情で立ちつくしていた。

黒山のように集まっていた恐竜人の群れのなかに、ざわめきが起こったのはその時だった。

同時に、群れのなかから数体の恐竜人たちがとび出し、ギッガの前に仁王立ちになった。

「ギッガ！　グラァ、グルグル、グラルウ！」

先頭に立っていた恐竜人が、なにごとかギッガにむかって咆えた。

ギッガの体も大きかったが、この咆えている恐竜人の体格も巨大だった。

全恐竜人たちの体をくらべてみると、まず、いちばん大きいのがボスのギッガ、次に大きいのが、このとび出してきた恐竜人、その次がゲルッグと続き、その他の恐竜人は、いずれも、ひとまわりもふたまわりも小さいものばかりだった。

「グルッ！　グワッジ、グル！」

ギッガは、ボスらしい貫禄を見せながら、なにごとか強い口調でさけんだ。どうやら、とび出してきた数体の恐竜人たちは、亜由子たちの扱いについて、ボスに不満を持っているらしい。彼らは、ギッガのおさえつけるような口調にもかまわず、しきりに亜由子や映二たちをさし示しながら、どなるような咆哮をあげ続けている。

「どうも、雲行きがおかしくなってきましたね……」

西条博士が、心配そうにエッケルト博士へ声をかけた。

「さよう。彼らだけは、わしたちを歓迎する気はないらしい。しかも、あの抗議をしている大きな恐竜人は、なかなかの実力者のようじゃ。ほれ、彼のまわりには、支持者らしい仲間が集まっておる……」

「なるほど。つまり、ボスのギッガがナンバーワンとするなら、彼は、この部落のナンバーツーというところですな」

「そのとおりじゃ。鳥類や哺乳類は、一定の大きさになると成長がとまるが、爬虫類《はちゅうるい》は、生きているかぎり成長を続ける。彼らも、おそらく、その爬虫類から受けついだ体質をそのまま残しているにちがいない。つまり、体の大きなものは、それだけ永く生きており、経験も体力も強力となる。それは、すなわち、指導者としての資格にもつながるというわけじゃ……」

「とにかく、ちょっと心配になってきましたね。ナンバーツーが、わたしたちの扱いに不満があるとして、もし、彼らの意見が聞き入れられたりすれば、わたしたちはどんなことになるかわかりませんよ」

「うむ……」

さすがにエッケルト博士も不安になってきたのだろう、じいっと、そのやりとりをにらみつけていた。

「グラーッ!! グラー、グワッジ! グワッジ、グラーッ!!」

突然、ボスの声が怒声に変わり、右手をグイと前にさし出した。

その右手には、あの白い骨剣がにぎられている。しかも、ゲルッグたちが持っていた剣にくらべると、長さも太さもはるかに大きなもので、それは、いかにも、ナンバーワンの象徴にふさわしいりっぱなものだった。

「グワッジ! グルルルラーッ!!」

ギッガの声は、威圧的でうむをいわせぬ強さをもっていた。

すると、ナンバーツーと、その仲間たちは、急に首をたれ、不満そうな態度ながら、スゴスゴと群れの方へ退いていった。

どうやら、亜由子たちの安全は確保されたようである。

ナンバーワンとナンバーツーの対立は、全恐竜人たちを緊張させたが、まずは、ナンバーツーの敗退という形で解決すると、急にホッとしたのか、なにやら陽気な雰囲気が部落中を包みはじめた。

なかでも、ゲルッグのはしゃぎようといったら、見ていてもおかしくなるほどだった。

ゲルッグは、よほど亜由子が好きだと見えて、まるで姫をまもる騎士《ナイト》のように、肩を抱き、しきりにことばをかけてくる。

「グルウ、グラウ……」

「えっ？　なに、ゲルッグ。どこかへ連れていってくれるの？」

亜由子も、全員の代表として、いまや通訳の役目まで果たさねばならない。

ゲルッグは、亜由子たちをどこかへ案内したがっている様子だった。

「亜由子さん。とにかく、ゲルッグにすべてをまかせるんじゃ。いま、わしたちが頼れるのは、この広い白亜紀のなかで彼しかおらんのじゃからな」

亜由子とゲルッグのあとに続くエッケルト博士の表情も、いまや、なるようになれといったあきらめ顔である。

ゲルッグは、騒然としている中央広場をぬけ、部落はずれにある一軒の小屋の前に立ちどまった。

「グル……」

彼は、その小屋の方へ亜由子の体を押しやろうとしていた。しかし、それは、決して乱暴なものではなかった。

「わかったわ、ゲルッグ。この小屋を、わたしたちに使えというのね？」

「グル、グラル」

亜由子は、自分でも不思議になるほど、ゲルッグの心が読みとれた。たとえ、別種な動物同士でも、たがいに心を開き合うことができれば、ことばなど必要ないのかもしれないと、亜由子は、ゲルッグの顔をみつめながら思っていた。

「どうもありがとう、ゲルッグ。よろこんで使わせてもらうわ」

「グル」

亜由子に自分の気持ちを理解してもらえたことがうれしいのだろう、ゲルッグは満足げにうなずきながら、やがて、ふいと、中央広場の方へ戻っていった。

まわりに恐竜人の姿が見えなくなったせいか、全員にはげしい疲れがおそってきた。

無理もない。この奇妙な旅に追いやられたときから、一刻として、心も体も休まるひまがなかったのだ。

「やれやれ、これで野宿はしないですみそうだ。屋根があるだけでもありがたいと思わなくちゃ」

小屋のなかに最初に入りこんだリーガン氏が、乾《ほ》し草をしきつめた床の上にドタンと横になりながらいった。

小屋のなかは荒れ果てていた。

もう、ながいことだれも住んではいないようだった。

それでも、いまの映二や亜由子にとって、この小屋は、一流ホテルの一等室以上の価値があった。

六人の人間たちの寝息が聞こえはじめたのは、それから間もなくのことだった。

ギギ、ギギギ……。

夢ごこちの亜由子の耳に、なにか妙な物音がひびいてくる。

ギギ、ギギギ……。

亜由子は、ゆっくりと目覚めていった。

すぐ目の前で、ボンヤリと動くものが見える。

「………？」

ゆっくりと頭を起こし、ぼやけた焦点を合わせた。

その動くものは、まさしく、昨日のチビ恐竜人だった。

「あら、チビちゃん！……」

チビは、映二の背中に寄りかかっていた老犬ゴンにむかって、なにやら話しかけているのだ。

昨日もそうだったが、チビの興味は、なぜかゴンにむけられている。

まるで、新しい仲間にでもなったように、彼はしきりとゴンにちょっかいをだしていた。

ゴンは、いかにも迷惑そうに無関心を装っているのだが、チビはおかまいなく話し続けている。

「ギギ、グルル、ギギギ……」

チビは、ゴンを相手の一方的な遊びに夢中である。

「チビちゃん」

ふたたび呼びかけた亜由子の声に、チビはハッとしたようにゴンの鼻先から顔をあげた。

「ギギ」

「どうしたの、チビちゃん？　あなた一人なの、ゲルッグはどこ？」

「ギギ、グルル、ギギギ……！」

と、チビは急に立ちあがり、戸外へとびだしていった。

「グルル、ギギイ」

戸口の前に立ち、亜由子の方をふりむいたチビは、なにやら中央広場をゆびさしながら叫んでいる。

そんな騒ぎに、小屋のなかでは全員が目覚めてしまっていた。

「いったい、どうしたというんじゃ？」

ゴソゴソと起きあがりながら、エッケルト博士が不機嫌そうな声をあげた。

「なにか知らせようとしているみたいですよ」

そういいながら、映二は素早く小屋の外へでていった。

「ギギ、ギギ、グルルウ」

チビは、懸命に広場方向をさし示しながら、なにごとか訴えようとしていた。

「わたしたちを、呼びにきたのかもしれません」

もはや、亜由子の通訳に異論をはさむ者はいない。

うれしそうな足どりで歩きだしていたチビのうしろから、全員、まだ陽の高い部落道をたどりはじめた。

「一時間ぐらい眠っていたんですね……」

梶山青年が、太い手に巻かれた腕時計を見ながらつぶやいた。

たしかに、まだ白昼の陽光があたりを包んでいる。

ギラギラと照りつける光の前方には、白煙を吹く山が、さきほどよりもあざやかに一望することができる。

「それにしても、あの山……」

その活火山をみつめながら、映二がポツンといった。

「……ほら、どことなく富士山に似てませんか？」

「なるほど、そういわれてみると、たしかに富士山にそっくりだ」

西条博士は、なつかしいものでも見るような口調でつぶやいた。

ひょっとしたら、このまま一生、本物の富士山は見られなくなるかもしれないのである。西条博士が沈んだ声をだすのも無理はなかった。

「そうだ！　白亜紀の富士山だから、白亜富士とでもよんだらどうでしょう？」

映二が明るい声でいった。

このとき、だれの胸のなかにも、これからどうなるのだろうといった不安感が渦巻いていた。

しかし、それを、いま考えこんでしまったら、失意のドン底におちこんでしまうだろう。

いまは、ただ、できるだけ陽気にふるまう必要があったのだ。

西条博士は、映二の明るい声に救われたように表情をやわらげた。

「うん、それはいい。白亜富士というのはいい名だ」

「そうね。それじゃ、あの山を白亜富士と命名しましょう。命名者は、和久井映二くん」

亜由子の声で、いっせいに拍手が鳴った。

「いいぞ、映二。たいへんな名誉だな」

リーガン氏が、ひじで映二の体をコツンと押しながら、祝福のウインクをおくった。

「どうも……。なんか変な気持ちだな」

映二は、照れくさそうに頭をかいていたが、とにかく、この命名さわぎで全員のなかに明るい雰囲気がよみがえっていた。

「グルグラァ!」

と、前方に、聞きおぼえのある声がひびいた。

広場のむこうはずれに、数体の部下を従えたゲルッグが立っていた。

どうやら、チビは、ゲルッグの使いをしていたらしい。

「やあ、ゲルッグ」

リーガン氏が、やけにご機嫌な声をかけたが、ゲルッグは、亜由子以外にはさほど関心がないらしく、リーガン氏をチラリと見ただけで、すぐ亜由子のかたわらへかけ寄ってきた。

「グル、グルル、グラア」

待ちかねていたようにゲルッグは、亜由子の肩を抱くようにして歩きだしていた。

ゲルッグの足は、集落の外へとむかっていた。

「ゲルッグ、いったい、どこへいくの?」

「グル、グルラア」

まあ、いいから黙ってついてこい、とでもいうように、ゲルッグはひと声咆えながら集落を出た。

そのすぐうしろには、部下の恐竜人たちが続いている。映二たちも、あとに続くしか方法はない。

「なるほど、そうか……」

エッケルト博士が、小走りに追いながらいった。

「ほれ、彼らは昨日と同じように短剣を持っておるじゃろう。おそらく、きょうも、これから狩りにいくつもりなんじゃ」

なるほど、そういえば、恐竜人たちは、片手にそれぞれ白い骨剣をにぎりしめていた。

エッケルト博士の勘は当たっていた。

集落から三キロメートルほど、川ぞいの踏み分け道を進むと、前方に、樹林の間を通して、川の水をひきこんだ沼地が見えた。

そこまでくると、恐竜人たちは急に動きを止め、先頭のゲルッグは地に這《は》うようなひくい姿勢でジイッと沼地の様子をうかがいだした。

「ゲルッグ。やっぱり狩りをするのね。きょうの獲物はなんなの?」

「グル！」

亜由子の声はひくかったが、ゲルッグは、静かに！　とでもいうように頭をふった。

そして、間もなく、その獲物が姿を現した。

ちょうど、ゲルッグたちがひそむ場所から真横に百メートルほどのところから、二頭の巨大な動物が水辺にむかって歩いていくのが見えたのだ。

「すごい……！」

映二が、うめくようにつぶやいた。

体長が、ほぼ十メートルあまりの、見るからに凶暴そうな二足歩行の恐竜である。

この白亜紀の世界へきて、初めて恐竜らしい恐竜の姿を見たのだ。映二をはじめ、エッケルト博士、リーガン氏などは、もう息をするのも忘れたかのように、その巨大恐竜の動きを凝視していた。

「……いったい、なんでしょうか、あの恐竜は？」

映二の質問に答える余裕もないのか、エッケルト博士は身をのり出すようにして声もない。

白亜紀の恐竜で、二足歩行の巨大なものといえば、映二には、ティラノザウルスとかイグアノドンぐらいしか思い当たるものはない。

しかし、見たところ、前方の恐竜は、そのどちらでもないようだ。

「……ははあ、わかったぞ……」

突然、エッケルト博士がいった。

「……ほれ、あの恐竜の口の形を見てごらん。妙にひらべったい、鴨《かも》のくちばしのような形をしておるじゃろう。あれは、カモノハシ恐竜といってな、みかけはおそろしげだが、草食性のおとなしい恐竜じゃよ。カモノハシ恐竜にも、いろいろあるが、ええと、あの姿は、そう、おそらくトラコドンじゃろう」

カモノハシ恐竜とかトラコドンという名前なら、映二も知っていた。

恐竜図鑑には、かならず載っているものだった。

映二は、あわてて、その恐竜の両手に視線をあてた。

もし、それがトラコドンなら、指の間には水かきがあるはずなのだ。

「本当だ。水かきがある。あれはたしかにトラコドンですよ」

「うむ、これでゲルックたちの目的がはっきりしたわけじゃ。彼らの獲物は、あのトラコドンにちがいない」

エッケルト博士は、またもや、こうふん気味である。

昨日は、ドロマエオサウルス対フタバススズキ竜の対決を目撃し、きょうは、また、ドロマエオサウルス対トラコドンの戦いが見られるのだ。

古生物学者が子どものようによろこぶのも無理はないだろう。

やがて、ゲルックたちの動きが活発になった。

ゲルックの指示で、恐竜人たちは二組にわかれ、のんびり水辺にたたずんでいるトラコドンたちを左右からはさむように接近していった。

つまり、一隊は樹林の方から、もう一隊は水辺にそって進んでいったのである。

ゲルッグは、そんな部下たちの動きをながめながら、亜由子のそばをはなれようとはしない。

おそらく、もしものときの護衛のつもりなのかもしれない。

そんなゲルッグの様子をみつめながら、西条博士がなんべんもうなずきながらつぶやいた。

「……きっと、彼は、わしたちに、このトラコドン狩りを見せて、昨日の汚名を挽回《ばんかい》したいと思っているにちがいない。なにせ、昨日は、わしたちが加勢をしたからフタバスズキ竜を手にすることができたんだ。ゲルッグたちにすれば、恩を感ずると同時に、猟師としての誇りを傷つけられたことにもなるはずだ……」

そんな西条博士のことばが当たっているかどうかはわからなかったが、いずれにせよ、ゲルッグの表情には、誇りと自信がみちあふれているように見えた。

水辺に恐竜人たちの咆哮がひびき、はげしい水しぶきがあがった。

狩りが始まったのだ。

恐竜人たちに、はさみうちにあった二頭のトラコドンのうち、一頭は素早く水中へのがれていったが、残った一頭の方は完全に包囲されて立ち往生していた。

狩人《ハンター》たちは、骨の剣をかまえながら、ジリ、ジリと包囲の輪を縮めていった。

体の大きさでは、トラコドンの方がはるかに巨大だったが、ドロマエオサウルスはおそろしい天敵といえた。

トラコドンは、はげしく全身を動かし、恐怖に耐えながら、なんとか逃げる方法を探しているかに見えた。

「キエーッ！」

断末魔のようなトラコドンの悲鳴があがった。

と、同時に、狂ったように長い尾を打ちふりながら、包囲の一角に突進していった。

まさに、やぶれかぶれの行動であった。

ふいをつかれ、一体の恐竜人が地面にはげしくたたきつけられた。いかにおとなしい草食恐竜でも、その巨体での突進力はすさまじい。

しかし、恐竜人も機敏なハンターである。

はじきとばされながらも、素早く骨の剣をくり出し、トラコドンの首すじをつらぬいていた。

だが、そんな傷は致命的なものではない。それどころか、傷の痛みが、ますますトラコドンの恐怖心を強める結果となったようだ。

トラコドンは、一直線に、しゃにむに走り出し、恐竜人たちは、あわててそのあとを追いはじめた。

「いかんなあ。あれじゃ、獲物に逃げられてしまうぞ……」

同じハンターとして、黙って見てはいられなかったのだろう。リーガン氏が、落ちつきのない声をあげた。

トラコドンは、まっすぐ、亜由子たちの方にむかって突進してくる。

このままでは、その狂った巨体に踏みつぶされるおそれもある。

トラコドンは、すでに前方五十メートルほどのところに迫っていた。

「グラウ！」

部下たちの狩りが失敗だったと悟ったか、高い咆哮をあげながら、ゲルッグが繁みからおどり出ていった。

どうやら、トラコドンの逃げ道をふさぐつもりらしい。

しかし、それは、自殺行為ともいえる危険な行動だった。

「バカ野郎！　手負いの獲物に正面からむかうやつがあるか!!」

ついに、リーガン氏はがまんができなくなったらしい。いつものどなり声をあげながらライフル銃をつかみ、突進してくるトラコドンの側面へ走りだした。

リーガン氏が、疾走してくるトラコドンの側頭部へむけて、ライフル銃をかまえたとき、ゲルッグとトラコドンの距離は、わずか二十メートルほどしかなかった。

体長二メートルほどのゲルッグと十メートルのトラコドンでは、激突したときの結果は目に見えている。

まさしく、それは、狩猟の失敗を恥じたゲルッグの自殺行為そのものだった。

ズンッ！

リーガン氏のライフル銃が火を吹いた。

と、トラコドンの右足がガクッと折れたように地に曲がり、そのまま、ゆっくりと前のめりに倒れていった。

リーガン氏のライフル銃は、アフリカの巨象すら一発で斃《たお》すほどの高性能なものだ。

さしものトラコドンも、急所の側頭部を撃ちぬかれて地にはった。

四肢をけいれんさせながら、トラコドンも驚いただろうが、もっと驚いたのは恐竜人たちだった。

ズンッという、すさまじい轟音《ごうおん》がひびいたかと思うと、とつぜん目の前に迫ったトラコドンが、まるで骨格を失ったようにくたくたとのめりこんでしまったのだ。

いったい、なにが起こったのかと、恐竜人たちは呆然と立ちすくみ、リーガン氏と倒れたトラコドンを見くらべていた。

最後のあがきだろうか、トラコドンは必死に首をあげ、両手をのばして上半身を起こそうとしている。

反射的に、リーガン氏のライフル銃が、とどめの二発目を発射していた。

ズンッ！

トラコドンは完全に絶命した。

まず、ゲルッグが、小首をかしげ、不思議なものでも見るように、リーガン氏のところへ歩み寄っていった。

もちろん、ゲルッグの興味は、リーガン氏のライフル銃である。

ゲルッグの部下たちも、同じようにリーガン氏のまわりに集まっていた。

「グル？」

これは、いったい、なんだ？　そういったにちがいない。ゲルッグは、リーガン氏のライフルを穴のあくほどみつめていた。

「ゲルッグ。よけいなことをしたのかもしれんが、あのままじゃ、お前の命があぶなかったからな。つい、撃ってしまったんだ」

そんなリーガン氏のことばがわかったのか、ゲルッグの様子は、これまでとは変わっていた。それは、ちょうど、腕のいい狩人に対する敬いの気持ちを表しているように見えた。

きょうこそは、自分たちの本当の力を見せようとして始めたトラコドン狩りも、結局、昨日と同じように、リーガン氏の力を借りることになってしまったわけだが、ゲルッグの表情には、もう、それに対する負けおしみのようなものはなかった。いまや、完全に、人間たちの力に対して、驚きと尊敬を素直に認めているようだった。

「グルル」「グラウ、グル」「グルウ」

恐竜人たちは、口々に、リーガン氏を誉《ほ》めちぎっているかに見えた。

まさしく、リーガン氏は、突然英雄になったのである。

ヒーローにまつりあげられ、しきりに照れているリーガン氏のまわりには、すでに映二や亜由子たちも集まっていた。

そして、さてこれから、トラコドンの解体作業を始めようかと、巨大な獲物を囲んだとき、一体の恐竜人が、奇妙な声をあげて一方をゆびさした。

彼は、沼と川とが接するあたりの水ぎわをさし示している。

距離は、ほぼ七、八十メートル。

背のひくいソテツ類が生い繁る一角に、なにやら白っぽい物体が不自然な形で横たわっているのが見える。

「……あ、あれは……」

急に、亜由子が悲鳴のような声をあげた。

「うん！　そうだ、あれは人間だ！」

そんな映二のことばを合図のように、全員、脱兎《だっと》のように走りだしていた。

白いTシャツに白ズボンの、その男は、まぎれもなく映二たちと同じ人間であった。

水から這いあがったような姿勢のまま、男は全身に無残な傷を負って息絶えていた。

「こ、これは、いったいどういうことなんじゃ！　この白亜紀に、わしたち以外にも人間がいたなんて……！」

エッケルト博士があっけにとられながらつぶやくうちに、西条博士は、素早く男の体を調べ始めていた。

死体の尻ポケットから、サイフのようなものがのぞいている。

そのサイフをぬきとり、中身を調べていた西条博士の表情が、みるみる変化していった。

「やはり、そうだったのか……」

西条博士は、ゆっくりと顔をあげた。

「……諸君、この男は、ラザフォード号の乗組員だ。名前はジム・スタントン、身分証明書には、ラザフォードの一等航海士だとある……」

映二は、バラ色のモヤに包まれた、あの日の光景を思いだしていた。

小名浜の沖合いで消失した原子力貨物船、ラザフォード号は、やはり、オメガ粒子のために、この同じ白亜紀に流されていたのだ！

映二たち一行は、とにかく、なんとか無事にここまできたが、しかし、ラザフォード号は、なにか大きな危険に遭遇したらしい。

その哀れな一等航海士のなきがらを見おろしながら、それぞれ、不気味な予感に胸をしめつけられ、声もなかった。

「とにかく、これで、わたしたちの仕事ができた」

西条博士がいった。

「ラザフォード号と、乗組員たちを探すんだ！」

「うむ、仲間は多いほど心強い。なんとか、他の乗組員たちが無事でいてくれればいいのじゃが」

心なしか、全員の表情に、目的を持った者の生気がよみがえって見えた。

「まだ陽が落ちるには間がある。すぐに出発しよう。まず、埠頭へ戻り、ジープを使って海岸沿いに探索しよう。亜由子は、なんとかゲルッグに、この状況を説明してみてくれ。彼らの力も借りねばならんからな」

「はい、お父さま」

と、亜由子が、かたわらに立っていたゲルッグに身ぶり手ぶりで話し始めたとき、突然、軽い地鳴りが起こった。

ゴォーという、地の底から聞こえてくるような鳴動である。

すると、奇妙なことが同時に起こった。

ゲルッグの部下たちが、かん高い声をはりあげて、気が狂ったように騒ぎ始めたのである。声こそ立てなかったが、ゲルッグにも落ちつきのない表情が見えた。

だが、地鳴りはすぐ止《や》み、恐竜人たちも、嘘《うそ》のように平静になっていた。

「地震かな?……」

そうつぶやきながら、なに気なくあたりを見まわす映二の視界に、白煙を吹く白亜富士の姿が入ってきた。

そして、その噴煙が、前に見たときよりも、かなりはげしく噴出していることに気がついた。

6　ラザフォード号の怪

ラザフォード号の探索は、さほど困難なことではなかった。

すくなくとも、探す手がかりはあるのだ。

ラザフォード号の消失は、映二が目撃していた。ということは、そのときラザフォード号は、埠頭から見てどの辺の位置にあったのかはわかるわけだ。

その映二の意見に、一等航海士の死体発見場所を加えて考えた結果、西条博士はひとつの結論をだした。

ジープは、いま、その結論にむかって海岸線を走っていた。

原生林をぬけると、けわしい岩場がある、といった調子で、ジープは遅々として進まなかったが、それでも、いま、昨日フタバスズキ竜を仕とめた海岸をぬけて、次の岬への登り坂にかかっていた。

探索メンバーは、ジープの運転に梶山青年、助手席にリーガン氏、後部座席に、西条、エッケルト両博士と、映二、亜由子の四人が乗っていたが、今回はボンネットの上に乗ったゲルッグが加わっていた。

亜由子の説明がわかったのかどうか不明だが、とにかくゲルッグは、部下たちを集落へ戻らせると、当然のことのように亜由子たちの探索行に従ってきたのである。

「グル、グル、グル、グルル……」

ジープが珍しくて仕方がないといった表情で、ゲルッグは、しきりにあたりを見まわしながらつぶやき続けていた。

さいわいなことに、この岬の足場は良く、頂上へは三十分ほどで登りきることができた。

後方をふり返ると、眼下にフタバスズキ竜たちの砂浜が一望でき、そのむこうには埠頭をのせた岬が見える。

ジープは、そのまま、岬の先端へと進むと、前方に白亜紀の太平洋が茫漠《ぼうばく》と広がり、船はおろか島影ひとつ見えない。

左手には、反対側の入り江が、するどく食いこむような磯場となって陸地へ入りこんでいる。

ジープは、その入り江を見おろす場所へと移動していった。

やがて、ジープを降り、適当な岩の上に立った映二たちは、眼下の光景を見て息をのんだ。

浅瀬に大小の岩々が林立する磯場のなかに、白い船体を横たえたラザフォード号が座礁していたのである。

「……これはひどい。みんな無事だといいが……」

西条博士の心配ももっともなことだった。

船は、正常な形で水に浮いていれば安全だ。しかし、岩場に座礁し、無残に横転している船に安全はない。

現に、その乗組員の一人は、船を離れ、惨死している。

「よし、みんな急ごう！」

不吉な思いにせき立てられるように、西条博士が、まずジープに戻った。

灌木のまばらな斜面を選んで、ジープは転がるように降下していった。

磯場の手前でジープを捨てた一行は、岩伝いにラザフォード号への接近を開始した。

「だれかいないか!?」

十五度ほど傾斜した甲板に登り、大声で呼びかけたが、ラザフォード号は不気味なほどに静まり返っていた。

「みんなで手分けして探そう！」

西条博士の指示で、全員、広い船内に散っていった。

映二と亜由子、それにゲルッグの三人は、老犬ゴンを連れて上甲板を調べることになり、まず船橋部分《ブリッジ》へ通ずるタラップを登り始めた。

船全体が大きく傾いているため、ひとつひとつの行動がなんとも不自由だ。

「やっぱり、だれもいないようだね」

「ええ。いったい、どこへ消えてしまったんでしょう……？」

操舵室《そうだしつ》近くにも、まるで人の気配というものが感じられない。

機関室や船倉を探索中の西条博士たちからも、いまだ、なんの報告もない。

と、そのとき、突然ゴンがうなり声をあげて立ちどまった。

同時に、奇妙な物音が映二たちの耳をうった。

クク、キキキ、クク……。

ハッとして、その方を見ると、ちょうど操舵室の扉の前あたりに、なにやらゴソゴソとうごめくものがある。

子牛ほどもある大きなものだ。

「…………!?」

映二は、ゴンをおさえつけながらも、慎重な足どりで接近していった。

別にあたりが暗いわけでもないのに、それがなにものなのか、見当もつかない。

シゲシゲと、しばらくみつめていた映二が、やがて、すっとんきょうな大声をあげた。

「亜由子さん！　ほら、見てごらん。これ、鳥だよ。しかも、まだヒナ鳥だ」

「ええっ。そ、そんなに大きいのに、ヒナ鳥ですって!?」

ヒナ鳥だと聞き、亜由子もおそるおそる近づいていった。

たしかに、それは鳥のようだった。しかし、なんとも奇妙な姿をしていた。

ペリカン鳥のような頭部と、コウモリのような体を持っているのである。

そして、体は大きいが、まだ未発達な翼を不器用に動かしているところから見て、たしかに、それはヒナのようだった。

「すごいわねえ……」

亜由子が、あきれたような声をあげた。

「しかし、これがヒナ鳥だとすると、親鳥の大きさはすさまじいものになるよ……」

と、映二と亜由子は、急に不安になったのか、まわりを見まわしながら後ずさった。

「グルッ！」

突然、ゲルッグが空を見あげながら叫んだ。

「グル、グルッ！」

「どうしたの、ゲルッグ？」

ただごとではないゲルッグの様子に、映二と亜由子はけげんな表情で空を見あげたが、そのまま凍りついたように息をのんだ。

上空の一角に、いつ現れたのか、一羽の怪鳥が旋回を始めていたのだ。

「親鳥だ！」

映二は、本能的に亜由子をかばおうとしたが、すでに亜由子は、ゲルッグの手で守られていた。

その素早さに、映二は憎々しげにゲルッグをにらみつけたが、いまはそれどころではない。

「映二くん、気をつけて！　親鳥がくるわよ!!」

ギエーッ！

気味のわるい鳴き声をあげながら、いま、その怪鳥は急降下を始めていた。

接近するにしたがって、その巨大さが映二たちを驚かせた。

親鳥は、七、八メートルほどもある長大な翼をいっぱいに広げ、わが子を守らんと必死におそいかかってくる。

怪鳥は、まず、映二に狙いを定めたらしい。

広げた翼に陽光がさえぎられ、空を切るはげしい羽音が目前に迫ったしゅんかん、映二は、無意識に体を沈めて右手を思いきり横にはらった。

グギッ！

横にはらった映二の腕に、なにやら手ごたえがあった。

と、その直後、クエーッ！　という悲鳴のような声がひびき、怪鳥の体は床の上に跳ねていた。

なにが起こったのかと、あっけにとられながら見ると、怪鳥は、片方の翼をブラブラにさせながら、とびあがることもできずに暴れまわっているのだ。

「映二くん。あなたの空手チョップが翼に当たったのよ！」

亜由子のことばで、映二はさっきの手ごたえの意味を理解した。横にはらった右手が、怪鳥の翼の骨を折ったにちがいない。

しかし、と映二は考えた。たしかに、映二は、学校で柔道部のキャプテンをしてはいるが、それにしても、あんなことぐらいで、この巨大な怪鳥の骨が折れてしまうなんて、あまりにもかんたんすぎるではないか。

とはいえ、翼を折られ、床に激突したのが致命傷を負わせたのか、やがて怪鳥の動きがしだいににぶくなり、ついには、ぐったりと力つきていった。

「こんな大きな体をしているのに、ずいぶんもろい鳥だなあ……」

映二は、夢でも見ているような表情でつぶやいていた。

「映二くん。それは鳥ではないぞ……」

騒ぎを聞いてかけつけたのだろう、エッケルト博士たちが上甲板に姿を見せていた。

「あ、エッケルト博士。鳥じゃないって、じゃ、これ、いったいなんですか」

「それは、空とぶ爬虫類、プテラノドンじゃ。ほれ、頭の格好を見るがいい。後頭部が後方へ張り出した特徴のある形をしておるじゃろうが」

なるほど、そういわれてみれば、映二も亜由子も、これに似たような絵をどこかで見たことがあった。

「……これが、プテラノドンですか……。それにしても、ぼくの空手チョップで斃《たお》れるなんて、ずいぶん弱い動物なんですね」

「それはな、映二くん。このプテラノドンの骨は、中心部が空っぽでな、ちょうどストローのようなもろい構造になっておるんじゃ。そうでなければ、この巨大な体がとぶわけがないじゃろう。その証拠に、こんなに大きくとも体重は十キロほどしかないはずじゃよ」

「はあ、そうだったんですか……」

映二は、困惑したようにプテラノドンをながめていた。

そう聞けば、なんとなくプテラノドンが哀れに見えてくるのだ。母親がいなくなったあと、子のプテラノドンがどうなるのか、それが気になるのである。

「さて、諸君……」

西条博士の声がひびいた。

「……結局、ラザフォード号の乗組員は、全員行方不明であることがわかった。船長室にあった乗組員名簿から、このラザフォード号には、十名の船員と十名の民間人科学者たちが乗りこんでいたことが判明したが、そのうち、一等航海士が死亡しているから、残り十九人の行方が不明だということになる。十九人の身の上に、なにが起きたのか見当もつかないが、一人が死亡しているだけに安否が気づかわれる」

西条博士は、できるだけ平静に話しているつもりなのだろうが、さすがに悲痛なひびきはかくせない。

「……それに、他の書類からわかったのだが、このラザフォード号には、最新式の原子力エンジンによる試運転航海ということで、世界でも指折りの科学者が数名のりこんでいる。なかでも、タマラ・スコノーブナ博士は、わたしとは親しい友人でもあり、なんとか無事であることを祈りたいのだが……」

「お父さま！　タマラ博士が、この船にいたのですか⁉」

亜由子が、悲鳴ともつかない大声をあげて西条博士に抱きついていった。亜由子にとっては、よほどショッキングなことだったらしい。

そんな亜由子を抱きしめながら、西条博士の沈んだ声が続いた。

「タマラ博士というのは、わたしたちがアメリカにいたときから、家族同様のつき合いをしておった女性科学者で、亜由子とは姉妹以上の間柄でもあったのだ。まさか、彼女がこのラザフォード号に乗っていたとは……！」

「タマラ・スコノーブナ博士、天才的な原子物理学者じゃ。なんとしてでも探し出さねばならんな」

エッケルト博士も、タマラ博士の名声はよく知っていた。

「とにかく、十九人という人間たちが、この白亜紀のどこかにいる。一刻も早くみつけ出さなければならない。さっそく出発したいと思うが、その前に、船内に残っている食糧など、必要なものは持っていきたいと思う。手分けしてジープへ運んでもらいたい。われわれは、どんなことをしても生きのびなければならないのだ」

気をとり直したように、西条博士の声にはきびしさがよみがえっていた。

とにかく、十九人の同胞たちが、この太古の世界のどこかにいるのだ。もし、危険が迫っているとすれば、一分でも一秒でも早い行動が望まれる。

全員の動きも、また、キビキビときびしいものになっていた。

ジープは、まず、一等航海士の死体発見場所に直行した。

その場所こそ、ラザフォード号乗組員全員の行方に、重大なかかわりがあるはずだと解釈したのである。

「まず、三つの可能性が考えられる……」

水辺に立ち、西条博士がいった。

「……ひとつは、彼は、この川の上流からやってきたとする考え、ふたつは、下流からきて息絶えたとする考え、そして、最後にあのむこう岸からやってきたとする考えだ」

一等航海士が、どこからやってきたのかを知ることは、ラザフォード号乗組員の所在を探るための重要な手がかりであろうことはまちがいない。

「ひとつ目の上流説は、まず必要ないと思います……」

映二がいった。

「……この川の上流には、ゲルッグたちの部落があり、いわば、この辺は、ゲルッグたちのテリトリー内です。もし、この近くをうろうろしていれば、もっと早く発見されていたはずです」

「うむ、もっともだ。とすると、下流からきたか、むこう岸からきたかのどちらかになる……」

地鳴りが始まったのは、そのときだった。

ゴーッ!!

さきほどのものより、強いひびきを感ずる。それにともなって、大きなうねりのような地震があたりをゆさぶった。

強烈なゆれのため、全員、地面にはいつくばっていた。立っていることが困難だったのだ。

「こ、こりゃ、すごいな……!」

さすがのエッケルト博士も、顔をこわばらせている。
二、三分がすぎ、やがて、地震はいくぶんおさまっていったが、不気味な地鳴りは、まだ止む気配もない。
「仕方がない。こんな調子では、いつまた地震が起こるかわからん。一度、ゲルッグの部落へ帰り、ひと休みして準備をととのえよう」

西条博士が、そう決断したとき、むこう岸に顔をむけていたリーガン氏の両眼がギラリと光った。

それは、ちょうど、獲物を発見したときの狩人《ハンター》の眼光そのものだった。

「みんなはさきに戻っていてくれ。おれは、近くを調べながら歩いて帰る」

リーガン氏が急にそんなことをいい出したので、西条博士は、とんでもないといった表情をむけた。

「それはいかんよ、リーガンくん。一人の行動は危険だ」

「西条博士。おれはプロの狩人だ。心配はいらんよ。それに、ここから部落までは、ほんの二、三キロほどしか離れてはいない。まあ、安心して帰っていてくれよ」

たしかにリーガン氏は、世界の秘境を歩きなれている。この程度のことは、なんでもない散歩と変わりはないのかもしれない。

「よろしい。しかし、リーガンくん。絶対に危険な行動はとらないと約束したまえ」

「ああ、わかった。約束するよ」

地鳴りのなかをジープは走り出した。

そのジープが見えなくなるまで、リーガン氏は、じいっと待っていた。

7　ンギロの襲撃

ジープが集落に入ったとたん、異様な空気があたりを包んでいた。

ふつうならば、ジープを珍しがって、恐竜人たちが群らがってくるはずだ。しかし、すべての小屋の入り口はピタリと閉ざされ、道々に恐竜人たちの姿はない。

「グル……？」

人間以上に、この異常さに不安を感ずるのだろう、ゲルッグはしきりと四方へ視線を走らせていた。

やがて、ジープは、中央広場へと入っていった。

「西条博士、あ、あれは！」

梶山青年が、前方を凝視しながらジープを停めた。

ちょうど、ボスのギッガの小屋の前あたりに、数体の恐竜人たちが悄然《しょうぜん》と立っているのが見える。しかも、その恐竜人たちは、地面に横たわっている一体の恐竜人をじいっと見おろしているのだ。

「ギッガ！」

突然、ゲルッグが叫び、その方へかけ寄っていった。

「お父さま、あそこに倒れているのは、ボスのギッガです！　なにか起こったようですね」

すでにギッガの体を抱き起こしているゲルッグは、なにやら夢中になって叫んでいる。

「グラア！　グルグル、グルラア……!!」

いったい、なにがあったんだ！　ゲルッグはそうどなっているにちがいない。

すると、まわりの恐竜人たちが、いかにもおそろしいものでも見るように、ボスの小屋をゆびさしながら口々にわめき始めた。

「グワッジ、グワッジ！　グルル、グワッジ!!」

「ガルル、グルル、グワッジ、グワッジ！」

それを聞いたゲルッグも、また、恐怖にかられたように立ちあがり、ボスの小屋をみつめながら呆然とつぶやいていた。

「グワッジ……！」

ジープを降り、ゲルッグのまわりにかけつけた映二たちは、その恐竜人たちの惨憺《さんたん》たるありさまに目を見張った。

ボスのギッガは、頭部と脇腹から血を流し、かなりの深傷《ふかで》のようだ。まわりの恐竜人たちも、それぞれ体の数か所に傷を負っており、なかには、尾や片腕を失い、意識を朦朧《もうろう》とさせているものもいる。

「こいつはひどい！　いったい、だれがこんなことを!!」

まず、エッケルト博士が大声をあげた。

ゲルッグたちは、しきりにボスの小屋を気にしている。そこに、なにか、この異常さをひき起こした原因があるのだろうか。

「ゲルッグ。いったいギッガたちはどうしたっていうの!?」

そんな亜由子の声も聞こえないのか、ゲルッグは、ただ、燃えるような両眼を小屋へむけ続けていた。

「ガウラーッ!!」

すさまじい咆え声が小屋のなかから聞こえたのは、そのときだった。

同時に、小屋の入り口が荒々しくゆらぎ、巨大な影が現れた。

「ガガガア！」

それは、あの巨大な恐竜人、ナンバーツーではないか。

「グワッジ！　グルル、グラア‼」

ゲルッグが、後ずさりしながらも、抗議するような叫び声をあげた。

「ゲルッグ！　こんなことをしたのは、あのナンバーツーなのね⁉」

亜由子が、なにかをさとったようにゲルッグのそばへかけ寄っていった。

亜由子は思い出していた。この集落へ初めて足を踏み入れたとき、たしかナンバーツーは、亜由子たちを歓迎してはいなかった。そのことで、ボスのギッガと言い争いまでしていたではないか。

「グラア！　グワッジ、グワッジ、グルウ！」

ゲルッグは、懸命に亜由子に説明しているようだ。

「グワッジ……？　グワッジって、それ、ひょっとしたら、あのナンバーツーの名前ね？　そうでしょう、ゲルッグ？」

「グラ」

そういえば、ゲルッグたちは、しきりにナンバーツーをさし示しながら、〝グワッジ〟ということばを連発している。亜由子の推察どおり、それはナンバーツーの呼び名にちがいない。

と、間もなく、ナンバーツー、グワッジの後方、小屋のなかから、数体の恐竜人たちが勝ち誇ったような素ぶりを見せながらゾロゾロと出てきた。おそらく、グワッジの側近たちなのだろう。

「お父さま、エッケルト博士。なにが起こったのか、だいたい見当がつきましたよ。おそらく、彼らのなかに勢力争いが起こったのです。つまり、ナンバーツーの位置にいたグワッジがボスを倒し、自分がナンバーワンを主張しているのです」

「なるほど、恐竜人のクーデターというわけか」

ボス一派が傷ついて倒れ、ナンバーツーだったものが、勝ち誇りながら、その族長の小屋を占拠しているとなれば、これは、もう、亜由子のことばどおり、部族内の勢力争いがあったと見てまちがいはあるまい。

と、なると、ことはめんどうだ。

ボスがギッガであったからこそ、亜由子たちには好意的だったわけで、ここでグワッジがボスということになれば、情勢は変わってくる。初対面のときのグワッジの態度から考えて、彼が亜由子たちを敵視していることはまちがいない。

まさに、絶望的な状況ではある。

「グラア!!」

突然、グワッジが、威圧的な態度でゲルッグの目の前に迫った。

さけるひまもなく、ゲルッグの体は地面にころがった。

そんなゲルッグを見くだしながら、グワッジは、右手に持った長大な骨剣をつき出して、さあ早くかかってこい！　といった様子を見せていた。

グワッジが握っている骨剣は、前にギッガが所持していたものにちがいない。

ギッガを倒し、ボスの象徴まで手に入れたグワッジに手むかうものは、もう、この集落のなかではゲルッグしかいないようだ。ゲルッグを降伏させることで、グワッジのボスの座は完全なものになるのだろう。

そして、いま、そのゲルッグは、顔を伏せ、戦意も失いかけている。

「こりゃ、いかん！　このままでは、わしたちの立場も危険な状態になるぞ。なんとかゲルッグに戦ってもらって、ギッガのボスの座を守らねばならん」

エッケルト博士が押し殺したような声でつぶやくが、しかし、いまのゲルッグには、それは望めそうにもない。

いずれにせよ、ここでゲルッグが新しいボスとしてグワッジを認めることになれば、次は亜由子たちが血まつりにあげられるのは必定だ。

「しかし、あのナンバーツーと戦えるのは、リーガンくんのライフルぐらいしかない……！」

西条博士も絶望的なつぶやきをもらす。

リーガン氏は、まだ戻ってはいないのだ。

と、急に、梶山青年がジープの方へかけ出し、後部座席のなかから一本の棒のようなものを取り出すと、それを握り、グワッジの前に立ちはだかった。

よく見ると、梶山青年が握っているものは、ラザフォード号から持ってきたスコップだった。

「梶山くん、なにをするつもりだ！　危ないぞ!!」

西条博士が叫んだときには、もうグワッジの注意は、完全に梶山青年の方へむいていた。

「西条博士、こうなれば、もう戦うしか方法はありません！　なんとかやってみます!!」

と、梶山青年は、腰をガッチリと落とし、スコップを両手でかまえながら、グワッジをにらみつけた。

たしかに、ここでグワッジをボスの座につけては、六人の人間の生命はない。生きのびるためには、戦うより道はないのだ。

しかし、梶山青年が相手にする恐竜人は、凶暴な強敵なのだ。体は、はるかに、梶山青年より大きい。とても、勝てる見こみはない。

いかに柔道四段の猛者であっても、この相手はわるすぎる。

奇妙な動物が、とつぜん挑戦してきたので、最初、グワッジはあっけにとられていたようだったが、すぐに荒々しい身ぶりに変わり、一歩、二歩と獲物にむかって前進を始めていった。

「梶山くん！　いいか、やつの武器は、手に持った骨剣よりも、後ろ足にある鉤爪の方がおそろしい。足の動きに気をつけるんじゃ!!」

もう、こうなっては仕方がないと思ったか、エッケルト博士が専門家らしいアドバイスをおくった。

たしかに、恐竜人の足首からは、前方にむかってするどいカマのような鉤爪がのびている。もし、その鉤爪の攻撃をまともにくらったら、人間の体など、あっという間もなく切り裂かれてしまうだろう。

エッケルト博士のアドバイスは的確だった。グワッジの最初の攻撃は、その鉤爪によるものだった。

クワーッ！　と不気味な咆哮をあげ、二メートルほど跳躍したグワッジは、右の足を突き出し、するどい鉤爪を梶山青年の顔面へくり出した。

反射的に、梶山青年のスコップが上段からふりおろされた。

ガキンッという、にぶい音がひびき、梶山青年の体が横へ吹きとんだ。

鉤爪とスコップが、はげしく激突したため、その反動で軽量の梶山青年がとばされたのだ。

しかし、スコップの先端は固い鉄製である。しかも、薄く鋭利になっている。

これに鉤爪を思いきり当てたのである。

グワッジは、はげしい痛みのためか、それとも、想像以上に手ごわい相手だと思ったのか、しばらくの間、キョトンと梶山青年を見おろしていた。

グワッジの右の鉤爪は、みごとに半分ほどから切断されている。

彼の表情に、みるみる屈辱の色が広がっていった。

自分より、はるかに小さい動物のために、大事な鉤爪を失ったのである。ボスの座を狙うほどのグワッジにすれば、これは最大の恥であったはずだ。

グワッジの怒りが爆発した。

「ガグラ!!」

すさまじい怒声をあげ、一直線に梶山青年めがけて襲いかかっていった。

ふたたびスコップをかまえてはみたものの、梶山青年の表情にはあせりが見えた。

最初の攻撃は、なんとかスコップでかわすことができたが、二度目はそうはいくまい。

もはや、スコップがどういうものか、グワッジはよく知っているはずなのだ。

グワッジは、まるで、その巨大な体で押しつぶそうとでもするように、梶山青年へ猛進していった。

彼は、本能的に戦法を考えたにちがいない。体は小さくとも、しぶとい敵を相手にするときは、威圧的な跳躍などすべきではないとさとったのだ。

とにかく、体の大きさではグワッジが圧倒的に有利なのだ。小細工をする必要はない。その体力をまともにぶっつけていけばいいのだ。

事実、梶山青年にとっては、その戦法には打つ手がなかった。

比較的弱点とも見える足への攻撃も、急所である頭部への攻撃も、まともにむかってこられては相手が巨大であるだけに不可能にちかい。

「クソ!」

もはや、やぶれかぶれになったか、梶山青年は、スコップを思いきり横にはらった。スコップの先端は、グワッジの脇腹あたりにくいこんだが、しかし、まるで硬い生ゴムをたたいたようなもので、梶山青年の両手には、強烈な反動が返ってきただけだった。

「うっ!」

両手を襲った強いしびれのため、梶山青年は思わずうめいてスコップを手離し、ヨロヨロと地面に腰をついていた。

「グラア!」

グワッジは、そんな梶山青年を見おろし、勝ち誇ったような咆哮をあげた。

そして、ゆっくりと右手の骨の剣をふりあげ、憎い獲物にむかってとどめの一撃をくだそうとしていた。

映二も亜由子たちも、一瞬、目を閉じた。これで、すべては終わるのだと、敗北をさとったのである。

だが、そのとき、予想外なことが起こった。

梶山青年をかばうような格好で、老犬ゴンがグワッジの面前に立ちはだかったのだ。

「ウウ……！」

背中の毛をさか立て、歯をむき出してゴンはうなる。

グワッジは、ふりあげた骨剣をそのままに、不思議なものでも見るようにゴンをのぞきこんでいた、が、相手がもっと小さい動物だと知ると、まるで、巨人が大笑いでもしているような、ものすごい咆え声をあげた。

「グラウラ、グラー!!」

しかし、そのときである。信じられないような大音響がひびきわたったのである。

「**ゴオオオーン!!**」

ゴンが鳴いたのだ。

それは、もう、耳もつんざけるような轟音である。

それにくらべれば、グワッジの声など、虫けらほどのものでしかない。

ゴンの鳴き声はすごいと、話では聞いていた映二ですら、思わずめまいがしたほどである。

その、突然の出来事に、さすがのグワッジも驚いたのだろう、ヨロヨロと一、二歩後退していた。

そのわずかなスキを、梶山青年は見逃さなかった。

素早く立ちあがると、グワッジの右足にしがみつき、必殺の小内刈《こうちが》りを仕掛けたのである。

グワッジの右足は、スコップのために傷ついていたから、この梶山四段の小内刈りはみごとに効いた。

ドドォンと、巨木が倒れるようにグワッジの体は地に這った。

もう、そのときには、梶山青年は落としたスコップをひろいあげ、倒れたグワッジの頭部へ走り寄っていた。

「ええいっ！」

起きあがろうともがいているグワッジの側頭部へ、満身の力をこめた梶山青年のスコップがふりおろされた。

「ギャガッ!!」

グワッジの絶叫があがった。

しかし、一撃、また一撃と、梶山青年のスコップが上下する。

やがて、グワッジの体は、ぐったりと息絶えたように動かなくなっていた。

「……か、勝った……！」

息を荒くしながら、梶山青年は呆然と、強敵だった者の屍《しかばね》を見おろしていた。

同時に、悪夢から覚めたようにわれにかえった亜由子たちは、いっせいに梶山青年のまわりにかけ寄っていった。

「よ、よくやってくれた！　ありがとう、ありがとう、梶山くん！」

いつも冷静な西条博士も、こんどばかりはこうふん状態である。

「いえ、ぼくの力じゃありません。やつを倒した本当の勇者は、ゴンです」

と、梶山青年は、すでに映二の足もとにうずくまっているゴンをゆびさした。

たしかに、そのとおりだ。あのとき、ゴンの大咆哮がなかったら、梶山青年は、無残に骨剣の餌食となって刺し殺されていたはずなのだ。

「ゴン、よくやった。よくやったぞ」

映二は、まるで自分がほめられたような誇らしい気持ちになって、しきりにゴンの背中をなで続けていた。

「さあ、次はお前たちだ！　いつでも相手になるぞ!!」

スコップをふりかざし、小屋の前にたむろしていたグワッジの側近たちにむかって、梶山青年がどなった。

それは、グワッジのクーデターが失敗したことを確認させるとどめの一声だった。

反乱をおこした恐竜人たちは、自分たちの首領《ボス》が斃れたことを知ると、急に卑屈な態度になり、コソコソとボスの小屋の前から離れていった。

グワッジたちが敗退したことを知ると、それまでかくれていた恐竜人たちが、部落中に姿を見せ始めた。

そして、そのだれもが、倒れたギッガの身を案ずるように中央広場へと集まってきた。

「とにかく、ギッガを小屋にはこんで傷の手当てをしよう」

西条博士の提案で、ゲルッグをはじめ十数体の恐竜人たちが、重いギッガの体を小屋へはこびこんだ。

小屋の前で、梶山青年は、グワッジから取りあげた骨剣をギッガの手に握らせてやった。このことで、ギッガがふたたび、この集落のボスとなったのだ。心なしか、骨剣を握るギッガの手に力がこもったように見えた。

「しっかりするのよ、ギッガ。もうグワッジたちは、なにもできないわ。安心していいのよ」

亜由子のことばがわかったのだろうか、ギッガは弱々しい動きで顔をあげ、感謝の色を満面に浮かべながらうなずき返していた。

他の恐竜人たち、とくにゲルッグなどは、グワッジを斃した梶山青年を驚嘆のまなざしでみつめていた。

小屋の外が騒がしくなったのは、ラザフォード号から持ち帰った薬品を使ってギッガの傷の手当てをおえた直後のことだった。

「グラア!!」

一体の恐竜人が、ころがりこむようにして小屋のなかへ入ってきた。

なにを騒いでいるんだ！　というように、ゲルッグがその恐竜人をにらみつけた。

「グル!?」

と、その恐竜人は、全身をブルブルとふるわせ、喉の奥を鳴らすように、「ンギロ！　ンギロ！」と、つぶやき続けている。

すると、小屋のなかにいたすべての恐竜人がいっせいに立ちあがり、口々に、「ンギロ！」「ンギロ!!」と、その奇妙なことばをくり返し始めたのだ。

ンギロ！……

それは、なにか、とてつもなくおそろしいものを意味することばらしい。

小屋のなかは、一種のパニック状態になった。

それでも、ゲルッグだけは、冷静な態度で他の恐竜人たちを叱りつけながら、まず、ボスのギッガの体を小屋の隅へ移し、三体ほどの部下を、その護衛のような形で配し、残りの恐竜人たちを全員、小屋の外へ追い出した。

「ゲルッグ、どうしたっていうの？　なにかあったの？」

どうみてもふつうではない。亜由子は、出入り口から外の様子をうかがっているゲルッグのそばに寄り、自分も外部へ顔を出してみた。

「グラッ！」

そんな亜由子の体を、ゲルッグはあわてた様子でひきとめた。

「わかったわ、ゲルッグ。外へ出ちゃいけないのね。でも、いったいなにが起こったっていうの?」

その答えは、間もなくわかった。

ズンッ! ズンッ!

まるで、巨大なハンマーで地面をたたいているような地ひびきが聞こえはじめ、しだいに集落にむかって接近してくる。

「なにか、こっちへ近づいてくる……!」

亜由子の横で、映二がささやくようにいった。

「地震じゃないのかしら?」

「いや、地震なんかじゃないよ。ちょうど、ブルドーザーかなんかが走りまわっているような音だ……」

とにかく、ただごとではない。

集落内は、ふたたび不気味な静けさに包まれ、それぞれの小屋からは、息を殺した恐竜人たちのおののきが感じられるようだった。

やがて、集落のはずれを流れる小川の対岸に異変が生じた。

集落の外周にうっそうと繁る樹林の一部が、左右にわかれるように大きくゆらぎ、ズンッ、ズンッ! という地ひびきに加えて、メリメリッという巨木の折れる音がすさまじい轟音となって亜由子たちの耳をうった。

「……ンギロ!!」

その、ゆらぐ樹林をゆびさしながらゲルッグが叫んだ。

いま、その樹林をかきわけて、すさまじい巨竜が姿を現したのだ。体長約十五メートル、ガッシリとした二本の足と太く長い尾、見るからに凶暴そうな顔と無数の牙を持つ大きく裂けた口――。

体長ではトラコドンより、やや大きいだけだが、全体の印象としては、トラコドンなどよりひとまわりもふたまわりも巨大に見え、まるで小山が動きまわっているようだ。

すでに巨竜は、川をひとまたぎにして、集落のなかへ踏み入ろうとしている。

「エッケルト博士！　あ、あの恐竜は、ひょっとすると……！」

急に映二が、知り合いにでも出会ったような声をあげた。

「……あれは、あれは、ティラノサウルスでしょう!?」

白亜紀最強の肉食恐竜といわれる暴君竜ティラノサウルスについては、中学生の映二ですら、かなりの知識を持っている。

恐竜図鑑などを見れば、まず代表的な恐竜として描かれるのが、このティラノサウルスである。

その前方の恐竜は、まさしく、その図鑑のなかからぬけ出てきたような力強い獰猛さにあふれていた。

「うむ……！　そのとおりじゃ、まぎれもなくティラノサウルスじゃ……！」

エッケルト博士は、うわずったようなかすれ声をあげた。これまで、化石骨でしか見ることのできなかった恐竜の王者が、いま、すぐ目の前に荒々しく存在しているのである。

エッケルト博士の表情からは、もう恐怖の色など消えうせていた。

「……しかも、あいつは、ただのティラノサウルスじゃない。あの頑丈そうな頭の形を見るがいい。とくに、顎の骨の部厚さはどうだ。まちがいない、あいつはエゾサウルスじゃ！」

「エゾサウルス？」

映二には、耳なれない名前である。

「そうじゃ。学名を、タニファサウルス・ミカサエンシス、日本名をエゾミカサリュウと呼ぶ北海道で発見されたティラノサウルスの一種じゃよ。このエゾミカサリュウは、アメリカあたりに生息していたティラノサウルスにくらべると、その顎の骨がはるかに頑丈にできているのが特徴でな、性質もひときわ凶暴なものであったろうと想像されておるのじゃ」

エゾミカサリュウという名前なら、映二も聞いたことがある。

たしか、一九七六年、北海道三笠《みかさ》市の土砂のなかから発掘された頭骨の化石につけられた学名である。

その化石骨の生きたほんものが、いま、すぐそこに、凶暴な躍動を見せているのである。

そんな光景を前にして、未来からの旅人たちは奇妙な感動をおぼえていた。

だが、そんな人間たちの感動など蹴ちらすように、エゾミカサリュウは、すでに集落の中央部にむかって破壊の前進を続けていた。

強靱《きょうじん》な両足は、ひと踏みするたびに小屋を押しつぶし、すさまじい土けむりを巻きあげていた。

「恐竜人たちは、エゾミカサリュウのことをンギロと呼んでいたのね」

息を殺し、ジイッと小屋のなかにうずくまるゲルッグの背中をみつめながら、亜由子がつぶやいた。

「うむ。いかに知能の高いドロマエオサウルスといえども、このティラノサウルスの凶暴さには歯が立つまい。彼らがおそれるのも無理はない」

すでに部落中の恐竜人たちは、それぞれの小屋を離れ、周辺の密林のなかへ逃れてしまったらしい。

いま、部落に残っているものは、亜由子たち人間と、ボスのギッガを護《まも》る数体の恐竜人たちしかいない。

「この小屋のなかにいては危険だな……」

西条博士が、ンギロの動きを観察しながらつぶやく。ンギロ、エゾミカサリュウは、いま、中央広場にむかってゆっくりと迫っている。

このまま、まっすぐ進んでくれれば、ボスの小屋はまちがいなくンギロの足に踏みにじられるだろう。

「といっても、わしたちのような不器用な文明人が逃げまわったところで、あの怪物から逃げきれるはずもない」

エッケルト博士のことばにも一理あるが、それよりも、いま小屋から出るということは、わざわざンギロにこちらの存在を知らせることになる。つまり、出るも危険、残るも危険という状態なのだ。

と、荒々しい暴走を続けていたンギロが、広場中央あたりのところでピタリと止まった。

どうやら、そのいちだんと大きな小屋に興味を持ったらしい。

「いかん！　やつは、こちらへくるぞ‼」

西条博士の声が緊迫にふるえた。

小屋のなかから見る、その目前に迫ったンギロの姿は、あまりにも巨大で、あまりにも猛々《たけだけ》しかった。

ンギロがゆっくりと動き始める。

鼻先を小屋の方へ近づけ、まるで内部にひそむものの匂いをかごうとしているようだ。

そんな緩慢な動きでも、小屋のなかからの眺めはおそろしいものだった。

もう、こうなれば、小屋を踏みつぶされる前に逃げ出すしかあるまい。

そう決心した西条博士が、全員を出入り口の一か所に呼び集めた直後、突然、ゲルッグが奇声をあげてとび出していった。

「ゲルッグ、ど、どこへいくの⁉」

亜由子が声をあげたときには、すでにゲルッグは、ンギロの前、十メートルほどのところに立ちはだかっていた。

「待ちなさい。亜由子。ゲルッグはンギロの注意を自分にひきつけようとしているんだ。彼は、われわれを助けようとしているにちがいない」

小屋をとび出そうとしている亜由子をひきとめながら、西条博士がささやくようにいった。

「見ろ、ンギロがゲルッグに気づいたぞ!」

西条博士の推測は当たっていた。

ンギロは、小屋に当てていた視線を、そのままゲルッグの方へ移し、やっと獲物をみつけたというようにすさまじい咆え声をあげた。

ゲルッグは、素早い動きでンギロの脇をぬけ、ンギロの体をなんとか小屋から離そうと努力しているように見えた。

ゲルッグのおもわくは成功した。

ンギロの注意は完全に小屋から離れ、足元にチョロチョロと動きまわるゲルッグを追い始めた。

「ゲルッグ、ひとりでだいじょうぶかな……」

映二が、心配そうにつぶやきながら、小屋の外に一歩ふみ出した。

どうやらゲルッグは、ンギロを集落の外へ連れ出そうとしているらしい。ちょうど、小屋の右側の奥に広がる密林にむかって、ゲルッグの懸命の誘導が続いている。

「博士、このままゲルッグを放ってはおけません。ぼくも一緒に戦います!」

熱血漢、梶山青年が、じいっとしてはいられないといった調子で、すでに小屋の外にとび出していた。

「梶山さん、ぼくもいきます!」

映二も、その後に続いた。

ゲルッグは、みんなのために、たったひとりで危険にむかっているのだ。人間として、だまって見ているわけにはいかない。

西条博士も、映二たちをとどめようとはしなかった。

「シャーッ!!」

強い風を吹きつけるような咆え声をあげ、ンギロはあたりの巨木をなぎ倒している。

その巨木のむこうに、ゲルッグの体が跳躍を続けていた。

「ゲルッグ、だいじょうぶか！」

ンギロの後方にかけつけた梶山青年が大声をあげた。

その声に気をとられたのがいけなかった。

倒れた巨木の枝がはね返ってくるのに気づかなかったゲルッグは、足をはじかれ、いやというほど地面にたたきつけられていた。

「シャーッ！」

ンギロの巨体が、倒れたゲルッグに迫った。

「ゲルッグ、危ない!!」

梶山青年が、持っていたスコップを思いきりなげつけた。

スコップは、ンギロの顎のあたりに激突した。

一瞬、ンギロの動きが止まった。

そのすきに、ゲルッグは素早くはね起き、梶山青年と映二のそばにかけ寄ると、その腕をつかみ、樹林の奥へとひきずるようにひっぱっていった。

獲物が増えたと思ったか、ンギロは、より凶暴になって三人の跡を追い始めた。

走る三人の前方に、一メートル四方ほどの、こんもりと盛りあがったくさむらが見える。ゲルッグは、そのくさむらを注意ぶかく避けながら十メートルほど走り、立ち止まった。

すさまじいンギロの足音がひびいてくる。

やがて、ちょうど、くさむらをはさんで、そのむこう側にンギロの巨体が現れた。

「ゲルッグ、なにをしているんだ！　早く逃げないと危ないよ!!」

映二が叫んでも、ゲルッグに逃げる気配はない。

ゲルッグは、じっとンギロの巨体をにらみつけていた。

さあ、追いつめたぞというように、ンギロが一歩、二歩と接近してくる。

そして、そのくさむらに片足を踏みこんだとたん、ンギロの動きが奇妙に変化した。

片足をくさむらからひきぬき、首をかしげ、なにごとか考えているように見える。

と、間もなく、まるで踊り出すような格好で足踏みを始めたのである。体が大きいだけに、それはなんともこっけいな光景だった。

映二も梶山青年も、あっけにとられながらながめていた。いったい、なにが起こったというのだろうか？

「映二くん、見たまえ！」

梶山青年が、なにごとか発見したらしく、くさむらのあたりをゆびさしながら叫んだ。見ると、その地面いったいがゆっくりとうごめいていた。

「梶山さん……！　あ、あれは、あれは虫です、虫の大群です‼」

たしかに、そこには、体長十センチほどの黒っぽい虫が地面いっぱいに群れている。

しかも、その虫の大群は、いっせいにンギロの両足におそいかかっており、すでに、足を登りきって腰のあたりにまでとりついているものもいた。

「シャーッ！」

体長十五メートルの巨竜が、体長十センチほどの虫におそわれ、恐怖の悲鳴をあげている。ンギロが身もだえするたびに、ふりはらわれ蹴りはらわれた虫が四方にとばされる。

それらが、ときおり、映二たちの足元に落下してくると、ゲルッグが素早く踏みつぶす。

そのつぶれた虫を間近に見て、やっと、その正体が判明した。

蟻《あり》、そう、蟻だ！

体にくらべて不似合いなほどの大きな頭部、その先端に、クワガタのハサミほどもある凶暴そうな口器を持つ。それは、まぎれもなく蟻であった。

おそらく、二十世紀に存在する蟻たちの先祖ともいえる原始型の古代蟻なのだろう。

「なるほど、あのくさむらは蟻塚だったのか！　そこへンギロが踏みこんで、蟻たちの怒りにふれたというわけなんだ」

古代蟻の攻撃は休みなく続いている。

「シャーッ‼」

ついに、ンギロは耐えきれなくなったか、狂ったように樹林の奥へと走り去っていった。

「グラーッ！」

そんなンギロを見送りながら、ゲルッグが勝ち誇ったような咆哮をあげた。

「梶山さん。ゲルッグは、わざとこの蟻塚にンギロをおびき出したのかもしれませんね」

「うん、そうだ。そうにちがいない。すごいやつだな、ゲルッグは……」

ゲルッグを見る二人の目には、勇気と知恵あるものに対する友情があふれていた。


映二たちが集落へ戻ると、リーガン氏が重大な報告を持ち帰っていた。

「さっき、川のむこう岸で、なにやら動くものがあったんだ。そこでおれは、みんなと別れ、その調査にむかったというわけだ……」

リーガン氏の話を要約すると、こうだ。

浅瀬からむこう岸に渡ったリーガン氏は、その下流の奥に、もうひとつの恐竜人部落を発見したというのだ。

おそらく、ゲルッグたちの獲物を横どりしようとしたドロマエオサウルスたちにちがいない。

しかも、驚いたことに、その部落には、大勢の人間たちが捕えられているというのである。

「ラザフォード号の乗組員たちですね！」

映二が歓声をあげた。

「うむ、まちがいない。この白亜紀に他に人間がいるとすれば、ラザフォード号の人たち以外にない。いや、さすがはリーガンくんだ。リーガンくんのすぐれたハンターとしての目がなかったら、とても、こう早くは発見できなかったろう」

西条博士のことばも、あながちおせじではない。たしかに、リーガン氏だったから、かすかな動きも見逃さずに素早い行動ができたのだろう。

「それで、どうするんですか、これから?」

映二が、せきこむようにいった。

「もちろん、救出にはいく。ただし、そうなれば当然、むこうの恐竜人たちと戦うことになる。しかし、それにはわれわれだけの戦力では無理だろう。つまり、どうしてもゲルッグたちの協力が必要になるというわけだ。わかるだろう、亜由子。ゲルッグに、なんとかこの状況を説明してくれんか」

すでに、あたりには夕闇の気配がただよい始めている。救出作戦は一刻も早く実行する必要がある。西条博士たちは、ゲルッグの帰りを首を長くして待っていたのであった。

「わかりました、お父さま。やってみます」

地面に絵を描きながら、亜由子は必死にゲルッグへの説明を始めていた。西条博士がいうように、ゲルッグたちの助けがなければ、スコノーブナ博士たちの救出は不可能だといっていいのだ。

それから十五分ほどで、ラザフォード号乗組員救出作戦は開始された。

エッケルト博士と亜由子の二人は集落に残ることとなり、救出隊のメンバーには、西条博士、リーガン氏、梶山青年、映二のほか、ゲルッグと十五体の屈強な恐竜人たちが加わっていた。

救出作戦は、月明りのなかで敢行された。

敵恐竜人部落は、ゲルッグたちの集落から五、六キロほど海岸よりにくだったところにあり、部落の作りも規模の大きさも、まったくゲルッグたちの集落に類似していた。

その集落中央の広場には、まぎれもなく十九人の人間たちが恐怖にふるえながらとらわれているのが見える。しばりつけられているわけではなかったが、数体の恐竜人たちに見張られており、逃れることなど不可能な状態にあった。

「それでは、諸君。計画どおりに作戦を開始する。リーガンくんとゲルッグたちは、この場所に待機して敵を待ちぶせてくれ。わたしと梶山くん、映二くんの三人は、敵の追い出しにかかる」

敵部落を目前にして、ゲルッグたちは気が立っていた。昨日の恨みが、全員の胸のなかに渦まいているのだろう。

そんなゲルッグたちを、リーガン氏がしきりに落ちつかせようとしている。

「ゲルッグ、そうあわてるなよ。もうすぐ、やつらはこっちへくる。戦うのはそのときでいいんだ。わかったな」

「グラ……」

トラコドンを倒して以来、ゲルッグたちのリーガン氏に対する感情は友好的だ。

ちょうど、部落の出入り口をおさえる位置に、ライフル銃をかまえたリーガン氏と、闘志まんまんのゲルッグたちがひそむのを見とどけた西条博士たちは、月明りをさけるように集落のまわりに散っていった。

やがて、部落の周辺数か所から、はげしい火の手があがった。西条博士たち三人が、小屋に火を放ったのである。

火の手は、枯れ草の屋根を次々と転移し、あっという間もなく部落中に広がっていった。

火に対する恐竜人たちの恐怖心は想像以上のものだった。そういえば、彼らが火を使っているという痕跡は見当たらなかった。

おそらく、火の存在は知っていても、大自然の脅威という形でしか知らなかったにちがいない。

部落内は、完全なパニック状態におちいっていた。

三方からの火攻めに、恐竜人たちの逃げ道は、リーガン氏たちの待ちぶせる一か所しかない。

狂走する恐竜人たちは、次々にリーガン氏のライフル銃と、ゲルッグたちの骨剣の前に斃れていった。

そのあいだに、映二たちは、人質の救出にあたっていた。救出といっても、見張りの恐竜人は、火におどろいて逃げさったあとなので、その場へとびだすだけで、じゅうぶんだった。

「タマラ！」

西条博士が呼びかけたときの、スコノーブナ博士の驚きは、想像以上だった。だしぬけに太古の恐竜時代に放りこまれ、しかも、その恐竜に捕われてしまい、そこへ、アメリカで親しくしていた西条博士が、助けに現れたのである。

「タマラ、こっちへくるんだ！」

もう一度よびかけると、スコノーブナ博士は、びっくりした声をあげた。

「西条博士、なぜ、こんなところへ？」

「話は、あとだ。さあ、こっちへ」

博士がうながすと、ラザフォード号の人たちは、いっせいについてきた。

ドロマエオサウルスの集落の入り口で、一行は、リーガン氏に合流することができた。

とはいえ、このあたりは敵のテリトリーであることに変わりはない。逆襲をさけるためにも長居は無用だ。

声もなく呆然と立ちすくんでいた十九人の乗組員たちを引率しながら、一行は凱旋《がいせん》の帰路についた。

リーガン氏などは、急に十九人もの同国人に会えてご機嫌なのだろう。体の弱っている者の世話を続けながら、もう仲間のような態度で冗談をいい合っていた。

そんななかに、タマラ・スコノーブナ博士と西条博士のしっかりと抱き合った姿があった。

なんら予備知識もないまま、突然太古の世界に放り出され、想像を絶する体験を強いられていたのだ。いかに有能な科学者とはいえ、女性である。すっかり混乱にうちのめされていた。

「いいかい、タマラ。きみに信じてもらえるかどうかわからんが、よく聞いてほしいのだ……」

西条博士は、これまでのことを淡々と説明した。ここが白亜紀であり、オメガ粒子がなに者かの手で使用されているらしいこと、などなど……。

タマラ・スコノーブナ博士の表情に明るさが戻ったのは、集落で亜由子の出迎えを受けてからだった。

亜由子にとっても、姉以上の存在である女性との再会なのだ。

「タマラ、無事だったのね！」

亜由子は、叫びながら抱きついていった。

七千万年もの時間を逆行したとはいえ、いま、この白亜紀の大地の上で、まぎれもなく彼女たちは生きているのだ。これからどうなるのかという心配より、まず、この一夜が無事にすごせそうだという安心感に、亜由子もタマラも、他の人々も満足しているようだった。

この夜、集落では、ゲルッグたち恐竜人と人間たちの合同パーティが開かれた。

明日のことを考えてもムダなのだ。いまは、ただ、現在の無事をよろこび合うしかないのである。

しかし、哀れな犠牲者もいたのだ。

「一等航海士はかわいそうなことをした……」

西条博士のつぶやきで、一瞬、まわりが静かになった。

ラザフォード号は、岩場の上に横転する形で、この世界に現れ、その混乱のなかで恐竜人たちに襲われ、ほとんど抵抗する間もなく連行されたという。

そのため、一等航海士は、ラザフォード号に戻り、武器を取ってくるといって脱出したのだそうだが、結局、恐竜人たちの追跡にあい、惨殺されてしまったらしい。

それから一時間ほど、西条博士は、なにごとか考えこむように無言を続けていた。

そして、パーティも終わりちかく、ポツリとつぶやいた。

「……二十世紀に戻れるかもしれない……」

「本当ですか、西条博士！」

それは、この地にいる人間たちにとって、もっとも重大な問題なのだ。

全員、ハッとしたように西条博士に注目した。

「……ラザフォード号には、小型の原子炉がある。さきほど調べたかぎりでは異常はなかった。あの原子炉を使えば、ひょっとすると、オメガ粒子発生装置が作り出せるかもしれない……」

慎重な西条博士のことばである。可能性のないことを、軽々しく口にするはずはない。

「……まだ、頭のなかだけの設計図だが、とにかく、明日になったら本格的にとり組んでみよう」

心なしか、西条博士をとり巻いた人々の顔に、ポッと血の気がさしたように見えた。


一夜あけると、西条博士とスコノーブナ博士は、ラザフォード号へ向かった。

それから五日ばかりのあいだに、大きな地震が、日に一度は襲ってきた。エッケルト博士の説明によれば、中生代白亜紀は、そろそろ終わりに近くなり、もしかしたら、新生代に入っているかもしれないということだった。新生代第三紀はじめ、地球は、地殻の大変動にみまわれる。第三紀造山運動というのがそれで、エベレストなど、地球上の山のほとんどが、このときできあがった。恐竜やアンモナイトは、滅びてしまうのだが、なぜか哺乳類は生きのこる。

ラザフォード号から、見通しを知らせてきたのは、その翌日のことだった。原子炉をつかって、オメガ粒子の発生装置をつくれる見込みがついたというのである。

映二には、よくわからない説明だったが、西条博士の鋭い頭脳は、アイデアをまとめているようだった。

オメガ粒子は、質量の重い素粒子で、それを照射された物体を過去へ送りこむ力を持っている。オメガ粒子をつくりだすには、原子核に中性子を放射する必要がある。一種の核崩壊――つまり原爆のようなものだが、そのエネルギーが、空間的な爆発として広がらずに、時間的に作用するのである。

さいわい、原子力船ラザフォード号には、原子炉が積まれている。そこからでる中性子を、うまくコントロールして作用させれば、オメガ粒子の発生器を作れるかもしれないというのである。

作業をすすめるあいだ、映二や亜由子は、ゲルッグの集落にとどまった。べつだん、することもないので、海岸にでて魚をとったり、めずらしい木の実を集めたりする毎日だった。

白亜紀は、楽園のような美しい世界だった。あたり一面、ナデシコの花が咲きみだれる、天然の花園がある。そこを抜けると、イチジクの実が、たわわに実る天然の果樹園があった。ナデシコもイチジクも、およそ七千万年前、地球上に現れた植物なのだ。

映二と亜由子は、海辺でアンモナイトをとってきて、焼いてたべた。アンモナイトは、タコ、イカなど頭足類にちかい生物である。焚火で焼いてたべると、スルメのような香ばしい匂いがして、コリコリしておいしかった。ただし、外人たちは、気持わるがってたべなかった。彼らが、たべていたのは、ゲルッグが獲《と》ってくるトラコドンのステーキだった。恐竜の肉は、ちょっと水っぽい感じだが、トリ肉によく似た味で、くせがなく、たしかにおいしかった。

楽園のような世界に遊び、毎日のんびりしているのも、悪い暮らしではなかったが、映二たちは、おちつかなかった。あの懐かしい二十世紀にもどるため、みんなが働いているときに、自分たちだけが遊んでいるので、なんとなく申しわけない気持ちになってしまったからだ。

心配は、他にもあった。地震のことである。どうやら、地殻変動が激しくなっているらしい。残った映二たちの心配が、頂点に達したとき、ラザフォード号へ行った人たちが、戻ってきた。

「出発は、明日だ。まだ、しなければならないことが残っているが、たぶん……」

西条博士のことばは、大きな希望をみなに与えたが、たったひとつだけ、気がかりなことがあった。たぶんと、西条博士は、言った。タイムマシンは、ある一点だけ、まだ完成していないのである。

8　白亜富士の怒り

翌朝、まだ陽の昇りきらない時刻、西条博士たちは、ふたたびラザフォード号へむかって出発した。

なによりも、まず、オメガ粒子発生装置を作ることが優先されなければならない。オメガ粒子の発生器の作製は、最後の段階に入っている。

西条博士、梶山青年、スコノーブナ博士、それに原子力エンジンの設計技術者の四人がジープに乗り、それに続いて、エンジン関係の人員、十人が先発隊として集落をあとにした。

まだ体力が回復していない者や老人は、後続隊として集落に残り、陽が昇りきったら、ゆっくりと出発することになっていた。

この後続隊のリーダーには、リーガン氏と、映二、亜由子、エッケルト博士の四人が当たっていた。他の人たちにくらべれば、四人ははるかに元気であったからだ。

それにしても、この日、明け方から不気味な地鳴りが続いていた。

昨日も、地鳴り地震は断続的に起こっていたが、この日は、休止する気配もなく続いているのだ。

西条博士たちが出発してから三時間ほどで、後続隊の出発準備はととのった。

先発隊の屈強な足なら、一時間もあればラザフォード号にいき着くことができる。もう、すでに、オメガ粒子発生装置の開発にとりかかっているにちがいない。

乗組員たちの話から、集落の横を流れている川は、ラザフォード号が座礁している入り江に流れこんでいるとわかった。

この最短コースをたどれば、後続隊の足でも二時間ほどで到達することができるだろう。

「ねえ、映二くん。すこし変だと思わない?」

出発を前にして、中央広場に立った亜由子がいった。

「なにが?」

「だって、きょうは、まだ一度もゲルッグが現れていないのよ。それに、部落中も静かすぎるわ」

そういえば、たしかに妙だった。

いつもそばにいるはずのゲルッグが、きょうは、まだ一度も姿を見せていないのだ。

ふつうなら、幼体のドロマエオサウルスたちが、小屋のまわりをジャレまわっているはずなのだがそんな光景も、いまはない。

「ゲルッグたちに、だまって出発するわけにはいかないわ。そのあたりを探してみるわ」

「うん、ぼくもいこう」

地鳴りがいちだんと強くなり、広場を横切っていた亜由子と映二の足がふらついた。

ハッとして見あげると、前方にそびえる白亜富士に異変が起こっていた。

白亜富士の噴煙が、これまでの白煙から、黒く重々しいものに変わっていた。

ゴーッ！

地の底からとどろくような地鳴りが、なにやら不吉な前兆を思わせる。

「噴火だ!!」

エッケルト博士が叫んだ。

その直後、地鳴りが高まり地表にむかって移動を開始した。

一瞬、世界が静まった。

やがて、白亜富士が身ぶるいするように鳴動し、その頂上から、灼熱《しゃくねつ》の火柱が噴流した。

「みんな、急いで小屋の軒下に入れ！　火山岩が降ってくるぞ!!」

リーガン氏が、びっくりするような大声をあげ、広場にすわりこんでいたラザフォード号の人たちをせきたてた。

「キエーッ！」

するどい悲鳴があがったのは、そのときだった。

「キエーッ！」

「クアーッ！」

悲鳴は、数軒の小屋のなかから聞こえてくる。

ちょうど、ちかくの小屋の軒下にとびこんでいた亜由子と映二は、その小屋からあがった悲鳴にギクッとしたように顔を見合わせ、ソッと内部をのぞきこんだ。

「キーッ」

ふたたび悲鳴があがったが、最初のものより弱々しい。

白亜富士から噴出した火山岩がバラバラと降り始め、小屋の屋根に激突している。

小屋の内部はうす暗く、むっとするような血の匂いがただよっていた。

と、壁際にうごめくものがある。

亜由子と映二は、不安そうに目をこらした。

そして、その惨劇を見てしまったのだ。

一体の恐竜人が、壁際にすわりこみ、異様なうめき声をあげながら、なにか黒っぽい物体をむさぼり食っている。亜由子の表情が、はげしい恐怖にゆがみ始めた。

「ひ、ひどい、ひどいわ！」

と叫びながら、亜由子は思わず両手で顔を覆っていた。

無理もない。亜由子は、その恐竜人がむさぼり食っているものを、はっきりと目撃したのだ。

それは、まだ幼い、赤ン坊ほどの恐竜人だった。するどい悲鳴をあげたのは、その赤ン坊の恐竜人だったのか！

恐竜人が、同じ恐竜人を食っている！

しかも、その二体は、どうやら母子のようだ。

そのとき、別な位置からひくいうめき声が聞こえた。ハッとして、その方を見た亜由子は息をのんで立ちすくんだ。

いままで気づかなかったが、右手の壁際に一体の恐竜人が身じろぎもせずに立っていたのだ。

「グ、グ、グルルル……」

巨大な恐竜人だった。

「……ゲルッグ！　あなた、こんなところにいたの!?」

まさしく、それはゲルッグだった。

しかも、様子がおかしい。

目の前の惨劇を見おろしながら、まるで泣いているかのように、ひくく悲痛なうめきをあげている。

「……ゲルッグ！　ひょっとしたら、あれは、あなたの奥さんと子どもじゃない!?」

そんな亜由子のことばが通じたのか、ゲルッグは、号泣ともいえる大声をあげ、逃げるように小屋をとび出していった。

「ゲルッグ！」

亜由子の声にふり返りもせず、ゲルッグは走り去った。

大自然の異変と同時に、恐竜人たちのなかにもなにやら不気味な異変が起こっているようだ。

走り去るゲルッグを呆然と見送っていた亜由子の前に、顔をこわばらせたエッケルト博士が現れた。

エッケルト博士は、小屋の惨状をながめながら、大きく息をはいてつぶやいた。

「やはり、ここでも起こっていたか……」

「エッケルト博士、それは、どういう意味ですか？」

映二が、不審気な面持ちでたずねた。

「ここでも起こっているということは、他の小屋でもこんな残酷なことが起こっているんですか!?」

「うむ、そのとおりだ。いま、この集落では、幼体の恐竜人がすべて虐殺されている……！」

「それは、いったいどういうことなんですか!?」

「わからん、わからんが、とにかく、いっせいに仔殺《こごろ》し現象が始まっているのじゃ……」

天がふるえ地が咆えている。

さっきまで明るかった空が、噴塵に覆われてうす暗くなっていた。

「とにかく、一刻も早く出発しよう。これはただごとではない。もし、このまま自然が大崩壊して、わしたちも助からないとすれば、みんなで一緒に死にたいからな。早く西条博士たちと合流しよう」

やがて、鳴動と火山岩の雨のなかを、十一人の人間たちはラザフォード号めざして出発した。

一行は、遅々とした足どりで、川沿いの亜熱帯樹林を進んでいった。

背後の白亜富士は、ますますはげしく怒り、地鳴り鳴動は樹林の枝葉をゴウゴウと騒がせていた。

二キロほど歩いただろうか、先頭を進んでいたリーガン氏が、突然立ちどまった。

「なにか聞こえる……」

前方をうかがいながら、すぐうしろに立っている映二をふり返った。

「？……」

映二も耳をすます。

グォーン！

たしかに、うっそうたる木立のむこうから、哀《かな》しげな獣の咆哮が聞こえる。

「よし、様子を見にいこう……」

リーガン氏を先頭に、映二、エッケルト博士の三人が斥候《せっこう》の形で前進した。

亜由子とラザフォード号の乗組員たちは、不安気な表情で見送っていた。

五十メートルほど進むと、樹林が途切れ、左側の川に右側から切り立った岩壁が迫っていた。

そして、その岩壁の前に、空をあおいで哀しげに咆哮する巨竜の姿があった。

「ンギロだ!……」

リーガン氏が、あわてて太い針葉樹林のかげにかくれた。

昨日のエゾミカサリュウかどうかはわからないが、やはり十五メートルほどの巨体が、そこにあった。

「どうしたんでしょう。なんだか様子がおかしいですね?」

映二が、昨日の凶暴だったンギロを思い出しながらいった。

目の前のンギロは、あの荒々しい凶暴さはなく、それどころか、深い哀しみに身もだえるような弱々しさがあったのだ。

やがて、ンギロは、重々しい足どりを川辺にむかって運び、そのまま夢遊病者のように水中へ没していった。

「エッケルト博士、あれは?」

映二の視線が、ンギロが立ち去ったあとの岩盤にむけられていた。

そこに、えぐりとったような縦長な洞穴がポッカリと口をあけている。

「なんだろう?」

「ンギロは、あの洞穴から出てきたんじゃありませんか?」

「うん。ちょっとのぞいてみるか。ンギロの巣かもしれんからな」

ライフル銃を腰だめにかまえて、まずリーガン氏が木立をぬけ出た。

洞穴は、高さ二十メートルほどの大きなものだ。巨体のンギロでも、十分に出入りすることはできる。

洞穴のなかは、うす暗く静かだ。

危険な気配は感じられない。

「よし入るぞ！」

リーガン氏の指示がとび、三人は、ゆっくりと前進した。だが、洞穴のなかへ数メートル進んだだけで、三人は立ちどまってしまった。

目前に、無残な光景を見せつけられてしまったのだ。

地面いっぱいに、ひき裂かれたような肉塊が散乱している。しかも、それはンギロのものである。

しかし、そのンギロは、頭部、手足の大きさから判断して、体長三メートルほどの小型竜だ。つまり、ティラノサウルス属のエゾミカサリュウの幼体である。

「ひどいな。まだ赤ン坊じゃないか！」

リーガン氏が、怒ったようにつぶやいた。

「さっきのンギロは、親だったんですね。だから、あんなに哀しそうにしていたんですよ。それにしても、いったいだれがこんなひどいことを……！」

映二も腹を立てていた。

「……この犯人は、あの親のンギロにちがいない……」

突然、エッケルト博士がいった。

「……これでわかったぞ。仔殺し現象は、ゲルッグたち恐竜人だけに起こったものではないのじゃ。いま、この白亜紀では、すべての恐竜たちが、いっせいに仔殺しをおこなっておるのじゃ！」

「なぜ、なぜ急にそんなことを⁉」

映二は、ふと、泣きながら行方を絶ったゲルッグのことを考えていた。

あの異常さの底には、なにやら、そらおそろしい理由が横たわっているような気がする。

「これは推定だが、おそらく、いま起こっている地殻の変動が、恐竜たちを狂わせてしまったにちがいない。そうじゃ、これで謎が解ける。白亜紀末、すべての恐竜がいっせいに絶滅してしまった理由は、彼らを仔殺しにかりたてた狂気によるものなのじゃ。すべての動物たちは、子を生み、育てることで繁栄する。しかし、いま恐竜たちは、その子育ての本能を失ってしまった。絶滅するのは時間の問題じゃ！」

エッケルト博士は、顔を紅潮させながら、呆然とつぶやいた。

恐竜たちが、いっせいに地上から姿を消してしまった白亜紀末の大絶滅には、いろいろな説があるが、エッケルト博士は、いま、その真相の前に立っているのである。

古生物学者にとって、これ以上の発見はないだろう。

ふたたび、ラザフォード号への行進が始まった。

はげしさを増した鳴動のなかで、白亜富士の爆発音が一行の耳をつんざいていた。

むれたような熱気のなかに、潮の香が混じり始めた。

海岸はちかい。

川沿いの周辺に大小の岩が多くなり、入り江がちかいことを物語っていた。

両側の崖が峡谷のようにそそり立ち、映二たちは、ちょうど、その谷底の河原を歩いていた。

「できるだけ崖から離れて進むんだ。みんな、がんばれよ、もうひと息だ！」

はげしい地鳴りのため、両側の崖が崩れ出しており、大小の落石が続いていた。

峡谷をぬけると、前方に入り江の景観が広がっていた。

そして、その入り江のなか、五百メートルほど前方の岬沿いに、傾いた船体のラザフォード号が見える。

「着いたぞ！」

疲れきっていた乗組員たちも、ホッとしたように笑顔を見せていた。

「オメガ粒子発生装置は、うまく完成したでしょうか……」

映二が、だれにいうでもなくつぶやいた。

もし、西条博士の計画が失敗すれば、二十世紀に戻ることは百パーセント不可能になる。口にこそ出さないが、それは、全員共通の関心事であった。

「なあに、たとえ失敗したって、これだけの仲間がいるんだ。そうなりゃ、ここで死ぬまで生活するさ」

リーガン氏が、みんなを力づけようとでもするように、楽天的な大声をあげた。

強烈な地震は、そのとき襲ってきた。

ズン！　という轟音が足もとをつらぬき、地面が大きく縦にはずんだ。そのため、全員、四方の海面や岩場の上にはげしくなげ出されていた。

背後では崖が崩れ始め、みるみる峡谷が岩塊で埋まった。

同時に、入り江の海面が不気味に泡立ち、沖にむかって激流となって流れ始めていた。

「みんな、ちかくの岩につかまれ！　流されるぞ!!」

リーガン氏のどなり声で、一行はよつんばいになって岩肌にしがみついた。

「亜由子さん、だいじょうぶかい！」

強いひき潮にまきこまれ、四、五メートルほど流された亜由子は、なんとかちかくの岩につかまりその上にはいあがることができた。

「ええ、平気よ！」

恐怖に顔をひきつらせながらも、亜由子は気丈に大声で応えた。

潮の激流は続き、すでに河口のあたりは川底を見せていた。

「リーガンくん、あれを見たまえ！」

突然、エッケルト博士が、亜由子の方を凝視しながら叫んだ。

亜由子がしがみついている岩の下に、泡立つ海水に見えかくれしながら、なにか黒いものがうごめいている。

それは、激流と岩の間にはさまれて、沖に流されずにいるらしい。

しだいに水量が減り、やがて、黒いものの正体がはっきりと見えてきた。

それは、ワニのような体と四本のヒレ足を持つ、見るからにおそろしげな怪物である。

「な、なんだ、あれは！」

リーガン氏が叫んだ。

体長が十メートル以上はあるだろう、その怪物の出現に、さすがのリーガン氏も驚いたらしい。

「あれはモササウルスじゃ！　白亜紀の海のギャングといわれた凶暴な海トカゲだ。亜由子さんが危ない。リーガンくん、早くなんとかせんか!!」

亜由子も、その怪物に気づいたらしい。

気丈なようでも女の子だ。思わず悲鳴をあげて立ちあがっていた。

「亜由子さん、動いちゃいかん！　モササウルスに気づかれてしまう!!」

エッケルト博士のさけび声も、強い恐怖心のために亜由子の耳には入らない。

「映二くん！　リーガンさん！　助けて!!」

立ちすくみながら、亜由子は叫び続けている。

そんな亜由子に、モササウルスの注意がむいた。

すでに、潮の激流は弱まっていた。

「ファー！」

モササウルスは、ヒレ足をばたつかせ、二メートルちかい巨大な口をひらいて、亜由子を見あげて咆えた。

一メートルほど跳躍すれば、モササウルスの口は亜由子にとどく。

恐怖に耐えきれなくなったか、亜由子の体から力がぬけ、ゆっくりと岩の上にすわりこんでいった。

ズンッ、ズンッ、ズンッ！

リーガン氏のライフル銃が、続けざまに火を吹いた。

「ファー！　ファー！」

モササウルスは、大きくのけぞりながら、潮のひいた海底に朽木のように倒れこんでいった。

「亜由子さん、しっかりするんだ！」

モササウルスの動きが絶えるのと同時に、映二は亜由子のいる岩へかけ登っていった。

「こわかった……！」

映二にしがみつきながら、まだ、亜由子の体は小刻みにふるえていた。

「さあ、みんな、ラザフォード号へ急ごう！」

まだ銃口から煙の出ているライフルを差しあげて、リーガン氏が叫んだ。

やがて、一行は、潮のひいた入り江を小走りに進み始めた。

すでにラザフォード号でも、映二たちの存在に気づいたらしく、船体の上から手をふっている姿が見える。

「こうなったら、是が非でも、オメガ粒子発生装置は完成していてもらわねばならん……」

懸命に歩き続けながら、エッケルト博士がつぶやいた。

「あまり期待すると、失敗だったときのショックが大きいぞ」

リーガン氏が、ひやかすような口調でことばを返した。

「もし、失敗だったとすれば、わしたちの生命は、もうわずかしかない……」

「それは、どういう意味だ、エッケルト博士」

妙に真剣なエッケルト博士のことばに、リーガン氏は、けげんな表情で聞き返していた。

「リーガンくん。この急激な潮のひき方を見るがいい。これは、とてつもなく大きな海底地震のために起こった現象じゃ。やがて、ひいた潮が、なん十倍、なん百倍にもなって返ってくる。つまり、大津波が間もなく襲ってくるというわけじゃよ。そうなりゃ、もう、わしたちの生命なんぞは、木の葉同然の運命じゃ」

リーガン氏は、もうなにもいわなかった。

ただ、その表情に、エッケルト博士以上の真剣さが浮かんでいた。

9　タイム・ボート

「みんな無事だったか、よかった、本当によかった」

ラザフォード号の中央甲板で、西条博士が身をのり出すようにして出迎えた。

西条博士の表情は、意外に明るい。

「亜由子、お前もたいへんだったな」

まだ恐怖から覚めきれないでいる亜由子を抱きしめながら、西条博士はやさしい笑顔を見せていた。

「西条博士！　それでどうなんだ。そのオメガ粒子発生装置は完成したのか!?」

リーガン氏が、いらついた声をはりあげてつめ寄った。

後続隊十一人すべての関心は、ただ、オメガ粒子発生装置が完成したかどうかということにあった。

白亜紀は、いま、破壊と狂気の渦のなかにのみこまれようとしている。

この危機から脱出するには、オメガ粒子発生装置を完成させる以外に方法はないのだ。

「西条博士、間もなく、ここは大津波に襲われるじゃろう。もし、発生装置が完成しておらんのなら全員、覚悟を決めなければなるまい」

エッケルト博士も、さすがに表情を固くしていた。

さきほどから、信じられないような静寂があたりを包んでいた。

白亜富士の噴火も地鳴りもおさまり、もう、これで異変は去ったかに見えた。

いや、それは嵐の前の静けさ、大異変を前にしての一刻の静けさにすぎなかった。

世界は、いま、強大なエネルギーを補給するために、小休止をしているだけなのだ。

「エッケルト博士、それにリーガンくんも、まあ、あれを見たまえ……」

西条博士が、ラザフォード号の船尾を目で示した。

船尾には、荷役作業用の広い甲板があり、その傾いた甲板上に、救命用ボートが二艘《そう》ならべられてある。

ボートのまわりでは、先発隊の乗組員たちが懸命に立ち働いており、そのなかには、梶山青年やスコノーブナ博士の姿も見える。

よく見ると、二艘のボートは鉄骨のようなものでしっかりと固定され、その船尾中央部には直径一メートルほどの金属質の円筒がとりつけられてあった。

その円筒からは、後方にむかって三本の噴射管《ノズル》のようなものが、縦に並んで突き出ていた。

「西条博士、こ、これは……！」

エッケルト博士やリーガン氏の表情がパッと明るくなった。

「そうです。寄せ集めの部品で造った急造のマシンですが、とにかく、オメガ粒子発生装置です」

「おお、完成したのですな！　いや、よかった、よかった！」

「ただし、試運転のできる状況ではありませんので、これが百パーセント作動してくれるかどうかはわかりません。もちろん、理論的には不備はありませんが……」

だが、だれ一人として、そんな西条博士のことばに不安を感じた者はいなかった。西条博士の組立てたものが、動かないはずはないと信じていたのだ。

「まあ、なんとか発生装置は作りましたが、これを取りつける乗り物探しには苦労しましたよ。

一人や二人ならばなんとでもなりますが、二十五人もの人数を同時に収容できるものなど、そうあるものじゃありませんからね。かといって、ラザフォード号を動かすほどのオメガ粒子を発生させるのは、この状況では不可能です。そこで、梶山くんの提案で、この二艘の救命ボートを、ごらんのように、横につないで使用することになったというわけです」

作業が終了したらしく、梶山青年がボートのなかから甲板へ降り立った。

「どうですか、みなさん。救命ボートにオメガ粒子発生装置、つまり、タイムマシンをとりつけたので、これを、タイム・ボートと名づけてみたのですが……」

梶山青年が得意そうにいった。

きっと、映二が白亜富士の命名者となったことに張り合ったつもりなのかもしれない。

ボートのまわりに拍手が起こった。

だが、それは、オメガ粒子発生装置の製作者である西条博士と、それに協力したすべての人たちに対する、後続隊全員の感謝の拍手であった。

「救命ボートの定員は十五名、それが二艘つないでありますから、全員、楽に乗りこむことができます。ただし、全体の均衡を保たねばなりませんから、片寄った乗り方はしないようにしてください」

タマラ・スコノーブナ博士も、作業をおえたらしくボートのなかから声をあげた。

すさまじい地鳴りは、そのとき起こった。

ゴオーッ!!

それは、まるで、地球全体がふるえているような、とてつもない鳴動であった。

「見ろ！　津波がくる!!」

エッケルト博士が、沖をにらんで叫んだ。

はるか水平線が、みるみる、うねるように盛りあがっていくのがわかる。

「すごい……！　あの波の高さは、ゆうに数百メートルはあるぞ!!」

大自然の怒りのすごさに、リーガン氏の声はふるえていた。

と、同時に、背後の陸地に轟音があがった。

ドドオーン!!

白亜富士が、そのエネルギーのすべてを放出したのである。

噴煙が空いっぱいに広がり、焼けただれた巨大な火山岩が四辺にむかって矢のように走った。

ラザフォード号にも、その焼けた大岩がバラバラと襲いかかっていた。

「なにをしている！　さあ、早くボートへ乗りこめ！」

呆然と立ちすくんでいた一行に、西条博士の怒声がとんだ。

それぞれのボートに十二人ずつが乗りこみ、中央発生装置の前に西条博士が立ったとき、全員の視線が甲板の一点にむけられた。いつの間に現れたのか、そこに、一体のドロマエオサウルスが立っていたのだ。

「ゲルッグ！」

亜由子が叫んだ。

たしかに、それはゲルッグだった。

地殻の変動に狂わされ、行方を絶ったと思っていたが、ひそかに亜由子の跡を追っていたらしい。

ゲルッグは、哀しそうに亜由子の方をみつめていた。

その様子は、まるで、最期の別れを告げにきたのだといっているようにも見えた。

「ゲルッグ！　早くいらっしゃい。そこにいたら死んでしまうわ！」

思わず叫びながら、亜由子はボートをとび降り、かけ出した。

「亜由子、戻りなさい！　ゲルッグは連れていくわけにはいかんのだぞ！」

西条博士は、あわててひきとめようとしたが、すでに亜由子は、ゲルッグのそばへかけ寄り、その手をひいて戻り始めていた。

亜由子とゲルッグがボートに乗りこんだときには、津波は、わずか百メートル前方まで迫っていた。もはや、ゲルッグのことで議論を交しているひまはない。

膨大な水の壁――。それは、もはや、波などと呼べるものではなかった。

見あげても、なお余りある、海水で造られた壮大な山脈が、グイグイと押し迫ってくるのである。

ボートの上に、豪雨のように、海水が落ちてきた。

ゴオー!!

津波の波頭は、すでにラザフォード号の真上に迫っていた。

噴射レバーを握りしめていた西条博士の右手に力がこもった。

「出発するぞ！」

ガキン！　レバーがさがった。

ズババババーッ！

三本の噴射管《ノズル》がふるえ、バラ色の光が噴出した。

やがて、ボート全体がバラ色の光の膜につつまれ、そのまま、滲《し》みこむように空間にとけこんでいった。

バラ色の膜のなかは夢幻の世界だった。

膜のむこうに、光と影がすごいスピードで走っている。

それは、おそらく、数万数千の夜と昼とがすぎ去っていく一瞬の光景なのだ。

タイム・ボートは、まぎれもなく七千万年の時間をもどり始めていた。

「西条博士……」

梶山青年が、不審気な表情でいった。

「……ぼくたちが白亜紀にとばされたとき、たしかバラ色の雲のなかで気を失ってしまいましたが、それと同じ状態のいま、こうして意識をハッキリさせているのはどういうわけでしょうか？」

「それはな、梶山くん。オメガ粒子の放射量によるものなんだ。あのときは、一瞬のうちに七千万年もの時間を跳躍するほどの膨大な量のオメガ粒子をあびせられたため、そのショックで気を失ってしまったのだが、このタイム・ボートの発生装置は、そんなに多量のオメガ粒子を放出することができないのだ」

「なるほど、そういうことだったのですか。しかし、博士、時間の測定はだいじょうぶなのですか？　このマシンには、それらの計器類は見当たりません。これで、はたして、目的の時代へ無事に到達することができるのでしょうか？」

「うむ、それなら心配はない。なにしろ、わたしは、タイムマシンの操縦にかけては、人類最初の経験者だからな。わたしの勘は、計器類以上だ」

西条博士は、一年前の事件のことをいっているのだ。そのときにも、二十万年という時間を無事に往復しているのである。

まず、人類誕生期にむかって、一気に戻る。そして、最初の到着時代を正確につかみ、それからあとは、小刻みにボートを停止させて、じょじょに一九××年へ近づいていくというわけだ。

西条博士は、ゆっくりと噴射レバーをあげ始めた。

「さあ、そろそろ最初の時代へボートを停めるぞ」

光と影の明滅が、しだいにゆっくりとなっていった。

ガクン！

ボートが、かるいショックを受けて静止した。

やがて、まわりの光景が、あぶり出しの絵のように、ボーッと浮かびあがってきた。

ボートは、おだやかな海面に漂っていた。

陸地が三百メートルほど後退しており、かなりの沖合いである。

「ずいぶん静かな時代ですね。それに、陸地があんなに遠くなっている……」

映二が、陸の方をながめながら立ちあがった。

「これは海進現象じゃ……」

エッケルト博士がいった。

「……つまり、海水が陸地へ侵入し、海域が広がる自然現象じゃよ。過去、地球上は、この海進現象と、反対に陸地が海域へ広がっていく海退現象をくり返しながら、二十世紀のような地形をつくりあげてきたのじゃ。これがいつごろの海進期なのか、ちょっと、ここからでは見当がつかん……」

エッケルト博士のことばが途切れたとき、急に映二が大声をあげた。

「見てください！　あそこに舟が見えます……」

映二は、陸地の方をさし示している。

なるほど、たしかに陸地とボートの中間点あたりに、小舟のようなものが浮かんでいるのが見える。

しかも、一艘だけではない。点々、と十艘以上の小舟が波間に漂っている。

「だれか乗っています！」

「よし、近づいて見よう。みんな、手を使って水をかいてくれ」

タイム・ボートは、ゆっくりと陸地へむかって動き出した。

小舟の様子が、だんだんとはっきりしてくる。

小舟は、一本の大木をくりぬいた丸木舟だ。一艘のなかに、二、三人の人間たちが乗りこんでいる。

よく見ると、彼らは、獣の皮や樹皮で作ったような衣服を身につけ、つりざおらしい細長い棒を持っていた。

どうやら、漁をしていたらしい。

彼らの顔つきを見ると、なかなか整った骨格をしている。かなりの文明を持った時代であろうと思われる。

小舟の群れの動きが活発になってきた。

タイム・ボートの存在に気づいたらしい。

「おーい！」

西条博士が、五十メートルほどに迫った一艘の小舟に声をかけた。

「わたしたちは怪しい者ではない。もし、ことばがわかるなら返事をしてくれ。聞きたいことがあるんだ」

小舟の男たちに反応はない。

ただ、ゆっくりとボートを遠巻きに包囲していった。

「西条博士、わかったぞ！」

突然、エッケルト博士が叫んだ。

「彼らは、縄文人じゃよ……」

「縄文人?・」

「そうじゃ。つまり、ここは、日本列島、いわき地方の縄文時代というわけじゃ。ほれ、彼らをよく見るがいい。小舟は、丸木のなかを焼いてくりぬいたものだが、実によくできているし、使っている道具も、かなり精巧なものじゃ。おそらく、ここは、縄文の早期、いや、前期か中期あたりではないだろうか」

さすがにエッケルト博士は古生物学者である。日本の歴史についても、かなりの知識を持っていた。

「なるほど。それでは、この海進現象は、いわゆる縄文海進ということになるわけですな」

縄文海進というのは、縄文時代中期ごろに最盛期となった海進現象である。それぐらいは西条博士にもわかる。

「さよう。まず、二十世紀から見て、七、八千年から一万年前というところじゃな」

そのとき、まわりをとりまいていた男たちが、小舟のなかで奇声をあげ出した。なにか、急激な驚きを受けたようだ。

「亜由子!　ゲルッグをかくすんだ!!」

西条博士があわてて叫んだが、遅かった。

縄文人たちは、ゲルッグのおそろしげな姿を見て騒いでいるにちがいない。

縄文人なら、現代人とさほどの相違はない。平和的な接触も可能なはずだ。

しかし、ゲルッグの姿を見られては、まず、無事ですむはずはない。

さっそく、その結果が現れた。

縄文人たちは、ボートにむかっていっせいに手にした棒をなげつけ始めたのだ。

「みんな、ふせるんだ！　あれはヤリだ！」

西条博士が叫ぶと同時に、ボートの舷側《げんそく》にガツン、ガツンと、そのなげヤリが激突してきた。

「くそっ！　そっちがその気なら、相手になるぞ！」

リーガン氏が、ライフル銃をかまえてどなった。

「待ちたまえ、リーガンくん！　戦ってはならん。彼らは、このわたしたち日本人のご先祖さまなのだ。撃ってはいかん！」

西条博士にそういわれては、リーガン氏もひき金をひくわけにはいかない。

「もう、ここに用はない。出発しよう！」

西条博士の手が噴射レバーにのび、思いきりひきおろした。

ズババババー！

タイム・ボートは、ふたたびバラ色の膜に包まれていった。

「縄文時代からなら二十世紀は近い。諸君、もうしばらくのしんぼうだ」

西条博士の力強い声に、バラ色の膜のなかは、文字通り明るかった。

「それにしても、ゲルッグには困ったな。まさか、途中で放すわけにもいかんし……」

いくらゲルッグがかわいそうだとはいっても、やはり連れてきたのはまちがいだったと、西条博士は悔んでいた。

「西条博士。ゲルッグのことは心配せんでもいい。彼は、わしの研究室がひき受けるよ。なにせゲルッグは、白亜紀最後の生き残りじゃ。学問的にも貴重な存在になる。このわしが、責任をもって大事に保護させてもらう。亜由子さんも、それでいいじゃろうな?」

エッケルト博士のことばに、亜由子は素直に頭をさげた。

「ありがとう、エッケルト博士。よろしくお願いします」

さきのことも考えず、無責任にボートに乗せてはみたが、実は、亜由子も、西条博士と同じような心配をしていたのである。

エッケルト博士の提言に、西条博士もホッとしたようだ。

「とにかく、もう一、二度、時代確認のため停止するが、なにが起こるかわからんから、亜由子はぜったいゲルッグを立ちあがらせぬよう見張っていてくれ」

「はい、お父さま」

やがて、ボートは、二度目の偵察のために停止した。

だが、ボートは、とんでもないところへ現れてしまったのだ。

海岸線に沿った、松並木の街道をさえぎるように停まってしまったのである。

しかも、その街道上には、なん百人という物々しいいでたちの男たちが、隊列を組んで行進していたのである。

男たちは、すべて、鎧姿《よろいすがた》に身をかため、弓、刀など、思い思いの武器を手にしている。

まるで、源平の絵巻に出てくる兵士そのものである。

ボートのなかの人間たちも驚いたが、もっと驚いたのは、その兵士たちであった。

突然、目の前に、見たこともない乗り物に乗った奇妙な人間たちが、二十五人も現れたのだ。

「えみしだ、えみしが出たぞ!!」

「えみしは妖術を使うぞ！　気をつけろ!!」

「ええい、かまわん！　出陣の血まつりだ、討ちとってしまえ！」

兵士たちは、口々にわめきながら、武器をかまえ、ボートをとりまいた。

なかでも、一人の兵士は、ジリジリとボートに接近し、間合いをはかりながら、やがて猛牛のような勢いで突進してきた。

「ウオーッ!!」

兵士の手には、長い剣がかまえられている。

と、ボートのなかから、梶山青年が身をおどらせてとび出した。どうやら、その兵士の相手をひき受けるつもりらしい。

「梶山くん！　話せばわかる。相手になってはいかんぞ!!」

と、西条博士は叫ぶが、どう見ても、その猛牛のような兵士は、話してわかるような状態にはない。

兵士の剣が、梶山青年の胸もとに迫った。

「ええい！」

その剣の柄《つか》もとを、梶山青年は素早くつかみとった。

ちょうど、梶山青年と兵士は、一本の剣をつかみ合って、棒押しのような形になっていた。

「うむむ……！」

「ぐぐぐ……！」

剣を押し合って、力くらべが始まった。

「ええいっ!!」

やがて、梶山青年は、満身の力をふりしぼって、剣を思いきり横にふった。

兵士は、たまらず、もんどりうって地面にたたきつけられていた。

仲間が敗れたことで、まわりを囲んでいた兵士たちに殺気が生まれた。

いっせいに、ジリッ、ジリッと、包囲の輪をちぢめてくる。

「待て！　われわれは敵ではない！　話し合おう……」

西条博士が叫ぶが、兵士たちの表情は変わらない。

もはや、これまでと思ったか、西条博士の手が噴射レバーにかかった、そのとき、街道の後方から数騎の騎馬武者たちが大音声をあげながらかけつけてきた。

「待て待て!!」

騎馬武者たちは、ボートの面前にピタリと馬をとめた。

兵士たちにくらべると、騎馬武者たちのいでたちはりっぱなものだった。おそらく、この隊の指導的立場に立つ武将たちにちがいない。

「その方たちは、なに者じゃ？」

先頭に立った、ひときわりっぱな武将が、ひくい威厳のある声をあげて西条博士を見おろした。

西条博士は、思わず全身をビクリとふるわせた。

その武将は、不思議な容貌を持っていたのである。

兜《かぶと》からはみ出た髪は、明るいブロンドで、赤ら顔に光る両眼は、銀色かかったブラウンという、他の兵士たちとはまったく違った異相の持ち主だったのだ。

「見たところ、えみしの兵とも思えぬが……。それとも、大酋長《だいしゅうちょう》アテルイが放った間者《かんじゃ》の一隊か？」

武将は、あくまでも冷静な口調で話しかけてくる。

それにしても、えみしとか、アテルイとか、西条博士たちには理解できないことばがポンポンと出てくる。

「失礼ですが、あなたは、いったいどなたです？」

とにかく、相手が何者かわからないでは話のしようもない。西条博士が、おそるおそる話しかけた。

「わしか？　わしは、坂上田村麻呂《さかのうえのたむらまろ》じゃ」

武将が応えると、西条博士の顔がパッと明るくなった。

坂上田村麻呂といえば、平安時代の初期、征夷大将軍《せいいたいしょうぐん》となって蝦夷《えぞ》を討伐した英雄ではないか！

えみしというのは、つまり蝦夷のことだったのだ。

蝦夷というのは、当時の陸奥国《みちのくのくに》、いまの東北地方に勢力を広げていた部族の総称で、その大酋長の名をアテルイといった。

これで、田村麻呂が、西条博士たちにむかってアテルイの間者かと聞いた理由もわかった。そういえば、坂上田村麻呂の遠征軍が、このいわきの地を通過したということは、歴史書にもしるされてある。紀元八世紀のことで、二十世紀まで、まだ千二百年もある。

相手の正体は判明した。相手がわかれば、とる手だても考えられるというわけだ。西条博士が明るい表情になったのも無理はない。

「さあ、返答せよ、その方たちはなにものじゃ？　見れば見るほど、えみしの者とは思えぬが……？」

田村麻呂は、困惑したような表情でボートのなかを見まわしていた。

ボートの一行のほとんどはアメリカ人である。なかには、田村麻呂と同じ金髪の者もいる。

一説では、坂上田村麻呂は、渡来してきた白人ではないかともいわれている。

もし、そうだとすれば、ボートの人々は、田村麻呂と同じ人種、同じ仲間ともいえるのだ。

彼が困惑するのも当然といえよう。

「坂上田村麻呂……」

西条博士が、急にあらたまった口調でいった。

「なにをかくそう、われらは、そなたのために運命を告げにまいった天上の使者である……」

これには、田村麻呂もボートの一行も驚いた。

いつも真面目な西条博士が、時代劇のような口調で妙なことをいい出したのだ。

「わしの運命を告げにきたと……？　おもしろい、ならば、そのお告げとやらを聞こうではないか」

田村麻呂も、半信半疑な表情である。

「聞け、坂上田村麻呂よ。そなたの蝦夷征伐は、間もなく大勝利となって終わるであろう。また、敵の大将アテルイも、そなたの前に降伏し、そなたの名声は大いに天下にとどろくこととなるであろう……」

天上からの使者にほめられたので、田村麻呂は、一瞬、うれしそうな表情になってうなずいた。

「しかも、そなたの名声は、千年後にも消えることなく残り、永遠の英雄として語りつがれることになろう……」

そういいながら、やがて西条博士は、噴射レバーに手をかけ、ゆっくりとひきおろしていった。

坂上田村麻呂が、どんなに驚いたかは想像できる。しかし、ボートの一行には、その驚きは見えなかった。

ボートは、みるみるバラ色の膜につつまれて、時間の彼方へ旅立っていたのだ。

発生装置を操作する西条博士の動きが活発になっていた。

二十世紀へ接近してきたということもあるだろうが、田村麻呂を相手に大芝居を演じたことの照れかくしでもあったのだろう。

「坂上田村麻呂といえば、たしか八世紀の人物だ。ということは、二十世紀まであと千二百年あまり。このまま、一気につっ走りますぞ」

西条博士は、腕時計の秒針をみつめながら、噴射レバーを操作しはじめた。おそらく、秒単位で進む、時代の経過を計算しているのだろう。

「それにしても、あんな道路のまんなかに停止するなんて驚きましたね。当然、海上に出るものと思っていたのですが……」

「そりゃあ、映二くん。縄文時代で、このボートは、かなり陸地へ接近しておるんじゃ。海退期の時代になれば、当然、ボートの位置は陸の上ということになるじゃろう」

二十世紀も近いと知って、映二やエッケルト博士たちの様子は、どこかのんびりと見える。

「わたしの計算では、そろそろ二十世紀も後半に入っているはずだが……」

西条博士がつぶやくと、それまで雑談に夢中になっていた一行がピタリと話をやめて注目した。

西条博士が、慎重な手つきでレバーを戻し始めた。

バラ色の膜を通して、外部の明滅がゆっくりとなっていった。

光と闇が、それぞれ一秒間ぐらいの長さにまで延びていた。

「戻る時代が、二、三年はずれるかもしれんが、それぐらいはかんべんしてもらいますぞ……」

一人ごとのようにいいながら、西条博士のレバー操作がいちだんと慎重になっていった。

バラ色の、膜のむこうの光のなかに、ボンヤリとひとつの風景が見え始めていた。

――ぬけるような青空と入道雲が見える――

夜がきて、ふたたび光のなかに、海が、小名浜の海が眼下に広がって見える――。

「よし、停止するぞ！」

ガキン！

西条博士が、タイミングをはかりながら、一気にレバーを戻した。

バラ色の膜が消え、明るい真夏の太陽が照りつけてきた。

妙な場所である。

まわりが、背丈ほどのコンクリート壁で囲まれており、ちょうど、ビルの屋上のように見える。

海は、はるか下方に見え、かなりの高台であることがわかる。

「西条博士！　あ、あれは……!?」

映二が、前方をみつめながら、おびえたような声をあげた。

ちょうど、コンクリートの壁が、床に黒い影を落としている場所に、一人の男が身動きもせずにたたずんでいるのが見える。

映二の視線は、そこにくぎづけになっていた。

よく見ると、その男は、外気の暑さにもかかわらず、頭からすっぽりと黒マントのようなものをかぶっている。

やがて、男は、ゆっくりとこちらへむかって歩き出した。

男のマントが風になびくと、その下から、黒っぽい機関銃の銃身のようなものが見えた。

「あ、あれは……！」

突然、西条博士が、両眼を大きく見開いて叫んだ。

10　怪人の最期

「き、きみはいったいだれだ！」

西条博士は、男のマントのなかを凝視しながら、うめくようにいった。

男は、無言のまま立ち止まった。

「き、きみが持っているのは、時間砲ではないか!!」

西条博士のことばに、映二も亜由子も、エッケルト博士もリーガン氏も、びっくりしたように、その機関銃のようなものに視線を走らせた。

「このわたし以外に、オメガ粒子や時間砲をあつかえる人間といえば、一人しかいないはずだ！　き、きみは、まさか……!?」

男は、まず、ゆっくりと頭巾をとった。

「やはり、きみだったのか！」

西条博士は絶句した。

いや、一年前の事件を知る者すべてが、亡霊にでも出会ったように、声を失い、男の顔をみつめていた。

男は、一年前、その邪悪なたくらみのために、時間の彼方へ追放された武部技師だったのだ。すなわち、あの木立のなかの古い建物の屋上で、ラザフォード号を襲い、西条博士たちを襲った黒マントの怪人物こそ、かつて西条博士の助手だった武部だったのである。

「武部くん！　きみは、なぜ……!?」

「なぜ、こんなところにいるのかと聞きたいのだろう、西条博士」

武部が、初めてかわいた声を出した。

「もちろん、聞かせてやるとも。いいか、たしかにおれは一年前、お前たちのために、この世界から追いやられた。そのために、おれは、二十三世紀という未来世界へ放りこまれてしまったのだ。そのときの衝撃がもとになって、おれは全身に傷を負い、瀕死《ひんし》の重傷となったが、二十三世紀の科学がおれを救ってくれた。だが、だが、見ろ、おれの体を！」

そう叫びながら、武部は、全身をかくしていた黒マントを、放りなげるようにしてぬぎとった。

西条博士たちは、思わず息をのんで、その体をみつめていた。

武部の体は、人間のものではなかった。

全身が、金属質の被膜で覆われ、血のかよった肉体は失われていた。それは、ちょうど、SF映画に出てくるサイボーグかロボットのようであった。

「さあ、もっとおれを見ろ！　おれは人間ではなくなった。きさまたちが、おれをこんな体にしてしまったのだ！　一時は死んでしまいたいとも思ったが、しかし、おれは生きのびてきた。この恨みを晴らすために生きのびてきたのだ。そのために、おれは、二十三世紀の人間たちを、だまし、裏切りあらゆる方法をもって、オメガ粒子の開発にうちこんだ。そして、ついに、この時間砲を作りあげたのだ」

武部は、ゆっくりと時間砲をかまえ、急に口調を変えた。

「それにしても驚いたな。埠頭もろとも消滅させたはずのきさまたちが、五分もたたないうちに、こんなところへ現れたんだからな……」

武部の奇妙なことばに、映二も亜由子も、キョトンと顔を見合わせていた。

「武部くん。それじゃ、わしたちは、オメガ粒子をあびてから、五分間しかたっていないというのかね?」

西条博士もびっくりしたようだ。

「ああ、そのとおりだ」

「なるほど、そうか……」

西条博士は、なっとくしたようにうなずいた。つまり、こういうことなのだ。

実際は、白亜紀に送りこまれてから、何日かの日数がすぎているわけだが、帰りのタイム・ボートは、ちょうどその数日間分手前に戻ってきたのである。

白亜紀では数日間だが、二十世紀では、結果としてわずか五分の時間しかすぎてはいなかったというわけなのだ。

「わずか数日のずれで七千万年を戻ってきたのだから、わたしのタイムマシン操縦もなかなかのものだな。しかも、事件の五分後に戻ってくるとは……」

西条博士は、この奇妙な偶然に思わず笑みを浮かべていた。偶然といえば、こんな場所に現れたのも、縄文時代にボートを移動させたための偶然である。

「きさまたちが、どうやって戻ってきたのかは知らんが、まったくむだなことをしたものだ。しかもごていねいに、おれの目の前に現れるとはな……」

武部は、そういいながら、皮肉な笑いを浮かべたつもりらしいが、改造された肉体は、笑いという微妙な動きを創造することはできなかった。

「武部くん。きみの体には心から同情するが、もう、こんなことはやめるべきだ。もとはといえば、きみ自身がひき起こしたことではないか。自分の責任を他人に押しつけるのはやめたまえ。きみも科学者なら、もっと冷静に物事を判断すべきではないか」

「だまれ、西条！」

武部の時間砲を握る手に力がこもった。

「いいか、おれは冷静だ。そのおれが判断して決めたふくしゅうなのだ。いまさら、きさまのことばなどに左右されるほど甘い行動ではない。そんな余計なことをいうひまがあるなら、これから送りこまれる世界のことでも心配するがいい」

武部は、ぐいと時間砲を一行にむけた。

ラザフォード号ですら消滅させたほどの威力を持つ時間砲である。リーガン氏などは、ライフル銃をかまえる気力も失せていた。

「いや、待てよ……」

ふと、武部の視線が亜由子にむけられた。

「……いいことを思いついたぞ。お嬢さん、すまんが、ちょっとこっちへきてくれないか」

亜由子の表情が恐怖のためにゆがんでいった。

「さあ、早く！」

時間砲をぐいっとつきつけられ、亜由子は思わず武部の方へ歩き出していた。

「武部！　亜由子をどうするつもりだ！」

西条博士の声が怒りにふるえた。

「なあに、ちょっとした思いつきを実行するだけだよ……」

武部は、憎々しげなことばをはきながら、亜由子を完全に一行の前からひき離していた。

「これから、きさまたちを、ふたたび時間の彼方へ追放するわけだが、しかし、全員一緒では、なにかと心強かろう。おれはそれほど親切な男ではない。そこで、全員をバラバラに別な世界へ送りこもうと考えたわけだ。ふくしゅうは、冷酷であればあるほど効果的なものだ……」

亜由子と西条博士の表情がサッと青ざめた。たしかに、それは残酷なことだった。

たとえば、あの白亜紀の世界に、亜由子のような少女が、たった一人で放り出されたとしたらどうだろう。考えただけでも、心が凍ってくる。

「その手始めとして、まず、西条親子をひき離してやろうと思う。お別れをいうなら、いまのうちだぞ、お嬢さん。今度のお前の行先は、想像を絶する太古の世界だ」

「武部！　お、お前というやつは！……」

西条博士は、思わず亜由子の許《もと》にかけ寄ろうとするが、武部の時間砲にさえぎられ、動くこともできない。

「さあ、お嬢さん。かわいそうだが、最初の処刑は、お前からだ！」

「助けて！　お父さま、映二くん！」

亜由子の悲鳴がひびき、武部の時間砲が、その胸もとにピタリと当てられたとき、突然、タイム・ボートのなかから、飛鳥のように黒い影がおどり出た。

「グラア！」

影は、空を跳躍し、一直線に武部の体にとびかかっていった。それは、ボートのなかに身をひそめていた、恐竜人ゲルッグである。

亜由子の悲鳴を聞き、猛然と、その敵に戦いを挑んでいったのだ。

思いもかけぬ者の出現に、武部は、なすすべもなく蹴倒されていた。

その反動で、時間砲は武部の手を離れ、床に転がった。

そしてそのショックのため、時間砲の砲口から、バラ色のオメガ粒子が放流し始めていた。

オメガ粒子は、屋上の壁を消滅させ、水平線の彼方にむかって放射を続けている。

「グラア!!」

ゲルッグは、倒れた武部にむかって鉤爪をくり出した。

だが、武部も、サイボーグ化した強靭な肉体を持っていた。ゲルッグの足をつかみ、床の上にひき倒していた。

「グラア!!」

ゲルッグと武部は、とっくみ合いとなって床の上を二転三転ところがり始めた。

そして、二人の体は、オメガ粒子を放射する時間砲の砲口の前になだれこんでいったのだ。

「ゲルッグ、危ない！」

亜由子が叫んだときには、すでに二人のまわりは、バラ色の雲に覆われて、おぼろに消えかかろうとしていた。

武部がいった、想像を絶する太古の世界とは、いつごろを指しているのか定かではない。

白亜紀よりも、もっと古い、古生代のデボン紀か、カンブリア紀か、いや、もっともっとさかのぼった始生代の地獄のなかかもしれない。

いずれにせよ、怪人武部は、白亜紀の英雄ゲルッグとともに、その地獄へ旅立っていった。

もう、二度と現れることはないだろう。

「ゲルッグ……！」

亜由子は、こみあげてくる嗚咽《おえつ》をこらえながら、つぶやいた。

二十五人の人間の身がわりとなって、ゲルッグは消えた。なんのために、ゲルッグはここまできたのだろうか？　ゲルッグの知能では、とても測りしれない科学技術という怪物によって、消されたのである。

白亜紀に絶滅する運命にあったとはいえ、あまりにも、ゲルッグの存在ははかないものだった。

二十五人の帰還者たちは、ただ呆然として、そのだれもいなくなった床の上を見おろしていた。

小名浜の町は、いま大騒ぎになっているはずだ。

なにせ、埠頭消失事件から、数十分しかたってはいないのだ。

西条博士、エッケルト博士、それにスコノーブナ博士ら、主だった者が、関係当局にことのいきさつを説明しているころ、映二は、亜由子とともに、祖父伊作の家にいた。

ゴンは、もう、なにごともなかったような態度で、ゴロリと玄関の床に、いつものようにひっくり返っている。

伊作は、まだ帰宅していなかったが、帰ってくれば、まずまちがいなく、やりかけの魚つりに連れ出すことだろう。

一週間にわたる冒険旅行を説明して、疲れているからと断ったところで、伊作が信ずるはずもない。

なにせ、この時代では、あれから、わずか数時間とすぎてはいないのだ。

「亜由子さん。おじいちゃんが帰ってきたら、岬公園へいってみないか?」

ゲルッグの最期を思い、悲しみをこらえている亜由子を見ていると、とても、疲れたなどとはいっていられない。

映二は、やはり、魚つりにいこうと決心していた。

『時間砲計画』あとがき

豊田有恒

日本が、動物王国である事を、知っている人が、どれくらいいるだろうか。日本には、世界最大級のフクロウが、棲息している。北海道のシマフクロウで、翼長1・8メートルというから、頭上を飛ぶ場面にでくわしたら、気絶するかもしれない。アイヌ人は、シマフクロウを、コタンコルカムイ（村の守り神）と呼んで、あがめていた。また、日本には、世界最大の両生類がいる。オオサンショウウオである。さらに世界最大のカニもいる。相模湾あたりで獲れるタカアシガニである。絶滅した動物では、エゾオオカミも、世界最大級だった。

かつて、日本は、象の天国だった。ナウマン象は、明治時代に、鉱物学者として招かれたハインリッヒ・エドムント・ナウマンによって発見された。かれは、地質調査を行ない、フォッサマグナ（中部地方の大地溝帯）を発見した事でも知られている。明治政府としては、石炭など天然資源を発見してもらうつもりで、ナウマンを招いたのだが、よもや象の化石を見つけるとは思わなかったのだろう。のちに岐阜県で発掘されたナウマン象の化石は、せいぜい五千から一万年前のもので、化石とは呼べないほどの骨だった。つまり、縄文人は、ナウマン象と共生していたことになる。

この本では、こうした日本の先史時代を舞台にした。ＳＦ作家として、デビューしたばかりのころの作品である。その後、古生物学、古人類学などの勉強を積んだので、知識が増えたから、今となってみると、学問的におかしい点も少なくないが、どうしても直さなければならない箇所だけを、訂正するにとどめた。弁解になるが、デビューしたばかりの勢いや、熱意を、そのまま伝えたかったからだ。完全版と謳《うた》ったのは、石津嵐氏と共作した続編を、加えたからである。文庫には未収録だから、初めて出会う読者にも、喜んでもらえると思う。なお、共著者の石津嵐は、「鉄腕アトム」のシナリオを書いていたころの上司で、これら本名で著したＳＦばかりでなく、のちに磐紀《ばんき》一郎《いちろう》というペンネームで、『吉宗影御用』など、傑作時代小説を書いている。

先史時代に話を戻そう。この本では、最低限、どうにも我慢できない部分だけは訂正したものの、書いた時代の知見では判らなかったような部分は、当時の雰囲気を残すため、そのままとした。まず、エゾミカサリュウ。当時は、あの有名なティラノサウルスが、日本にもいたということで、大いに話題になったものだ。しかし、残念ながら、その後の調査で、恐竜時代の化石には違いないが、巨大なウミトカゲ、モササウルスのような動物の化石だと判明した。

　恐竜絶滅の謎にも触れているのだが、これも、この本が書かれた時代から数十年後、決定的な仮説が唱えられ、今では定説化している。アルバレス博士父子が、小惑星衝突説を提唱し、広く認められるようになった。直径10キロほどの小惑星が、現在のメキシコのユカタン半島あたりに激突したため、大火災、大津波などが起こり、恐竜をはじめ生物の大半が絶滅においやられたのである。

　続編のほうで、大活躍するドロマエオサウルスだが、その時点では、日本で化石は発見されていなかった。その後、ドロマエオサウルス類の化石が見つかるようになったから、予言したと言えるかもしれない。

　ともあれ、物語と空想を、楽しんでいただければ、作者としては幸せである。

『続・時間砲計画』あとがき

石津嵐

　この作品の初版本の奥付をみると、一九八〇年四月発行とあります。つまり、二〇一七年現在から数えると、なんと三十七年も昔ということになるわけです。

　あらためて読み返してみても、まるで見知らぬ作品に出会ったような錯覚に捉われてしまうほどです。

　当時、友人であった豊田有恒さんから、『時間砲計画』という作品の続編を出すことになったが、執筆協力してくれないかとの連絡がありました。虫プロダクション時代からの友人の頼みです。私に否応はありません。

　これ以前にも、豊田さん原案の「宇宙戦艦ヤマト」という作品を小説化した経緯もあって、さほどの抵抗はなかったのです。

　さっそく必要なプロットを受けとり、二十日間ほどで書きあげた記憶があります。実に懐かしい思い出です。

とはいえ、苦労したことも事実です。

このような続編執筆の場合、注意しなければならない条件があります。まず前編の持つ雰囲気と、文体の共通性を保たねばならぬということです。読者の為にも、これは絶対条件といえるでしょう。その点では、まずまずの出来具合ではなかったかと自負しておりますが、如何《いかが》でしょうか？

そしてまた、SF作品の宿命でもある科学的裏付けの信憑性《しんぴょうせい》はどうかという点です。

たとえば、この作品では、白亜紀の大絶滅の原因を「仔殺し」によるものとの説をとっておりますが、現在では、巨大隕石の衝突説が有力とされております。

また、恐竜ドロマエオサウルスに関してもそれ以降、新たな発見や事実が判明してもおります。

実に科学知識の進展進歩というものは留まることがありません。とても凡庸《ぼんよう》な作家の想像力が追いつけるものではないのです。

そんな思いでこの自作を読み返してみると、なにやら自分自身を微笑《ほほえ》ましくも思えてなりません。

このような作品に、加筆訂正は必要ないでしょう。

どうぞ読者のみなさん、フタバスズキ竜の焼肉の味を想像しながら、白亜紀の冒険の旅を楽しんでいただきたい。

時間砲計画【完全版】

2017年7月20日　初版発行

著　者　豊田有恒　石津嵐

発行者　左田野渉
発行所　株式会社復刊ドットコム
〒105-0012　東京都港区芝大門2-2-1
ユニゾ芝大門二丁目ビル
03-6800-4460(代)　http://www.fukkan.com

装　画　影山 徹
装　丁　岡本歌織 (next door design)
印　刷　中央精版印刷株式会社

ISBN 978-4-8354-5501-3　C0093 Printed in Japan

＊本書は1975年に出版された『時間砲計画』ならびに1980年に出版された『続・時間砲計画』(いずれも角川書店刊)を底本として、一部表記に修正を加え、完全版として刊行するものです。

＊本書に収録した文章の中には、今日の人権意識に照らしあわせて、不当・不適切な語句や表現を含むもの、事実と異なる記述もありますが、作品が書かれた時代的背景などを考慮し、可能な限りそのままとしてあります。